Mario Adorf

Der Fotograf von San Marco

Die italienischen Erzählungen

Kiepenheuer & Witsch

Limitierte Sonderausgabe
Veröffentlicht im Verlag Kiepenheuer & Witsch,
Köln, Mai 2004

Foto Innenteil: »Der Fotograf von San Marco«, Zago
Satz: Pinkuin Satz und Datentechnik, Berlin
Druck und Bindung: Clausen & Bosse, Leck
Printed in Germany
ISBN 3-462-03354-9

Über das Buch:
Sie lieben Italien? Und Sie lieben spannende, verblüffende Geschichten? Dann macht Mario Adorf, Deutschlands bekanntester und beliebtester Schauspieler, Ihnen mit dieser Sammlung seiner italienischen Erzählungen ein wirkliches Geschenk. Denn niemand erzählt so hinreißend über dieses verrückte Land, über römische Gauner und Carabinieri, über mafiose Filmbosse oder schlitzohrige Fotografen, über das Leben in kleinen italienischen Badeorten oder in der eleganten Toskana-Metropole Florenz. Kennen Sie aus Ihrem Reiseführer die berühmte Fotografie vom Einsturz des Campanile von Venedig 1902? Lassen Sie sich erzählen, was mit diesem Foto nicht stimmt. Wollen Sie die todsichersten Verbrechen vom König der italienischen Diebe kennen lernen? Oder erfahren, wie Ferien auf Capri erstaunlich preiswert werden können und wie man den Papst auf eine kleine Insel im Tyrrhenischen Meer lockt, um die Geschäfte anzukurbeln? Mario Adorf lebt seit 40 Jahren in seiner Wahlheimat Italien. Er kennt die Farben und die Gerüche dieses Landes, seine liebenswerten und weniger liebenswerten Mitbürger, und er stellt dem Leser in 16 Geschichten sein ganz persönliches Italien vor. Erleben Sie das Land so, wie Sie es mit Sicherheit noch nicht kannten, und den Schauspieler Mario Adorf in der Rolle des meisterhaften Erzählers.

Der Autor:
Mario Adorf, geboren 1930 in Zürich, Kindheit und Jugend in Mayen in der Eifel, studierte Philologie und Theaterwissenschaft. 1953–1955 Otto-Falckenberg-Schule in München, bis 1962 an den Münchner Kammerspielen. Theater- und Filmschauspieler. Inzwischen hat Mario Adorf über 100 Filme im In- und Ausland gedreht und Engagements an ungezählten Theaterbühnen gehabt.

Weitere Titel bei K&W:
»Der Mäusetöter«, 1992. »Der Dieb von Trastevere«, 1994. »Der Fenstersturz«, 1996. »Der römische Schneeball«, 2000.

Inhalt

Vorwort

Es ist Anfang Februar, und ich denke mit Schaudern an den deutschen Winter, denn hier sitze ich draußen an einem Tischchen vor meiner Espressobar, gerade mal einhundert Meter von meiner Wohnung entfernt. Ich sitze angenehm im Schatten bei meinem Cappuccino und soll ein Vorwort für die Sammlung meiner italienischen Geschichten verfassen. Es fällt mir schwer, mich darauf zu konzentrieren, denn gerade habe ich im Briefkasten die Nachricht wohl eines deutschen Touristen gefunden, der mir auf einen kleinen Zettel gekritzelt hat: »Verehrter Herr Adorf, lese Ihren Namen an der Hausklingel (und nehme an, dass Sie es sind?). Wissen Sie, dass in diesem Haus vor Jahren Max Frisch und Ingeborg Bachmann wohnten – in welcher Wohnung weiß ich nicht –, in der I. B. ja später auf schreckliche Weise ums Leben kam?«

Frisch hatte Rom nach etwa zehn Jahren verlassen, und ich habe mich in den letzten Jahrzehnten immer wieder gefragt, ob es richtig war, in Rom zu bleiben. Da ich, wie manche wissen, Halbitaliener bin und auch in Italien lebe, werde ich oft gefragt, ob ich mich eher als Italiener oder eher als Deutscher fühle. Es gab Zeiten, da wäre ich nicht ganz sicher gewesen. Anfangs wollte ich mich im Prozess des Assimilierens mehr und mehr als Italiener fühlen. Ich suchte nach meinen italienischen Ursprüngen, fuhr nach Kalabrien, dem Land meiner Vorfahren väterlicherseits.

Ich suchte in der kargen Landschaft am Fuß der Silaberge vergeblich nach Heimatgefühlen, wie sie sich im Lauf der Jahre bei meinen Besuchen in der Eifel, dem Land meiner Kindheit, immer deutlicher eingestellt haben.

Für die meisten Italiener gelte ich als ihr Landsmann, da ich mit einer Ausnahme in italienischen Filmen nur Italiener gespielt habe. Leute aus der italienischen Filmbranche hingegen wissen, dass ich Deutscher bin, und sie haben mich das auch immer wieder spüren lassen.

Je länger ich aber in Italien lebte, desto mehr wurde mir klar, dass ich in ganz überwiegendem Maße Deutscher bin, ja dass besonders meine Liebe zu Italien etwas ganz spezifisch Deutsches ist. In der deutschen Geschichte hat es ja immer schon diesen Zug nach dem Süden gegeben, diese Sehnsucht nach dem »Land, wo die Zitronen blühn«. Ich habe *den* Teil meines Lebens, in dem ein Mensch sich formt und geformt wird, in Deutschland verbracht. Meine Kindheit, meine Jugend, meine Bildung und meine berufliche Ausbildung haben mich sogar deutscher gemacht, als mir manchmal lieb ist. Auf die italienische Disziplinlosigkeit reagiere ich mit echt deutscher Verständnislosigkeit, meine deutsche Pünktlichkeit und Zuverlässigkeit wird von den Italienern bewundert, ist ihnen aber auch ein wenig unheimlich, im wahrsten Sinne des Wortes.

Der Italiener liebt sein Land auf ganz andere Weise als der Deutsche das seine. Er liebt es unbewusst. Ein Römer etwa weiß zum Beispiel sehr viel weniger über Rom als ein durchschnittlicher deutscher Tourist. Wenn er dem bewundernden, von den Schönheiten hingerissenen Besucher ein Baudenkmal, eine Kirche oder eine Ruine zeigt, leidet er nicht im Geringsten unter seiner Unkenntnis; es genügt ihm, ein »Bello, eh?!« auszurufen. Er ist eben Römer.

Auch dass die Stadt vor der Nation rangiert, ist übrigens eine typisch italienische Eigenschaft. Der Italiener besitzt im Gegensatz zum Deutschen ein sehr geringes Kollektivbewusstsein. Er ist Individualist und empfindet sich bestenfalls als Römer oder Neapolitaner, Florentiner oder Sizilianer – nur im Fieber einer Fußball-Weltmeisterschaft etwa wird er zum Italiener. Und Deutschland ist der Lieblingsgegner der Squadra Azzurra geworden, aber nicht nur das: Der Italiener ist dem Drang der Deutschen nach dem Süden in den letzten Jahrzehnten auf eine erstaunliche Weise entgegengekommen. Nachdem die Deutschen bei ihren Urlaubsfahrten die Sonne und die italienische Küche kennen und schätzen gelernt haben, ist den Italienern allmählich klar geworden, dass auf die Sonne zwar wenig Verlass ist, dass man aber die italienische Küche durchaus nach Deutschland bringen kann. Und dies ist den fleißigen italienischen Köchen mit großem Erfolg gelungen. Man könnte fast sagen, dass die deutsche Küche weitgehend von der italienischen verdrängt wurde. Wenn morgen alle italienischen Ristoranti auf einen Schlag streiken oder schließen würden, hätten die Deutschen ein Problem. Keine Pizza, keine Spaghetti und keinen Espresso! Unvorstellbar! Warum die Liebe der Deutschen zur italienischen Küche? Weil sie leichter, einfacher, schmackhafter und besser verdaulich ist? Ich glaube, da ist noch ein anderer, sehr wichtiger Grund für die Beliebtheit der italienischen Küche: das italienische Restaurant und die italienische Bedienung. Der Italiener hat eine völlig andere Einstellung zur Dienstleistung als der Deutsche. In Deutschland ist Dienen seit dem Zusammenbruch der Monarchie eine Schande geworden. Daher auch so viele schlecht gelaunte Kellner in unseren Restaurants. Der Italiener sieht im Bedienen der Kunden nichts Unterwürfiges, ja es macht ihm sogar Spaß.

Nehmen wir eine der typischsten Einrichtungen Italiens: Die Bar. Eine Bar wie die, vor der ich gerade sitze, die es in der Form der Tagesbar vorher in Deutschland gar nicht gegeben hat, die aber jetzt immer mehr auch dort Fuß fasst. Wäre der »Barista«, der Barmann der römischen oder neapolitanischen Espressobar, ein missgelaunter Angestellter, so würde diese Bar sehr bald gemieden werden und Bankrott machen. So aber ist sie schon am frühen Morgen ein lebendiges Stück Italien. Der arbeitende Italiener schläft lieber eine halbe Stunde länger und verzichtet auf das ausgiebige Frühstück seines deutschen Artgenossen. Nachdem er an der Ecke seine Zeitung gekauft hat, betritt er die Bar, die sich in der Nähe seiner Wohnung befindet. Sein Frühstück nimmt er grundsätzlich im Stehen ein. Es besteht im Allgemeinen aus einem Cappuccino und einem Cornetto, der italienischen Version des schwereren, fettreichen Croissants der Franzosen. Es gibt kein anderes öffentliches Lokal in Italien, das so vielseitig ausgestattet ist wie die Espresso-Bar. Selten ist sie so modern und schmucklos wie etwa die Gelateria, der Speiseeis-Salon. Und im Gegensatz zu Läden und Geschäften, die mit der letzten Mode gehen, hat sie fast immer ihre altmodische, gemütliche, oft überladene Dekoration vergangener Zeiten behalten. Auch die Espressomaschinen, die sich leider allmählich zu modernen, stählernen Kästen entwickeln, sind in den herkömmlichen Bars meistens noch wunderbare alte messingverzierte Kunstwerke.

Hinter der Bar ist der Barista die Hauptfigur, meistens ein Künstler im Jonglieren des Geschirrs, mit einem ausgezeichneten Gedächtnis, und er irrt sich daher nie in der prompten Erfüllung der vielfältigen Wünsche seiner Kundschaft, denn die meisten trinken zwar einen Cappuccino, aber der soll mal heiß, mal lau sein, mit oder ohne

Zucker, mit viel oder weniger Schaum, und in der letzten Zeit ist es Mode geworden, mit dem aufgegossenen Milchschaum ein weißes Herz, ein Eichenblatt oder gar eine Lotusblüte auf die Oberfläche des Kaffees zu zaubern. Dazu kommen die vielfältigen Kaffeearten, wenn der Kunde in der Nähe seines Arbeitsplatzes schon bei seinem zweiten Barbesuch ist und einen einfachen oder doppelten, einen caffè ristretto oder lungo, d. h. kurzen oder langen Espresso, bestellt, macchiato oder corretto, also mit einem »Flecken« Milch oder gar einer Grappa oder einem Likör »korrigiert«. Und das alles geschieht in einem unglaublichen Tempo. Dazwischen hat der Barmann sogar noch Zeit, auf die Gespräche seiner Kunden über Fußball oder Politik mit fachkundigem Urteil einzugehen. Und es macht gute Laune für den beginnenden Tag, wenn der Barista mich selbst nach monatelanger Abwesenheit mit einem freundlichen »Buongiorno, Signor Mario« begrüßt.

Während ich früher in deutschen Hotels ein »kontinentales« Frühstück zu mir nahm, weiche ich heute immer mehr auf den morgendlichen Barbesuch aus, sobald ich entdeckt habe, dass es in der Nähe des Hotels eine italienische Espresso-Bar gibt.

Oft fragt man mich, wieso Italiener selbst nach dem späten Abendessen noch einen Espresso trinken und nicht um ihren Schlaf fürchten. Es hat vielleicht damit zu tun, dass in Italien der Kaffee viel stärker geröstet wird als bei uns und dabei einen Teil seines Koffeins einbüßt. Eine andere Erklärung ist die Behauptung, dass die Wirkung des Kaffees sich erst nach sechs Stunden einstellt. Daher der Rat, zwischen sechs Uhr nachmittags und acht Uhr abends keinen Kaffee zu trinken. Danach könne man ruhig wieder Kaffee trinken, weil die Wirkung dann das Einschlafen um Mitternacht herum nicht mehr beeinflussen könne.

Der deutsche Tourist wundert sich auch darüber, warum der Espresso in Deutschland mit dem gleichen Kaffee in der gleichen Espressomaschine gebraut weniger gut und anders schmeckt als im Süden. Das hat, sagt man, mit der Qualität des Wassers zu tun. Und wegen des Wassers halten die Neapolitaner den Espresso der Stadt am Vesuv für den besten der Welt.

Noch ein kleiner Ratschlag für den deutschen Espresso-Barbesucher: Die Mehrzahlform von Espresso lautet Espressi und nicht Espressos, Cappuccini und nicht Cappuccinos. Sagen Sie also lieber »Due espressi« oder »Tre cappuccini, per favore!«. Der italienische Barmann wird Sie noch einen Hauch liebenswürdiger bedienen.

Kommen wir auf mein Vorwort zu den in diesem Band gesammelten italienischen Geschichten zurück, das ich eigentlich schreiben wollte. Mein Blick auf Italien ist liebevoll, aber auch kritisch und ist schließlich doch eben der Blick eines Deutschen auf dieses Land und seine Menschen. Ob nun mancher Leser in diesem Buch die eine oder die andere meiner Geschichten wiedererkennt oder einige unbekannte neue entdeckt, mir scheint der Gedanke nützlich, sie auf diese Weise zusammen gebunden zu sehen, um ihm ein umfassenderes Bild »meines Italien« zu bieten.

Rom, Februar 2003 Mario Adorf

Die italienische Reise

Ich hatte mich entschlossen, Mainz zu verlassen und in Zürich weiterzustudieren. Es gehörte jedoch damals zu den schweizerischen Immatrikulationsbedingungen für Ausländer, dass man einen Finanzierungsnachweis erbringen musste. Ich hatte zwar den ganzen Herbst über »im Bims« gearbeitet, wie wir sagten, in der Bimssteinindustrie, und im Akkordlohn einiges auf die Seite legen können. Aber ich brauchte den Nachweis für einen monatlichen »Scheck«. Den konnte mir meine Mutter, die damals sehr krank war, nicht bieten.

Nun wollte ich wenigstens nicht auf meine jährliche Reise nach Italien verzichten. Meine Tante Elsy, die Schwester meiner Mutter, wohnte damals in Rom. Sie war unverheiratet geblieben und hatte eine muffige Wohnung in Trastevere. Ich verstand die Verbitterung meiner Mutter, die als junges Mädchen immer sehr unter ihrer Schwester zu leiden hatte, denn sie behandelte mich mit Herablassung und beißendem Spott. Sie verglich meine schwarzen Haarsträhnen mit den schmucken Lockenköpfen römischer Kellner, deren natürliche Eleganz mit meiner Eifeler Bauernhaftigkeit. Sie lachte mich aus, weil ich nicht wusste, wie man Artischocken isst, die ich noch nie gesehen hatte. Ich hatte ihr von meinen ersten Schritten als Schauspieler erzählt. Eines Tages hatten wir uns in der Stadt verabredet. Ich sah sie von weitem ganz gekrümmt vor dem Museum stehen und dachte, dass sie vielleicht Schmerzen hätte. Erst als ich herankam, begriff ich, dass sie über mich lachte. Sie zeigte auf mich und platzte heraus: »Und so was will Schauspieler werden!«

Doch als meine wirtschaftliche Situation zur Sprache kam, hatte sie eine Idee: »Warum tut der Menniti, dein Vater, nichts für dich? Wenn ich es recht verstehe, hat er dein Lebtag nichts für dich bezahlt. Jetzt könnte er doch endlich mal etwas für dein Studium herausrücken.«

Meine Mutter wäre sicher nicht auf den Gedanken gekommen, und auch ich hatte Bedenken. Doch nicht Tante Elsy: »Du fährst nach Siderno runter zu deinem Vater und stellst dich ihm vor.« Ich sträubte mich dagegen, ich sprach ja nicht einmal Italienisch. Wie ich mich denn einfach so in der Klinik meines Vaters einfinden könne, eine Privatadresse wüsste ich nicht, und selbst wenn, mich dort zu zeigen wäre ja nun wirklich unmöglich ... Doch sie hatte schon einen genauen Plan. »Ich schreibe dir einen Brief, in dem ich alles erkläre. Und solltest du Schwierigkeiten haben, dich ihm privat zu nähern, ich gebe dir Reklamematerial für medizinische Apparate mit. Du stellst dich eben als Vertreter vor.« Sie, Tante Elsy, arbeitete damals selbst noch als Vertreterin deutscher Firmen für Röntgenapparate und andere medizinische Geräte. Schließlich stellten sich Neugier und Notwendigkeit als stärker heraus als meine Hemmungen.

So saß ich ein paar Tage später im Zug nach Kalabrien. Die Nacht über ging es von Neapel, oft an der Küste entlang, nach Süden, die meiste Zeit stand ich im Seitengang, vor mir das Tyrrhenische Meer im Mondlicht. Am frühen Morgen, es war noch dunkel, stieg ich in Reggio Calabria um, und weiter ging es nach Süden.

Auf einmal eine unglaubliche Erscheinung: Hoch über

der dunklen Küste, jenseits des »Stretto«, der Meerenge von Messina, dort etwa, wo Taormina liegen musste, erhob sich, in ein zartrosa Morgensonnenlicht getaucht, der schneebedeckte Kegel des Ätna!

Ein paar Stunden später hielt der Zug auf freier Strecke. In den letzten Tagen hatte es schwere Regenfälle gegeben, ich meinte etwas von Erdbeben verstanden zu haben, jedenfalls war die Bahnlinie unterbrochen, Brücken waren ins Meer geschwemmt worden. Es ging zu Fuß weiter. Frauen trugen flache Körbe mit Erde auf den Köpfen. Das Meer war lehmfarben, wurde erst weit draußen smaragdgrün und endete am Horizont als ein dunkelblauer, wie mit Tinte gezogener Strich. Es war heiß geworden trotz der Jahreszeit Ich kletterte mit anderen Passagieren hinunter durch die breiten, mit Brettern notdürftig ausgelegten Flussbetten. Irgendwann ging es wieder für einige Kilometer mit dem Zug weiter. Dann kam ich in Locri an. Doch bis Siderno waren es nochmals an die zehn Kilometer, und das mit einem schweren Koffer. Die Kleidung wog nicht schwer, aber ich hatte schon damals die Angewohnheit, mit einem Haufen Bücher zu reisen.

In Siderno angekommen, fragte ich mich nach der Casa di Cura des Professore Menniti durch, die seltsamerweise kaum jemand kannte. Schließlich stand ich vor ihr: ein ziemlich heruntergekommenes ockerfarbenes Gebäude mit abgeblättertem Verputz und schief in den Angeln hängenden Fensterläden. Ich ging hinein und fragte nach dem Professor. Langsam begann ich zu verstehen, dass der dort nicht mehr arbeitete, ja lange nichts mehr mit der Klinik zu tun hatte. Er wohnte jetzt in Locri. Ich machte mich also wieder auf den Weg zurück.

Gegen Abend stand ich vor einer großen, alten Villa mit einem hohen Gitter um einen Hof, in dem Kinder spielten, viele in Rollstühlen, auch spastische Kinder darunter.

Am Eingang erfuhr ich, dass der Professor auf einem Kongress in Rom sei, dass es wegen der unterbrochenen Eisenbahnlinie ungewiss sei, wann er zurückkomme. Ich fand in der Nähe ein kleines Zimmer zum Übernachten.

Am nächsten Morgen ging ich zum Markt am Hafen. Erst jetzt fiel mir auf, dass ich fast zwei Tage nichts gegessen hatte. Ich kaufte mir Melonen und konnte auch den Fichi d'india, den Früchten des Feigenkaktus, nicht widerstehen. Leider wusste ich nicht, dass man sie nicht mit den Fingern schälen sollte, und so hatte ich tagelang die fast unsichtbaren Stacheln in den Händen. – Immer wieder ging ich an der Villa vorbei und fragte morgens, mittags und abends, ob der Professor zurück sei. Doch immer hieß es: No, niente, ci dispiace, leider nicht.

Nach drei langen Tagen endlich war es so weit.

Als ich zur Villa kam, sagte man mir, der Professore sei zurückgekehrt. Ich betrat ein Empfangszimmer. Eine schöne, elegante, nicht mehr ganz junge Dame begleitete mich ins Sprechzimmer. Sie blieb, während ich wartete. Ich legte meine Dokumentenmappe vor mich auf den Schreibtisch.

»Der Professore kommt gleich.«

Wenig später betrat ein korpulenter, nicht sehr großer Mann mit schnellen, kurzen Schritten das Sprechzimmer. Die schwarzen Haare waren glatt zurückgebürstet. Er trug eine Brille mit runden Gläsern und hielt eine brennende Zigarette in der linken Hand. Er grüßte kaum, während die Dame mich als »Rappresentante tedesco« vorstellte. Er forderte mich zum Reden auf, aber ich musste ja die Frau loswerden. Ich radebrechte, dass ich mit dem Professor alleine sprechen müsse. Er entgegnete knapp, fast schroff, dass er, so viel verstand ich, vor der Dame keine Geheimnisse habe. Mit Händen und Füßen und ein paar Brocken Latein versuchte ich klar zu machen, dass es sich um ein neues, noch sehr geheimes Gerät handle – »novus apparatus secretissimus« – und dass ich nur mit dem Arzt unter vier Augen sprechen dürfe – »solo cum medico coloquio separato«. Belästigt, aber auch etwas amüsiert, bedeutete er schließlich der Dame, uns allein zu lassen. Ich zog den verschlossenen Brief meiner Tante aus der Innentasche meiner Jacke. Er öffnete ihn, las ihn, zog zwischendurch an seiner Zigarette, ließ schließlich den Brief sinken, löschte die Zigarette aus und sah mich zum ersten Male wirklich an.

»E' Lei?«, fragte er schließlich. Sind Sie das? Und deutete mit dem Kinn auf den Brief. Ich nickte. Wieder las er. Dann fragte er nochmals: »E' Lei?« Wieder nickte ich. Er setzte sich hinter den Schreibtisch und zündete sich eine neue Zigarette an. Er schaute rauchend vor sich hin und dachte nach, so schien es. Schließlich stand er auf und verließ das Sprechzimmer mit einem gemurmelten: »Scusi!« – Ich wartete. Nach einer Viertelstunde kam er wieder. Er hielt einen Zettel in der Hand, den er mir reichte.

»Gehen Sie dahin. Es ist mein Cognato«, ich verstand nicht, »der Bruder meiner Frau. Er ist Avvocato und über alles informiert. Er wird Ihnen helfen, soweit das möglich ist.« Damit war ich entlassen. Ich ging. Ich sollte ihn nie mehr wiedersehen.

Über 25 Jahre später, ich hatte inzwischen die Bekanntschaft meiner Stiefschwestern gemacht und sie wieder einmal besucht, war ich mit dem Auto auf dem Weg von Locri nach Catanzaro. Ich machte einen Abstecher in die Silaberge hinauf zum nahen Badolato, aus dem mein Vater stammte. Der Ort lag verlassen auf einem Hügel. Ich fuhr nicht ins Dorf hinein, sondern bog ab zu dem winzigen Friedhof, einem bescheidenen Geviert ohne Bäume, die Innenmauer mit den typischen marmornen Grabplatten bedeckt. Überall vertrocknete Blumen, da und dort ein brennendes ewiges Licht.

Es herrschte eine flirrende Hitze und das reglose Schweigen der Panstunde.

Ich suchte nach dem Namen Menniti, fand auch einige Gräber mit dem Namen, wohl Vorfahren und Verwandte. Schließlich fand ich auch *sein* Grab:

MENNITI MATTEO. Kein Beruf, kein Titel, unter dem Geburts- und Todesdatum ein Zitat:

»E QUIVI NON SARÀ NOTTE ALCUNA A NON AVRANNO
BISOGNO DI LAMPANA NÈ DIE LUCE
DI SOLE: PERCIÒCCHE' IL SIGNOR IDDIO GLI ILLU-
MINÈRÁ ED ESSI REGNERANNO NÈ SE-
COLI NE SCOLI«* APOCALISSE CAPO XXII

Ich fotografierte. Dann hockte ich mich vor die Grabplatte und wischte mit der Hand über das verstaubte Foto, das ihn kaum älter als bei unserer Begegnung zeigte, mit immer noch schwarzem Haar, der Brille und einem freundlichen Lächeln für den Fotografen. Ich beugte mich ganz nahe zu dem Foto, sah es lange an und sagte leise: »Na, du alter Arsch.«

* »UND DORT WIRD NICHT NACHT SEIN, UND SIE WERDEN KEINER LAMPE BEDÜRFEN NOCH DES LICHTES DER SONNE, DENN GOTT DER HERR WIRD SIE ERLEUCHTEN, UND SIE WERDEN HERRSCHEN BIS IN ALLE EWIGKEIT«

APOKALYPSE KAP. XXII

Capri

Neulich habe ich einige Ferientage auf Capri verbracht.

Als sich die luftgepressten Türen der Funicularbahn, die mich auf die Piazzetta brachte, mit einem lauten Zischen schlossen, dachte ich zurück an meine allererste Italienreise und meine erste Fahrt zu der kleinen Insel im Golf von Neapel.

Ich war als armer Student mit ein paar Lirescheinen, die damals so groß wie Handtücher waren, und einem Fünfzigmarkschein als eiserner Ration zu meiner ersten Ferienreise nach Italien aufgebrochen, womit ich möglichst zwei oder drei Wochen auskommen wollte. Von München nahm ich den Nachtzug nach Rom. Ich saß allein auf der hölzernen Bank des Dritteklasseabteils. Meinen kostbaren Geldschein hätte ich damals gar nicht besitzen dürfen, ich hätte ihn teuer in Deutschland in italienische Lire umwandeln müssen und einen großen Teil seines Wertes eingebüßt. So hatte ich ihn, da man damals auch noch mit Leibesvisitationen an den Grenzen rechnen musste, in einem Schlitz über dem Fenster des Waggons versteckt, als mir an der deutsch-österreichischen Grenze in Kufstein durch einen Zöllner, der in mein Abteil trat, klar gemacht wurde, dass ich für den Transit durch Österreich ein Visum benötigte. Er forderte mich auf, den Zug zu verlassen. Ich müsse wohl zurück nach München, um mir dort ein Visum zu besorgen. Ich fühlte, wie mir das Herz bis zum Halse schlug: Mein Fünfzigmarkschein! Während ich mich daranmachte, meinen Koffer von dem Gepäcknetz zu heben, versuchte ich gleichzeitig, meinen Geldschein aus dem Fensterrahmen zu fischen, ohne den Zollbeamten im Spiegelbild des Fensters aus den Augen zu lassen.

Da rutschte der klein gefaltete Schein ganz in den Schlitz hinein und war mit den Fingerspitzen nicht mehr zu fassen. Aber ich wollte um alles in der Welt meinen Schein nicht im Stich lassen. Ich fuhrwerkte an meinem Kofferschloss herum, während der Beamte allmählich ungeduldig wurde: »No, wos iss?« Ich murmelte irgendetwas von meinem Kofferschloss, das sich nicht schließen ließe, und suchte mit der rechten Hand in meiner Hosentasche nach einem kleinen Taschenmesser, das ich endlich fand und mit einer Hand aufklappte. Mit der kleinen Klinge angelte ich nach dem Geldschein, hielt dabei jedoch immer den Zöllner im Auge. Mir rann der Schweiß übers Gesicht und in den Nacken. Aber tatsächlich, ich bekam die Banknote zu fassen, bevor der Zöllner ungemütlich wurde.

24 Stunden später saß ich wieder in dem Zug von München nach Rom, diesmal ohne Schweißausbruch und mit meiner eisernen Ration des kostbaren Fünfzigmarkscheins im Koffer versteckt. In Rom wohnte ich in der Jugendherberge für 200 Lire die Nacht, was heute 10 Cent wären, damals aber ein kleines Vermögen war. Nachdem ich eine Woche lang zu Fuß das anstrengende römische Kulturprogramm absolviert hatte, machte ich mich auf den Weg in den Süden Italiens, um einen billigeren Ferienort zu finden.

Damals hatte mir ein junger Deutscher, Student wie ich, in einer Jugendherberge in Neapel die Adresse einer deutschen Frau gegeben, die einen Neapolitaner geheiratet hatte und auf Capri ein Haus besaß, dessen sechs oder sieben Schlafzimmer sie preiswert an Studenten und Touristen vermietete. Tags darauf ging ich mit meinem Koffer zum Handelshafen und schaukelte für 100 Lire in einer Nussschale von Boot nach Capri. Ich hatte ein paar Tage lang nichts gegessen und befand mich nun inmitten von einigen Zentnern Obst und Gemüse. Ich klaute einen dicken Apfel aus einer der Kisten und aß ihn. Doch während der gar nicht so kurzen Reise schlingerte das Boot so sehr, dass mir, der Landratte auf der ersten Seereise, speiübel wurde. Ich würgte und wollte den Apfel nicht hergeben, doch irgendwann lag der klein gekaute Apfel wieder rund und trocken auf meiner Hand.

Auf der Insel angekommen, schleppte ich meinen Koffer zu Fuß den nicht enden wollenden Hang zum Dorf hinauf, denn die 50 Lire für die Funiculare wollte ich sparen. Ich fragte mich zu dem Haus der Deutschen durch und traf in der Tat auf eine etwa 45- bis 50-jährige große Frau, die mir erzählte, dass ihr Mann in Neapel Professor an einer Schule sei und nur an den Wochenenden nach Capri komme, um seinem Hobby zu frönen. Es bestand darin, Ansichten von Capri zu malen, die an allen Wänden des Hauses hingen und die sie mir stolz zeigte: tiefrote Sonnenuntergänge, die Faraglioni-Felsen, die Blaue Grotte und sturmgepeitschte Seebilder, die die Frau dann in einem kleinen Laden im Dorf verkaufte. Ich zahlte tatsächlich 200 Lire für die Nacht, für Capri ein Spottpreis, aber ich rechnete mir aus, dass meines Bleibens nicht länger als eine Woche sein könne. Genau am fünften Tag, als ich schon meinen Koffer gepackt hatte, kam meine Wirtin händeringend zu mir und berichtete, dass ihr Mann schwer krank in Neapel darniederliege und dass sie nun für einige Zeit dorthin müsse, um ihn zu pflegen. Sie bot mir an, ja flehte mich an, bei ihr wohnen zu bleiben, die Zimmer zu vermieten, das Geld einzunehmen, die beiden kleinen Hunde zu füttern und zweimal am Tage in ihrem Laden für einige Stunden die Bilder des Gatten feilzubieten. Für diese Leistungen könne ich mietfrei so lange Gast im Hause sein, bis ihr Mann gesund sei und sie wieder nach Capri zurückkehren würde.

Hier begann nun für mich die erste sorgenfreie Zeit meiner Jugend. Ich spielte in den nächsten Tagen den Herbergsvater für die Studenten, die aus aller Herren Länder an die Tür klopften. Ich lernte Australier kennen, Engländer, Franzosen, Schweden und Amerikaner. Bald merkte ich, dass die meisten eine beneidenswerte Reisekasse besaßen. Kurzerhand verdoppelte ich für meine wohlhabenden Gäste den Mietpreis, legte die Hälfte für die Vermieterin zurück, von dem Rest kaufte ich fürs gemeinsame Frühstück ein und – ich gebe es zu – profitierte kräftig von diesem Zugeld.

Vormittags und in den frühen Abendstunden setzte ich mich für ein, zwei Stunden mit einem Buch vor den kleinen Laden, in dem die grässlichen Gemälde des Professors ausgestellt waren, und ich gebe auch zu, dass ich in der ganzen Zeit nie auch nur das kleinste Bild verkaufte. Nach drei Wochen ging der paradiesische Gratisaufenthalt auf der Ziegeninsel zu Ende, das Besitzerehepaar kehrte von Neapel zurück. Die Hausherrin dankte mir für alles und lud mich ein, bei ihr zu wohnen, wenn mich jemals wieder mein Weg nach Capri führen sollte.

Ein Jahr verging. Ich hatte den Aufenthalt auf Capri in so guter Erinnerung behalten, dass ich in den folgenden Sommerferien wieder nach Capri fuhr. Ich hatte vorher noch einige Wochen am Bau gearbeitet und mir eine etwas gefülltere Reisekasse beiseite gelegt. Ich leistete es mir in

Neapel sogar, bevor ich den Dampfer nach Capri nahm, eine jener schicken gestreiften Sommerhosen, die damals Mode waren, zu kaufen, und das für ganze 1900 Lire.

In Capri angekommen, machte ich mich auf den Weg zur Villa der deutschen Frau, um dort wieder ein Zimmer für einige Tage zu mieten. Als ich das Gartentor zur Villa öffnete, kamen die beiden Hunde schwanzwedelnd heran, offenbart erkannten sie mich wieder. Meine Enttäuschung war jedoch groß, als ich im Hause weder die deutsche Frau noch den Professor vorfand, sondern eine alte weißhaarige resolute Dame antraf, die sich als die Mutter des Professors herausstellte. Als ich mit meinem kargen Italienisch nach dem Mietpreis fragte, nannte sie mir die horrende Summe von 2000 Lire, also zehnmal so viel, wie ich ein Jahr zuvor hatte zahlen müssen. Ich rechnete mir aus, dass ich unter diesen neuen Umständen keine vierzehn Tage bleiben konnte, und sagte so zähneknirschend zu, zwei oder höchstens drei Nächte zu bleiben.

Gegen Abend zog ich mich für den Bummel auf der Piazetta um. Ich zog die neue Hose an, ein frisches Hemd, und verließ das Haus. War es das neue Beinkleid, jedenfalls kamen die beiden Hunde auf einmal gar nicht freundlich bellend heran, der eine sprang mich knurrend an und biss mir in die Wade. Dabei bekam meine Hose einen hässlichen Riss ab, und auch einige Blutflecke zeigten sich. Ich humpelte ins Haus zurück und meldete der Dame des Hauses das Desaster. Sie versprach mir, die Hose reinigen und durch eine Freundin kunststopfen zu lassen. Ich machte ein bedenkliches Gesicht und fragte nach der Adresse eines Arztes, der mir eine Spritze gegen Tetanus oder gar Tollwut verabreichen könnte. Ich erinnere mich nicht mehr, ob ich den Gang zum Arzt tatsächlich getan habe, ich erinnere mich aber sehr gut daran, dass ich, als ich später in die Villa zurückkehrte, der Alten sagte, dass ich vom Arzt nach dem Hund und seiner Besitzerin gefragt worden sei. Der Arzt habe mir bedeutet, dass dies Gesetz sei, ja es bestünde sogar Gefahr, sollte sich ein Verdacht auf Tollwut bestätigen, dass ihr Hund eingeschläfert werden müsse. Die arme Frau brach in Tränen aus. Sie bat mich, ihren Namen und den ihres Hundes nicht preiszugeben, für diese Gefälligkeit verspreche sie mir, dass ich, so lange ich wolle, kostenlos bei ihr logieren könne.

Auf diese Weise verbrachte ich meine zweiten glücklichen drei Ferienwochen auf dieser schönen Insel.

Rechnen Sie heutzutage bitte nicht mit solchen Glücksfällen und machen Sie sich darauf gefasst, dass die Preise von damals nicht mehr ganz die gleichen sind.

Alle Wege führen nach Rom

Während der Berliner Filmfestspiele 1961 bekam ich einen Anruf aus Rom. In etwas gebrochenem Deutsch meldete sich der Regisseur Luigi Comencini, bekannt geworden durch den Film BROT, LIEBE UND FANTASIE und in Italien damals schärfster Konkurrent von Mario Monicelli, dem Regisseur von DIEBE HABEN'S SCHWER. Comencini lud mich nach Rom ein, um über eine Mitwirkung in seinem nächsten Film, DER RITT AUF DEM TIGER, zu sprechen. Ich sagte zu, und zwei Tage später flog ich zum ersten Male nach Rom.

Meine früheren Besuche in der Ewigen Stadt hatten unter dem armseligen Stern des Studentendaseins gestanden: Eisenbahn dritter Klasse, Straßenbahn zur Via Savoia 15, wo damals die Jugendherberge war. Um elf Uhr abends wurde das Tor geschlossen, um Mitternacht ging das Licht aus. Übernachtungspreis 200 Lire, das waren damals, Anfang der fünfziger Jahre, etwa zwei DM, die ich übrigens bei meinem letzten Besuch schuldig blieb, um die Straßenbahn zum Bahnhof Termini bezahlen zu können. Damals hatte ich Rom kennen gelernt, wie eben nur ein Student es kennen lernt: zu Fuß. Und es gibt keinen besseren und gründlicheren Weg.

Die frühen fünfziger Jahre in Italien waren, anders als die Jahre des deutschen Wirtschaftswunders, noch harte Nachkriegszeit, die sich filmisch im »Neoverismo« ausdrückte: in kleinen, oft mit wenig Geld gedrehten Schwarzweißfilmen wie ROMA, CITTA APERTA oder PAISÀ und den ersten De-Sica-Filmen und vor allen RISO AMARO, im Deutschen mit BITTERER REIS übersetzt. Die Doppelbedeutung des Titels ging übrigens in der deutschen Übersetzung leider verloren, denn riso amaro heißt auch bitteres Lachen, und diese zweite Bedeutung sagt sehr viel aus über jene Zeit, jene bittere Zeit, in der dennoch gelacht wurde.

Nun traf ich auf ein ganz anderes Rom. Die Ewige Stadt war wieder einmal aus ihrem Dolce-far-niente-Schlaf aufgewacht, war wieder einmal Mittelpunkt der Welt, zur Abwechslung diesmal auf dem Sektor des Films. Über 250 Spielfilme wurden in jener Zeit pro Jahr gedreht, darunter amerikanische Großproduktionen wie BEN HUR oder CLEOPATRA, aber auch der Film, der den sechziger Jahren ihren Namen aufdrückte: Fellinis LA DOLCE VITA. Das bittere Lachen war vergessen. Nach den Jahren der Not wollte man das Leben wieder genießen. Es war in der Tat eine aufregende und sorglose Zeit, in der das Vergnügen als das einzig Wichtige erschien. Und im Rom jener Jahre zu filmen hieß dazuzugehören, hieß, so etwas wie ein Auserwählter zu sein.

Als Comencini mich sah, rief er aus: »O Dio mio! Ich habe Sie mit Gert Fröbe verwechselt.« Ich konterte: »Das macht nichts, Signor Monicelli!« »Touché!«, lachte er und stellte mich dann meinem zukünftigen Mitspieler Nino Manfredi, danach den Drehbuchautoren Age & Scarpelli vor, die besten Komödienschreiber des italienischen Films. Ich sprach damals so gut wie kein Italienisch, tat aber so, als verstünde ich jedes Wort, sodass Comencini dachte, ich könnte die Rolle bis zum Drehbeginn leicht auf Italienisch einstudieren, man würde sie dann durch einen Italiener nachsynchronisieren lassen. Mir war alles recht.

Ich sagte Comencini zu und nahm mir sofort eine riesige, luxuriöse Mietwohnung im oberen, eleganteren Teil von Trastevere mit zwei Terrassen und drei Bädern.

Natürlich brauchte ich einen Wagen, möglichst einen offenen Sportwagen. Alain Delon rauschte in einem silbernen Ferrari mit einem Wahnsinnstempo durch die engen Gassen, eine glücklich lachende Romy Schneider neben sich. Vor den Nachtclubs standen unzählige offene Flitzer, Ferraris, Maseratis, Lamborghinis, Bizzarrinis, Alfa Romeos, MGs, Jaguars, Austin Healeys, Morgans … Ich lernte einen jungen Deutschen kennen, der wie viele Starlets und Schönlinge nach Rom gekommen war, um hier entdeckt zu werden und die ganz große Karriere zu machen. Bei ihm hatte es wohl nicht so ganz geklappt. Er hatte beschlossen, sein Glück in Hollywood zu suchen, brauchte dringend einen Käufer für seinen schwarzen Austin Healey 3000 mit roten Ledersitzen und deutschem Nummernschild, um mit dem Erlös sein Flugticket nach Amerika zu bezahlen. Für 1500 Mark könnte ich der neue Besitzer sein, warb er. Sein Angebot interessierte mich. Doch wochenlang hörte ich nichts mehr von ihm und entschloss mich irgendwann zum Kauf eines roten Alfa Romeo Spider. Schon am nächsten Tag traf ich meinen deutschen Austin-Healey-Besitzer auf der Via Veneto. »Da bist du ja, Mario, ich suche dich die ganze Zeit. Morgen geht mein Flieger nach L. A., und ich brauche das Geld für mein Ticket.« Ich zeigte auf meinen frisch gekauften Alfa und sagte: »Tut mir Leid, aber wie du siehst …« Er wurde blass und stammelte: »Mario, das kannst du mir nicht antun. Ich habe in drei Tagen eine Verabredung mit Elia Kazan für die Hauptrolle in seinem nächsten Film!

Du hast es mir versprochen ... Ich habe mich auf dich verlassen ...!«

So kam es, dass ich innerhalb weniger Tage der Besitzer zweier Sportwagen wurde. Ich gewöhnte mich schnell daran. Wenn ich morgens, in jeder Hand einen Wagenschlüssel, auf den Parkplatz vor dem Haus kam, entschied ich mich ganz nach Laune für Rot oder Schwarz. Langsam kristallisierte sich jedoch eine Vorliebe für den Austin Healey heraus. Er war zwar alt und neigte zu abrupter Befehlsverweigerung, aber ich liebte einfach das tiefe, vibrierende Brummen seines Motors. Frauen nannten es sexy.

Zum Drehbeginn des Films hielt ich es für den richtigen Einstand, ein Fest zu veranstalten. Damals jagte eine Party die andere, manchmal zwei, drei an einem Abend. Man brauchte gar nicht groß eingeladen zu sein. Man musste nur Charley kennen: Charles Fawcett war ein Amerikaner, ohne Beruf, und man munkelte, dass er bei der CIA gewesen wäre, und er genoss es, wenn man ihn »The King of Rome« nannte. Er kannte Gott und die Welt, war äußerst großzügig und daher ständig pleite. Da ich noch nicht viele Leute in Rom kannte, lud ich Charley zu meiner Party ein und fügte hinzu, er könne ruhig noch ein paar Freunde mitbringen. Ich ließ Essen und Trinken durch den schicken Partyservice Bernasconi am Largo della Torre Argentina organisieren und lud, mit den römischen Gewohnheiten nicht vertraut, für 20 Uhr ein. Fünf Kellner waren gegen sechs Uhr mit Tischen, Geschirr und einer Tonne feinster Speisen angerückt, hatten alles aufgebaut, die Badewannen in den Bädern waren mit Champagner, der in dicken Eisbrocken schwamm, angefüllt. Jetzt standen die Kellner däumchendrehend herum, es wurde neun, es wurde zehn Uhr, und kein Mensch erschien, außer ein paar guten Freunden, die für Schallplatten und

Lautsprecher gesorgt und mir geholfen hatten, die Wohnung und die Terrassen mit Kerzen, Lampions und Fackeln zu dekorieren. Allmählich verzweifelte ich. Hatte man meine Party vergessen? »Snobbte« man mich, den unbekannten deutschen Schauspieler? – Gegen Mitternacht hatten sich einige zwanzig Leutchen eingefunden, als plötzlich Charley mit seinen Freunden vor dem Haus eintraf. Fünfzig, sechzig Autos drängten sich unter lautem Gehupe in den Hof und die enge Via dell'Ongaro. Beim ersten Transport nach oben streikte der Lift. Hilferufe. Die Leute im Haus meuterten, wer Humor hatte, durfte mitfeiern. Schließlich waren 150 Gäste in der Wohnung verteilt, und Bernasconi musste Nachschub heranvkarren. Die Party dauerte bis sechs Uhr früh, ein Rekord. Ich hatte die Probe bestanden. Am nächsten Tag war ich im Rom des Dolce Vita berühmt; wenn auch nicht als Schauspieler, sondern als Partyschmeißer. Immerhin.

Mit der Schauspielerei hingegen ging es bei weitem nicht so schnell. Luigi Comencinis Film DER RITT AUF DEM TIGER wurde trotz der glänzenden Besetzung mit Nino Manfredi und Gian Maria Volonté, dem guten Drehbuch und der bissig-humorvollen Regie kein Erfolg. Der Schwarzweißfilm ist heute noch ansehnlich, aber er war wohl durch die ungewohnte Mischung aus Komik und Dramatik seiner Zeit voraus. Ich hatte im italienischen Film Blut geleckt, musste aber, wollte ich nicht reumütig und ruhmlos zum weniger als mittelmäßigen deutschen Film zurückkehren, kleine Brötchen backen. Ich spielte in zwei sehr guten Filmen Antonio Pietrangelis die winzigen, wenn auch profilierten Rollen eines Dorftrottels und eines Preisboxers. Als jedoch endlich das Angebot einer großen Rolle in dem Buñuel-Film TAGEBUCH EINER KAMMERZOFE mit Jeanne Moreau auf mich zukam, wurde mir erklärt, dass ich die Rolle nur spielen könnte, wenn ich die italienische Staatsbürgerschaft besäße. Mein italienischer Agent und ich berieten, was zu machen wäre. Seine Idee: Mit meinem italienischen Vater sollte es doch möglich sein, die italienische Staatsbürgerschaft zu erhalten. Es gelang uns auch, sofort einen Termin für das entsprechende Gespräch mit einem hohen Beamten des zuständigen Ministeriums zu bekommen. Mein Agent erklärte unser Anliegen, der Beamte hörte ihn geduldig an, fragte, was für eine Nationalität ich denn besäße, und als ich sagte: »Die deutsche«, faltete er seine Hände wie im Gebet und wedelte sie vor seinem Gesicht in einer sehr italienischen Geste: »Warum? Warum in aller Welt wünschen Sie sich die italienische Staatsangehörigkeit, wenn Sie die DEUTSCHE haben? – Sind Sie verheiratet?« Ich verneinte. »Wissen Sie, was es bedeutet, Italiener zu sein, wenn Sie heiraten?« Er presste die Handgelenke zusammen, um eine Fesselung zu demonstrieren. »Sie sind ein Sklave!«, rief er, »ein Leben lang an eine ungeliebte Frau gefesselt. In Italien gibt es keine Scheidung!«, schrie er. »Es gibt nur die Ungültigkeitserklärung durch die päpstliche SACRA ROTA, die bekommen Sie aber nur, wenn Sie sehr reich, adelig oder impotent sind! Gehören Sie zu einer dieser privilegierten Gruppen?« Ich musste verneinen. »Na also!«, triumphierte er, »ich könnte Ihnen noch Dutzende anderer Gründe nennen, die es nicht ratsam erscheinen lassen, Italiener zu werden und eine so bevorzugte Nationalität wie die GERMANISCHE aufzugeben.« Wir, mein Agent und ich, sahen uns an. Fast gleichzeitig erhoben wir uns von unseren Stühlen und verabschiedeten uns von unserem temperamentvollen Ratgeber. Wir gaben unser Vorhaben auf, und ich habe folglich jene Filmrolle nicht bekommen, buk noch für einige Jahre kleine Brötchen, bis der Regisseur

Renato Castellani mir eine große Rolle neben Sophia Loren und Vittorio Gassman in DIE ÜBERSINNLICHE nach einem Theaterstück von Eduardo de Filippo anbot. Nach diesem Film gehörte ich dazu – diesmal auch als Schauspieler.

Der Fotograf von San Marco

Wenn man vom Markusplatz kommend über den hölzernen Ponte dell'Accademia den Canale Grande überquert, sich links hält und durch eine lange, schmale Gasse auf den Campo San Polo zugeht, übersieht man leicht einen winzigen Fotoladen auf der rechten Straßenseite. In dem kleinen Schaufenster sind einige Fotos ausgestellt, ein paar alte Fotoapparate und mehrere Venedigbroschüren. Eine davon zeigt auf dem Titelblatt eine alte Fotografie, auf der der würdige Campanile von San Marco ganz unwürdig verzerrt, aufgerissen, im Einsturz begriffen dargestellt ist. Neugierig geworden, trat ich eines Tages in den Laden, um jene Broschüre zu erstehen.

So erfuhr ich denn, dass der Campanile, auf den die Venezianer seit über tausend Jahren stolz sind und den sie liebevoll »El parón de casa« nennen, was so viel wie »Herr des Hauses« heißt, und dessen unerschütterliche Festigkeit sie Jahrhunderte lang als Garanten für alle möglichen Versprechen oder gar Verträge benützten, dass also dieser schöne, stolze Turm am 15. Juli 1902, um 9 Uhr 47, eingestürzt war. Ich wunderte mich, dass diese Tatsache so wenig bekannt war. Ich konnte mich nicht erinnern, dass einer der herkömmlichen Touristenführer den Einsturz, der ja doch ein außerordentliches Ereignis in der Geschichte Venedigs gewesen sein musste, überhaupt erwähnt hätte. Und nicht nur das erschien mir merkwürdig. Ich fragte mich, wie es denn möglich war, dass ein Fotograf zu jener Zeit, in der die Fotografie noch in den Kinderschuhen steckte, ein solches Sensationsfoto machen konnte. Ich begab mich auf den Markusplatz und versuchte, den Punkt ausfindig zu machen, von dem aus der begabte Fotograf jene Aufnahme gemacht haben konnte. Bald stellte ich fest, dass es diesen Punkt nicht gab, nicht geben konnte. Keine Fotolinse der damaligen Zeit hätte den Campanile aus dieser Nähe von der Basis bis zur Turmspitze auf die Platte bringen können. Ich war einer Fälschung auf der Spur.

Wenig später saß ich an einem Tisch vor dem Café Florian, trank einen Cappuccino und zeichnete auf der Fotografie die Linien ein, die die verschiedenen Teile der »Fotomontage«, um die es sich handeln musste, hätten sein können. Da hörte ich dicht hinter mir ein freundlich-spöttisches Lachen, und eine Stimme sagte: »Sieh an, sieh an! Wieder einer der Touristen, die jedes Jahr dieses Foto als Fälschung erkennen!« Ich drehte mich um und sah einen sehr alten Mann im weißen Leinenanzug und mit einem breitrandigen Panamahut auf dem faltigen Charakterkopf. Sehr helle, blaue Augen blickten mich freundlich an. »Sie werden sich sicher fragen, warum es nie öffentlich als Fälschung angeprangert wurde«, fuhr er fort, »und warum man in Venedig überhaupt so wenig über den Einsturz des Campanile spricht. Wenn es Sie interessiert, ich kann Ihnen diese Fragen beantworten. – Entschuldigen Sie bitte meine Aufdringlichkeit!«, unterbrach er sich, aber er hatte mich schon am Haken. Ich stellte mich vor und erfuhr, dass ich mit einem wahrhaftigen Geschichtsprofessor sprach, seit langen Jahren emeritiert. Der »Professore« lud mich ein, zu ihm hinaufzukommen, er wohne nur »a due passi«, zwei Schritte, von hier.

Wir saßen lange in seiner Bibliothek. Bis auf die Fenster

waren alle Wände bis an die kostbar kassettierte Decke mit Regalen voller Bücher bedeckt. Er bot mir ein Gläschen Marsala an, einen süßen bräunlichen Wein, der etwas an Portwein erinnert, und er begann zu erzählen.

Es ist Sonntag, der 13. Juli 1902.

Seit vier Tagen schiebt der Fotograf Antonio Baghetto im Morgengrauen sein Wägelchen zum Markusplatz, an die Schmalseite des Platzes gegenüber der Basilika. Er schnallt das Stativ ab, stellt es auf, befestigt seine schwere Görtz-Anschütz auf dem Stativ, hängt das schwarze Tuch über Apparat und Kopf und richtet das Objektiv wie jeden Morgen dieser letzten Tage auf den Campanile. Der Platz ist noch menschenleer, nur die ersten Tauben segeln von ihren Dächern und Firsten auf das Pflaster hinunter und picken die letzten Körner vom Vortag auf.

Seit vier Tagen sind die Gerüchte über den schlechten Zustand des Campanile Gegenstand handfester Streitartikel in der Gazzetta di Venezia und anderen Zeitungen. Für die einen ist der Gedanke, dass der tausend Jahre alte Glockenturm gefährdet sein könnte, eine reine Unmöglichkeit: Für einen echten Venezianer ist nichts so fest, nichts so ewig wie der Campanile. Und jetzt soll er krank sein, hinfällig, baufällig gar?! Nur wegen der paar Risse im Gemäuer? Von denen wurde schon zu Marco Polos Zeiten berichtet. Gibt es doch kaum eine Kirche, einen Palast in Venedig, die nicht irgendwelche Risse aufweisen. Doch andere Stimmen werden lauter, die von Statik, Materialermüdung und Senkung der Fundamente reden, wie Ingenieur Torri, der Leiter des Bauamtes, der jeden Tag eine lange Feuerwehrleiter anlegen lässt und selbst besteigt, um die Risse in Augenschein zu nehmen und mit dem Zollstock Veränderungen in der Breite zu messen. Der Stadtrat hat eine Kommission eingesetzt, die nun seit einer Woche ein tägliches Bulletin herausgibt, wie bei einem illustren Kranken. Immer noch stehen die skeptischen Venezianer dabei und machen spöttische Bemerkungen, wenn die Kommission sich wichtigtuerisch zur Besichtigung des »Patienten« begibt.

Antonio Baghetto ist einer der beiden Fotografen, die sich seit vielen Jahren das Fotografieren der Touristen auf dem Markusplatz teilen. Der andere, Rino Zago, Antonios Konkurrent, hält die Ostseite des Platzes besetzt, postiert seine Kunden auf Verabredung vor die Basilika oder die Loggietta oder mit dem Rücken gegen die Riva dei Schiavoni, sodass man als Hintergrund die beiden Säulen am alten Hafen und in der Mitte dahinter die Insel mit der Kirche San Giorgio Maggiore sieht.

Antonio Baghettos Hauptmotiv für seine Touristenfotos ist hingegen die Basilika mit den vielen Kuppeln und der Campanile. Touristen zu fotografieren ist für ihn nur der alltägliche Broterwerb, denn er ist ein Künstler. Sein Vater und Großvater waren Glasbläser in Murano, er, Antonio, ist gelernter Linsenschleifer. Durch diesen Beruf ist er dann zu der neuen Kunst, der Fotografie, gekommen. In seiner Freizeit, und das sind die langen Wintermonate, wenn die Touristen und Hochzeitspärchen Venedig fernbleiben, zieht er seinen Wagen durch die Straßen und über die kleinen Brücken und sucht die alten Motive Canalettos. Keinen Maler bewundert Antonio so sehr wie diesen Giovanni Antonio Canaletto, den schon sein Vater so verehrte, dass er ihm, Antonio, dessen Taufnamen gab. Das Gerücht, dass Canaletto für die Aufrisse seiner in der Tat unglaublich genauen Perspektiven eine Art Camera obscura benutzt hätte, tut Antonios Bewunderung für diesen berühmten Venezianer keinen Abbruch. Ganz im Gegenteil.

Antonio versucht sich auch, und das ist sein Hobby, im

Fotografieren von Blumen, Vögeln und Insekten, doch ist dies noch brotlose Kunst, auch wenn er heute als ein Pionier der Pflanzen- und Tierfotografie gilt.

Doch der Gedanke, dass der Campanile von San Marco tatsächlich gefährdet sein könnte, hat Antonio Baghetto auf die Idee gebracht, dass er das Ereignis, sollte es eintreten, auf seine Platte bannen müsse. Daher also steht er seit vier Tagen beim ersten Hahnenschrei auf und betet insgeheim, dass, wenn der Einsturz geschähe, dieser nicht während der Nacht erfolgen möge, denn die Nacht war damals noch die Feindin der Fotografie.

Sein Konkurrent von der anderen Seite des Platzes, Rino Zago, hat natürlich mitbekommen, dass Antonio seit Tagen von früh bis spät nur den Campanile im Objektiv behält, und lacht sich ins Fäustchen; er lässt sich von dem Gerede um den bevorstehenden Einsturz des Turms nicht ins Bockshorn jagen und fährt fort, mit dem Fotografieren von Touristen Geld zu verdienen, und er stellt vergnügt fest, dass die Marotte Antonios ihm, Rino Zago, zusätzliche Kunden beschert, die sich von Antonio vernachlässigt sehen.

Der verbringt wieder den ganzen Sonntag auf seinem Stühlchen hinter seinem Apparat, er schwitzt und flucht auch schon einmal, aber dann wird ihm wieder bewusst, dass er das Unglück eigentlich gar nicht herbeiwünscht. Der Streit um den Campanile ist in diesen letzten Tagen auf seinem Höhepunkt. Die »Campanile-Kommission« hat beschlossen, dass das Läuten der Glocken Venedigs und der Kanonenschuss, der die neunte Stunde ankündigt, für das Wochenende untersagt werden, und auch das angekündigte Konzert der Militärkapelle auf dem Platz darf nicht stattfinden.

Als Antonio Baghetto am nächsten Morgen auf den

Markusplatz kommt, bemerkt er eine noch größere Stille als sonst. Es ist nicht das Fehlen des Glockengeläuts an diesem Montagmorgen, er stellt fest, dass nicht eine einzige Taube sich bisher auf dem Platz eingefunden hat. Er fühlt eine seltsame Beklemmung, und sein Herz schlägt die ganze Zeit schneller. Etwas liegt in der Luft. Sollte es wirklich geschehen, sollte der Turm wirklich einstürzen? Antonio merkt, dass seine Beklemmung Angst ist. Er muss sich regelrecht einreden, dass die Entfernung zum fast neunzig Meter hohen Turm doch zu beträchtlich ist, als dass ihn die Trümmer hier erreichen könnten. Antonio hat sich, wie jeden Morgen, eine GAZZETTA gekauft und liest besorgt die Schlagzeile: IL GRAVISSIMO ALLARME PER IL CAMPANILE DI S. MARCO. Gegen 8 Uhr 30 trifft unter der Führung von Stadtbaumeister Torri und dem Ingenieur Gaspari, dem Polizeichef, ein kleiner Trupp von Feuerwehrmännern und Polizisten ein, der den Platz zum Dogenpalast hin absperrt. Kaum ist jedoch die achtzehn Meter hohe Leiter an den Turm gelegt, da rieseln schon kleine Steine und Mörtelschutt aus dem immer breiter klaffenden Spalt. Gaspari lässt seine Leute von der Leiter heruntersteigen. Dann wendet er sich an die Menge, die immer noch nicht glauben will, dass der Turm einstürzen könnte, und sich allzu nahe herangewagt hat. Mit Stentorstimme befiehlt er, dass der Platz geräumt werden müsse. Die Frühstücksgäste vor dem Café Florian werden von besorgten Kellern gedrängt, ihre Mahlzeit zu beenden. Gegen neun Uhr haben sich doch schon fast tausend Neugierige eingefunden, die nun gegen das obere Ende des Platzes gedrängt werden, sodass Antonio immer wieder einige Schaulustige, die ihm die Sicht versperren, zur Seite bitten muss. Hat da jemand ans Stativ gestoßen? Schnell wirft sich Antonio noch einmal das schwarze Tuch über den Kopf, zieht die Bildplatte heraus, um zu kontrollieren, ob der Bildausschnitt stimmt, ob die Spitze des Campanile auf der Mattscheibe den unteren Bildrand berührt, denn für Antonio steht ja das Bild auf dem Kopf. Nichts hat sich verändert. Schnell schiebt Antonio die Platte in den Apparat, und sein Kopf taucht wiederum neben der Kamera auf.

Die Stille wird allmählich gespenstisch, jetzt sieht man sogar von hier aus deutlich den großen Riss oben im Turm, aus dem jetzt unaufhörlich Steinchen und Staub herunterrieseln.

Um 9 Uhr 47 ist es so weit: Ein unterirdisches Donnergrollen lässt den Platz erbeben. Antonios Hand hält die kleine Gummipumpe, die den Linsenverschluss öffnet, bereit, um sie im richtigen Augenblick zu drücken. In diesem Augenblick ertönt ein langer Schrei der Menge:

Die Mitte des Turms dehnt sich wie eine aufgeblasene Flasche immer weiter in die Breite, dann schwankt das Turmdach zwei-, dreimal hin und her, hängt für einen Augenblick schief wie ein Clownshut, unter dem ungleichen Gewicht brechen die Säulchen vor dem Glockenstuhl wie Streichhölzer, schließlich sackt der ganze Turm wie eine müde alte Frau in sich selbst zusammen, mit einem Getöse, das den Aufschrei der Menge übertönt. Eine gewaltige Staubwolke ballt sich am Fuß des Turms, in welcher der von der Turmspitze abgebrochene und abwärts taumelnde goldene Engel verschwindet.

Genau im richtigen Augenblick hat Antonio den Verschluss geöffnet und wieder geschlossen. Danach breitet er das schwarze Tuch aus und bedeckt damit den ganzen Apparat, denn nun rast die riesige Staubwolke auf ihn zu, hüllt ihn ein. Er hält das Stativ mit beiden Armen umklammert, da auf einmal überall um ihn herum hustende, stolpernde, stürzende, schreiende, um sich schlagende

Leiber in äußerster Panik auf ihn eindringen. Er hält die Kamera noch, als sie stürzt, doch dann treffen ihn Stöße an Armen und Beinen, auf dem Rücken, er hört, wie das Gehäuse des Fotoapparates auf dem Pflaster zerschellt, Antonio schreit um sein Leben. Er hält schließlich nur noch das, was eben noch das schwarze Tuch war, in den Händen. Als sich die Menge verlaufen und die Staubwolke sich auf alles ringsherum als weißer Schleier gelegt hat, kniet Antonio am Boden, sucht, was von seinem Apparat übrig geblieben ist, verstaut es auf seinem Wägelchen und macht sich auf den Heimweg. Er weint, und er weiß selbst nicht, ist es wegen seines wertvollen Fotoapparates, wegen der entgangenen Gelegenheit, ein Jahrhundertfoto zu machen, oder wegen des eingestürzten Campanile, der jetzt als großer Schutthaufen daliegt und den Platz unendlich leer erscheinen lässt, obwohl jetzt die Menschen wieder hindrängen, von der Polizei nicht zurückgehalten werden können. Die ersten laufen schon hinzu, sich einen Steinbrocken aus dem Schutt als Andenken zu sichern. Eine halbe Stunde später ist Antonio zurück und fotografiert die Trümmer, macht Fotos, die heute noch, hundert Jahre später, den Einsturz des Campanile dokumentieren.

Doch ein Foto fehlt: Jenes eine, das Antonio zwar gemacht hat, das aber durch das Licht, das nach dem Fall auf das Pflaster und das Zertrampeln durch die Menge auf die Platte gefallen war, unwiederbringlich verloren bleibt.

Am späteren Nachmittag rufen die Zeitungsjungen auf Venedigs Straßen eine Extraausgabe über den Einsturz des Campanile aus. Es ist nur eine Doppelseite. Antonio kauft sie und sieht auf der Titelseite den »sensationellen, einmaligen Schnappschuss eines venezianischen Fotografen«. Er traut seinen Augen nicht. Da prangt eine Aufnahme vom einstürzenden Campanile, ähnlich und doch ganz anders, als Antonio es unauslöschlich in seinem Hirn festgehalten hat. Noch mehr staunt er aber, als er den Namen des Fotografen liest, nämlich den seines ärgsten Konkurrenten Rino Zago.

Antonio kann es nicht fassen. Er, Antonio Baghetto, und nur er hat den einstürzenden Campanile fotografiert. Die Leute reißen sich um das Extrablatt.

Das rätselhafte Foto sollte noch oft in den nächsten Tagen und Wochen in Zeitungen, Magazinen und Sonntagsillustrierten auf der ganzen Welt erscheinen. Doch Antonio weiß: Mit dem Foto kann etwas nicht stimmen! Ein Foto ohne Fotografen, und dazu noch ein allzu perfektes Foto, was den Bildausschnitt betrifft. Antonio sitzt in seinem kleinen Atelier, starrt auf das Extrablatt mit dem Bild des einstürzenden Campanile und rätselt darüber nach, wie Zago zu diesem Foto gelangen konnte.

Er schneidet es aus, faltet es, schiebt es in die Tasche seiner Leinenjacke und macht sich auf den Weg. Ihm ist klar, es konnte nie und nimmer von der Seite des Torre dell'Orologio her aufgenommen worden sein, denn da waren es keine sechzig Meter bis zum Campanile. Von dort gesehen gab es kein Objektiv, das den ganzen Campanile, vom Sockel bis zur Turmspitze, hätte erfassen können. Zur Zeit des Einsturzes hätte sich darüber hinaus dort niemand hingewagt. Antonio hat bald den Standort gefunden, von dem aus die beiden Fotos aufgenommen worden waren, die den Campanile rechts und links flankieren. Ein Fenster im dritten Stock gleich neben dem Orologio. Nur von da aus konnte man die beiden Säulen mit dem heiligen Georg und dem Markuslöwen so sehen, dass im Hintergrund die Insel mit der San Giorgiokirche genau eingerahmt erschien. Aus dem gleichen Fenster heraus musste auch der rechte Teil des Fotos mit dem Palast

Der Einsturz des Campanile

der Prokuratien entstanden sein. Eine Fotomontage also! Aber der Campanile!? Um ihn so aufzunehmen, dass man ihn in seiner ganzen Höhe sah wie auf dem Foto, musste der Fotograf viel weiter zurück stehen, und das war nicht möglich, denn da war ja kein Platz, da standen Häuser. Der Trick war einfach: Zago hatte eine alte Aufnahme vom weiten Ende des Platzes her, wo er, Antonio, gestanden hatte, benützt, den Turm sozusagen um neunzig Grad gedreht und zwischen die beiden anderen Fotos einkopiert. Er brauchte nur den Markuslöwen im Rechteck unter dem Giebel wegzuretuschieren und durch das Wappen ersetzen, eine schlampige Arbeit übrigens, wie Antonio mit der Lupe feststellte, und schließlich beim Entwickeln der Kopie den Turm so zu verzerren, dass er wie der sich auflösende Campanile mit etwas dickem Bauch und verbogener Spitze erschien. Dann fehlte nur noch der große Riss, ein paar herabfallende Steine und eine Staubwolke, mit Tusche eingezeichnet, und fertig war die Montage, fertig war die Fälschung. Antonio macht sich gleich daran, mit Hilfe alter Fotos die gleiche Fälschung herzustellen. Nach ein paar Stunden Arbeit ist das Resultat nicht nur ähnlich, es ist besser als Zagos Fälschung.

Als sein Werk getrocknet ist, macht er sich auf den Weg zu Zago. Der staunt nicht wenig, als Antonio Baghetto, der ihm immer ein Dorn im Auge gewesen war, in sein Geschäft tritt. Antonio wirft sein Foto mit einem spöttischen Lächeln auf den Ladentisch und sagt: »Signor Zago, wenn Sie schon fälschen und für echt ausgeben, dann fälschen Sie doch bitte etwas besser, unserem Handwerk zuliebe!«

Man behauptet sogar, Zago hätte Antonio Baghettos Foto in der Folgezeit benützt, aber das ist heute wohl nicht mehr zu beweisen. Als sicher gilt hingegen, dass sich

Antonio Baghetto und Rino Zago in verschiedenen Lagern befanden, als es um den Wiederaufbau des Turms ging. Von Antonio Baghetto haben wir sehr schöne Fotos, die den Markusplatz zeigen, als die Trümmer des Campanile weggeräumt waren. Antonio war mit vielen Venezianern der Meinung, dass der Platz ohne Campanile weiter, majestätischer, ästhetischer aussah, nämlich so, wie er in seiner Frühzeit ausgesehen hatte. Wenn schon der Campanile wieder aufgebaut werden sollte, dann nicht auf dem Platz selbst, sondern seitlich so zurückgesetzt, dass er mit dem Prokuratiumspalast in einer Front läge, dort, wo sich die ebenfalls zerstörte Loggietta befand. Die Gegenpartei war der Meinung, der Campanile müsse genau so und genau dort wieder aufgebaut werden, wie und wo er tausend Jahre lang gestanden hatte.

Aber in Rino Zagos Broschüre über die Geschichte des Einsturzes ist kein Foto zu finden, auf dem der Platz von den Trümmern befreit, ohne den Campanile, zu sehen wäre, und bezeichnenderweise ist der Titel dieser Broschüre COM'ERA, DOV'ERA (Wie er war, wo er war).

So geschah's denn auch. Zehn Jahre später wurde der neue Campanile eingeweiht. Zwar steht er nun genau dort, wo er vorher gestanden hat, doch hatte man einen kleinen Kompromiss schließen müssen. Aus statischen Gründen wurden das Fundament und auch die vier Seiten verbreitert, sodass der »neue Campanile« gesetzter, weniger schlank und elegant ausgefallen ist.

»Antonio Baghetto«, schloss der Professor seine Geschichte, »hat niemals mehr Touristenfotos gemacht, auch war er nicht zugegen, um das große pompöse Einweihungsfest des neuen Campanile zu fotografieren. Ich besitze einige seiner Bücher mit wunderschönen Pflanzen- und Tierfotos: Kommen Sie, ich zeige sie Ihnen, wenn es

Sie interessiert«, und er führte mich zu einer der hohen Bücherwände.

Es war spät geworden. Als ich mich von ihm verabschieden wollte, bot er mir an, dass ich mir als Geschenk ein Buch aus seiner Bibliothek aussuchen könne. Ich wollte ablehnen, aber er bestand darauf: »Sehen Sie«, sagte er, »ich bin alt, ich werde bald alle diese Bücher zurücklassen. Mir gefällt der Gedanke, dass Freunde das eine oder andere Buch mitnehmen. Sollten Sie Bücher lieben und sammeln, werden Sie es vielleicht eines Tages auch so halten.« Ich hatte bemerkt, dass er einen dicken Bildband über Canaletto zweimal besaß, und wählte einen der beiden. Er lächelte und sagte: »Besuchen Sie mich wieder einmal. Aber beeilen Sie sich.«

Als ich kaum zwei Jahre später in Venedig einen Film drehte, ging ich wieder in das Haus. Der Portier des Palazzos sagte mir, dass der Professore vor über einem halben Jahr gestorben war.

Auf meine Bitte führte er mich hinauf und schloss die Wohnung auf. Sie war leer und eiskalt. Von den Wänden der Bibliothek gähnten die leeren Regale.

Der Besuch

Etwa vierzig Meilen westlich von Anzio liegt eine kleine Inselgruppe im Tyrrhenischen Meer, entfernt vom großen Tourismus und längst nicht so bekannt wie Capri oder Ischia: Die kleinste Insel heißt Palmarola, die größte und bedeutendste Ponza. Manche glauben, dass Ponza seinen Namen von Pontius Pilatus bekam. Andere wiederum behaupten, ihr Name käme von »pierre ponce«, der französischen Bezeichnung des Bimssteins, den man auf der Insel findet.

Um sie von Rom aus zu erreichen, gibt es verschiedene Wege: Man nimmt in Fiumicino, dem kleinen Hafenort nördlich von Ostia, nach dem der römische Flughafen trotz seines offiziellen Namens LEONARDO DA VINCI immer noch genannt wird, ein Fährboot der Linie, die über Ponza nach Ischia, Capri und Sorrent führt, oder man kann mit dem Autobus nach Anzio, Formia oder Terracina fahren und von dort ein Aliscafo nehmen. Jedenfalls ist die kleine Inselgruppe von Rom aus in zweieinhalb bis drei Stunden zu erreichen, und man nähert sich dem wunderschönen Hafen Ponzas, an bizarren weißen Felsen und einem Inselchen mit einem einzigen weißen Haus vorbei, hoch oben liegt der kleine, romantische Friedhof auf dem steil ins Meer fallenden Felsen. Um den Leuchtturm herum fährt man in das eigentliche, von Vanvitelli geschwungen ausgebaute Hafenbecken. Nur sollte man dies nicht während der Sommermonate tun, da ist es ratsam, Ponza, wie so vieles in Italien, links liegen zu lassen, denn der Hafen ist dann mit Hunderten von großen und kleinen Booten so verstopft, dass man ihn von Boot zu Boot, ohne sich die Füße nass zu machen, überqueren könnte. Im April aber oder noch im Mai, dann wieder im September und Oktober ist Ponza schön, vielleicht weniger lieblich als Capri, weniger einladend als Ischia, aber wilder, unberührter, auch wenn es damit leider bald vorbei sein wird. Denn noch ist Ponza keine reiche Insel, die kleine Kirche links oberhalb des Hafens besitzt keine Glocke, sodass der Pfarrer oder der Küster mit schnellen Schlägen auf einen Eisenstab die Gläubigen zum Gottesdienst rufen muss, als bimmelte er auf einer Baustelle zum Mittagessen. Selbst der Inselheilige, San Silverio, ist kein wirklicher Heiliger, sondern war irgendein Gegenpapst, der, so sagt man, vom Vatikan nie anerkannt worden ist.

Auch ist Ponza nicht so durchorganisiert wie andere Ferienorte. Es gibt kein Reisebüro oder Tourismuszentrum. Wer telefonieren will, muss dies an einem ungeschützten Wandtelefon vor der Post am Hafen tun.

Neulich habe ich Alfredo in seinem Haus in den Hügeln besucht. Er saß auf seiner Terrasse am neuen Swimmingpool und lud mich zum Schwimmen ein. Ich duschte mich danach in einer eleganten gläsernen Dusche und sagte zu ihm: »Eine schöne Dusche hast du da, sieht ein bisschen aus wie eine Telefonzelle.« Alfredo lachte laut auf: »Du hast ein gutes Auge! Das *ist* eine Telefonzelle.« Die Post hat diese, so hörte ich nun, vor längerer Zeit geliefert, und sie sollte am Hafen aufgestellt werden, aber das ging gegen den ästhetischen Sinn Alfredos: »Wir lassen uns doch unseren schönen Hafen nicht von der Post verschandeln!«

Wer nun ist Alfredo, dass er so reden kann? Er ist nicht Ponzas Bürgermeister, er ist auch in keiner Partei Mitglied und deshalb nicht einmal im Stadtrat. Er besitzt eine gut gehende Bar am Hafen, ein paar Häuser, er ist Mitbesitzer einiger Restaurants, er vermietet seinen Tennisplatz für unverschämtes Geld, und ihm gehört eine ganze Flotte von Schiffen aller Art, vom großen Fischerboot über einige sehr schnelle Motoryachten bis zu den kleinen Tuck-Tuck-Booten, die er an die Touristen verchartert. Und so vielseitig sein Besitz ist, so undurchsichtig und verzweigt sind auch seine Geschäfte. Alfredo verkauft buchstäblich alles: von Schiffsmotoren bis zu geschmuggelten Zigaretten, von Baugrundstücken bis zu Armbanduhren. Dies alles aber nur, wenn man sich zu seinen Freunden zählen darf. Alfredos größter Feind auf der Insel ist denn auch der Kommandant der Guardia di Finanza, der Zollbehörde. Er hat Alfredo schon öfter geschworen, dass er ihn eines Tages mit der Hand im Sack, wie man in Italien sagt, also in flagranti bei einem seiner Schmuggelgeschäfte erwischen werde. Aber bisher ist ihm das noch nicht gelungen. Man erzählt sich eine Geschichte, die Alfredo allerdings bestreitet und die sich schon vor Jahren und zur Dienstzeit des Vorgängers des jetzigen Comandante abgespielt haben soll. Alfredo hatte damals zwei junge Burschen, die sich schon seit längerer Zeit auf Ponza herumtrieben, lustige Typen, die sich mit Gelegenheitsarbeiten über Wasser hielten, beauftragt, eines seiner schnellsten Boote neu zu streichen. Mit dem frisch lackierten Speedboat hatte sich Alfredo eines Abends auf Schmuggeltour zum Golf von Neapel begeben, um eine große Ladung illegaler Zigaretten an Bord zu nehmen. Als er sich in tiefer Nacht mit seiner Fracht vorsichtig auf Schleichwegen seinem Warenversteck auf der anderen Seite der Insel näherte, war er mehr als erstaunt, als das Polizeiboot auftauchte und ihn stoppte. Der damalige Kommandant, ein älterer, korpulenter und wenig ehrgeiziger Mann, bog sich vor Lachen, und Alfredo, der sich wie ein Fisch an Land vorkam, verstand gar nicht, was daran so lustig sein sollte, dass man ihn geschnappt hatte. Als er den Beamten zerknirscht und schicksalsergeben aufforderte, sein Boot in Gottes Namen zu durchsuchen, winkte dieser lachend ab: »Ich werde mich doch nicht blamieren! Wenn du mit einem Boot herumfährst, das man nachts aus zehn Meilen Entfernung sehen kann, dann wirst du ja nicht ausgerechnet damit auf Schmuggeltour fahren!« Was Alfredo nicht wusste, war, dass seine beiden nichtsnutzigen Helfer alle Zierstreifen am Schiffsrumpf und die Aufbauten mit Leuchtfarbe gestrichen hatten.

*

Vor einigen Monaten hatte mich Alfredo in seine Bar gewinkt und mich zu einem Espresso eingeladen. Nach einer Weile machte er mich mit einer Kopfbewegung auf drei schwarz gekleidete Männer aufmerksam und flüsterte mir zu: »Das sind Pfaffen, Kleriker. Ich wette, das sind Vatikaner, Spione aus Rom!« Zum ersten Mal hörte ich davon, dass der Papst nach Pfingsten einen Besuch der Tyrrhenischen Inseln plante. Dass er nach Capri und Ischia gehen wollte, wäre schon mehr als ein Gerücht. Nun hatte sich Alfredo, das Schlitzohr, ausgerechnet, dass zwischen Ischia und Rom auch Ponza auf der Besuchsroute des Papstes liegen könnte und dass es sich bei jenen drei sicher um Abgesandte des Vatikans handle, die ausbaldowern sollten, ob Ponza eines Besuches Seiner Heiligkeit würdig sei. Alfredo heftete sich daraufhin an ihre Fersen und überschüttete sie so unauffällig wie möglich mit allerlei kleinen und großen Aufmerksamkeiten. Wo auch immer sie hinkamen, nie durften sie irgendetwas bezahlen, es stand ihnen kostenlos ein Auto oder ein Boot, aus Alfredos Bestand natürlich, zur Verfügung. Vor allem durften die drei so schnell nicht wieder weg. Und prompt verkehrten in den nächsten Tagen wegen hohen Seegangs keine Schiffe mehr zwischen Ponza und dem Festland, was häufig geschah, diesmal aber von Alfredo kurzerhand verordnet worden war. Gleichzeitig verschwanden auf geheimnisvolle Weise die Statuen San Silverios, des Inselheiligen, aus öffentlichen Gebäuden und von den kleinen Altären an den Hausecken. Alfredo hatte Bürgermeister und Gemeinderat zu einer geheimen nächtlichen Versammlung einberufen und eine leidenschaftliche Rede darüber gehalten, wie wichtig dieser Papstbesuch für das Wohl Ponzas wäre. Ausnahmsweise waren sich einmal alle Parteien einig, und für ein paar Tage, ja Wochen klappte auf Ponza vieles, was bisher selbst mit den strengsten offiziellen Anordnungen nicht zu erreichen war. Erst als Alfredo der Meinung war, dass alles Mögliche getan worden war, durften die drei geistlichen Abgeordneten glücklich und mit Übergewichtserscheinungen wieder in Richtung Vatikan abdampfen.

Drei Wochen später war es amtlich: Der Papst würde nach dem Besuch von Capri und Ischia auch in Ponza Station machen.

Jetzt, da der Papstbesuch feststand, legte sich Alfredo erst richtig ins Zeug. Zwar tat auch die Gemeinde das ihre dazu, die Kirche bereitete sich auf ihre Weise auf den Besuch vor, doch als es darum ging, eine Glocke für die Kirche zu besorgen, musste Alfredo wieder einspringen.

Der schickte eine Abordnung aufs Festland, die kurzerhand eine Glocke vom Kirchturm einer verfeindeten Gemeinde »ausleihen« und heimlich zur Insel transportieren sollte, allein technisch keine Kleinigkeit, so sollte es sich herausstellen.

Überhaupt war Alfredo, der alles andere als ein guter Katholik war, keine Anstrengung und kein Opfer zu groß. Da musste zum Beispiel ein Auto her, um den Papst über die Insel zu kutschieren.

Alfredo stiftete seinen Lieferwagen. Er brachte diesen persönlich zu Franco Bernardis Karosseriewerkstatt. Auf der Ladefläche lag die schon erwähnte Dusche, die ehemalige Telefonzelle, die nun als »kugelsichere« Kabine Verwertung finden sollte. Alfredo legte selbst Hand an, um dem »Papstwagen« die weißgelben Vatikansfarben zu verleihen.

Der große Tag nahte. Alle Probleme schienen gelöst, da gab es doch noch eine Panne: Das Boot mit der Glocke war zu schwächlich für die schwere Last. Während der Überfahrt hielt die Verankerung nicht stand, die Glocke versank auf ewige Zeiten im tiefblauen Meer, das hier im so genannten Graben von Gaeta an die 4000 Meter tief ist. Nach einem kurzen und heftigen Wutausbruch fand Alfredo auch hier die Lösung. Ein eilends aus Neapel herbeigerufener Radiofachmann baute in letzter Minute ein elektrisches Glockenwerk ein, welches das Geläute des Londoner BIG BEN täuschend nachahmte.

Der Morgen des Besuchstages war herangekommen. Die ganze Insel war im Sonntagsstaat. Gelbweiße Vatikansfahnen und -fähnchen überall neben den einheimischen blauroten Fahnen. Fenster, Straßen und Hafen waren sauber geputzt, auch hatte Alfredo einige hygienische Maßnahmen treffen lassen: Joe, der alte herrenlose, ewig am Hafen herumstreunende Hund, der überall seine

Duftspuren und Größeres hinterließ, lag neben dem Tennisplatz an einer Kette und jaulte herzerweichend ob der ungewohnten Fessel. Und auch Dudù, der Dorftrottel, ein junger und eigentlich recht hübscher Bursche, der, Selbstgespräche führend, oft am Strand herumlief und dabei sein monströses Glied aus dem Hosenschlitz hängen ließ, war mit Beruhigungspillen voll gepumpt und bei seiner gelähmten Tante untergebracht worden. Ohne Pause dröhnte das elektrische Glockenspiel. Der Kirchenchor hatte sich am Hafen aufgebaut und probierte den Ernstfall. In Alfredos Bar drängte sich die Menge, um am Fernsehen den Papstbesuch in Capri und Ischia live zu verfolgen. Am Quai standen zwei schwarz gekleidete, blonde junge Männer, die, mit einem dicken deutschen Akzent und potenten Walkie-Talkies ausgestattet, in Funkverbindung mit dem päpstlichen Reisetross standen. Der rote Teppich war ausgerollt. Alfredo selbst hatte es sich nicht nehmen lassen, das Papstauto eigenhändig zu steuern. Er hatte es durch die Menge bis zum Ende des roten Teppichs gefahren und nur gerade so viel Platz gelassen, dass der Papst den obligatorischen Kuss auf den Boden der Insel tun konnte, falls dieser, was keiner wusste, im Protokoll vorgesehen war.

Der angekündigte Zeitpunkt für die Ankunft des hohen Gastes verstrich, Besorgnis machte sich unter den Insulanern breit. Sie wussten, was das bedeuten konnte, sie kannten ihr unberechenbares Meer. Stimmen wurden laut, enttäuschte Rufe: »Das Schiff mit dem Papst kommt nicht wegen zu hohen Seegangs.«

Zwei Stunden später wurde es offiziell: Das Boot mit dem Heiligen Vater würde den Hafen von Ischia, wo es sich gerade befand, nicht verlassen können. Betroffenheit bei allen. Allein der fast taube Chorleiter hatte nichts mitbekommen und dirigierte eifrig weiter, bis auch im Chor niemand mehr mitsang. Es hatte sich wie ein Lauffeuer herumgesprochen: »Non viene!« Er kommt nicht. Die beiden blonden Burschen sprachen immer aufgeregter in ihre Funkgeräte, in der allgemeinen Aufregung stand Alfredo auf einmal, mit einem Megaphon in der Hand, auf der Plattform seines Papstgefährts neben der Glaskabine und schrie: »Attenzione! Alle einmal herhören! Wie wir wissen, wird der Heilige Vater nicht per Boot hierher kommen, aber ...«, hier machte er eine wirkungsvolle Pause, »ich habe gerade zuverlässig gehört, dass er in etwa zwei Stunden mit einem Hubschrauber hierher fliegen wird!« Freudenrufe. »Da es keinen anderen würdigen Landeplatz auf der Insel gibt, habe ich vorgeschlagen, Seine Heiligkeit in unserem Fußballstadion zu empfangen. Alle Bürger und Inselgäste sind also aufgefordert, sich unverzüglich und geordnet zum Stadion zu begeben.« Danach setzte Alfredo sich gemessen ans Steuer und führte die Prozession in Richtung Fußballplatz an, denn »Stadion« konnte man den Sportplatz, auch wenn er an einer Seite eine mickrige Tribüne besaß, eigentlich nicht nennen. Er lag im Innern der Insel, zu Fuß in etwa zwanzig Minuten zu erreichen.

Als Alfredo als Erster zum Sportplatz kam, durchfuhr ihn ein Schreck: Eine riesige Schafsherde bevölkerte den Rasen. Da heute kein Fußballspiel stattfand, hatte man die Schafe auf dem Platz getrieben. Der Schäfer wollte zuerst nichts davon wissen, die Herde hinauszutreiben, der einfältige Piero verstand überhaupt nicht, was ihm Alfredo da erzählte, und immer, wenn Alfredo die Geduld verlor und zu schreien begann, sah er sich den ihn wütend anknurrenden Hunden des Schäfers gegenüber und beruhigte sich wieder. Als das ganze Dorf eine knappe Stunde später vollzählig im Stadion versammelt war, waren die Schafe weg, dafür tummelten sich Messdiener, Chordamen und andere freiwillige Helfer auf dem Rasen, lasen mit bloßen Händen die reichlichen Schafsknüttel auf und sammelten sie in Tüten, Mützen und Taschentüchern ein. Die beiden Blonden mit den Sprechgeräten standen auf der Anhöhe oberhalb des Platzes und hielten schon nach dem Hubschrauber, der nun bald auftauchen musste, Ausschau. Alfredo hatte den Papstwagen aufs Spielfeld gefahren, eine eigens gebaute Treppe dahinter gestellt, auch sie gelb und weiß lackiert, und den roten Teppich wieder bis zur Platzmitte ausgerollt, wo der Anstoßkreis frisch mit Kreide als Landeplatz markiert war.

Auf der Tribüne hatten die Honoratioren in vorderster Reihe Platz genommen, dahinter hatte sich der Kirchenchor aufgebaut, während die Musikkapelle auf der anderen Seite des Platzes erneut in Widerstreit mit dem Chor lag.

Sogar das Fernsehen war mit einem Team vertreten, dem viele kleine Videokameras Konkurrenz machten. Denn Alfredo, so hörte man, soll für den großen Anlass über fünfzig geschmuggelte Videoanlagen an den Mann gebracht haben. Plötzlich ging ein Raunen durch die Menge. Die beiden blonden Seminaristen und eine Schar von Kindern, die ebenfalls auf den Felsen geklettert waren, winkten mit großen Gesten: »STA ARRIVANDO! ER KOMMT! ER KOMMT!« Und in der Tat war in der Ferne das flattrige Brummen des Hubschraubers zu hören. Alle waren aufgestanden und begannen mit Fähnchen und Taschentüchern zu winken. Der große Hubschrauber schob sich erschreckend nah über die Felskante, wirbelte eine ungeheure Staubwolke auf, die der starke Wind auf den Platz hinunterdrückte. Man sah die Hand nicht mehr vor

Augen. Taschentücher, Hüte und Fähnchen purzelten in dem dichten Staub herum. Der Motor des Helikopters dröhnte, überdeckte den Lärm der Musikkapelle, deren Bläser ohnehin hustend ihr Spiel aufgegeben hatten.

Immer noch schauten alle in die Höhe, ohne etwas zu sehen, und wischten sich den Staub aus den Augen. Alfredo setzte sich, ganz unpassend fluchend, in das Fahrerhaus seines Lieferwagens und drehte die Fenster hoch. Als der Wind die Staubwolke etwas weggeblasen hatte, schwebte der Hubschrauber hoch über dem Platz. Er schwankte etwas hin und her, drehte sich ein paar Mal um seine Achse und gab so den Insassen sicher einen guten Ausblick über die Insel, machte aber keine Anstalten, zur Landung anzusetzen. Da erscholl ein erster Ruf aus der Menge: »Viva il Papa!«, der aufgenommen wurde, und bald brüllten alle gegen den Motorenlärm des Hubschraubers an und skandierten: »Vi-va il Pa-pa! Vi-va il Pa-pa!«

»Warum landest du denn nicht?«, schrie auf einmal einer ganz respektlos. »Zu viel Wind!«, antwortete ein Kenner.

Da öffnete sich plötzlich an der Seite des Hubschraubers eine Tür. Alles hielt für ein paar Sekunden den Atem an: »Vielleicht springt er mit dem Fallschirm ab!«, meinte eine Stimme in der Menge, und es klang nicht nach Spott, wurde jedoch von der Mehrheit für unwahrscheinlich gehalten. »Warum denn nicht?«, sagte die gleiche Stimme, »er fährt doch Ski, spielt Tennis und schwimmt!« Dann sahen alle sehr deutlich, wie aus der offenen Tür des Hubschraubers eine weiß behandschuhte Hand gestreckt wurde, die über der Menge das segnende Kreuzzeichen beschrieb, ein erstes Mal, alles fiel auf die Knie und bekreuzigte sich, ein zweites, ein drittes Mal. Aus dem Kreuzzeichen wurde ein Winken der weißen Hand, die gleich darauf im Innern des Hubschraubers verschwand, die Tür wurde wieder zugeschoben, schnell gewann der Hubschrauber an Höhe und entschwand unwiederbringlich in den Nachmittagshimmel gen Rom ...

Den ganzen Tag noch wurde überall auf der Insel das Vorgefallene diskutiert, alles drängte sich vor den Fernsehern, denn ausgiebig wurde in der Tagesschau vom Papstbesuch auf den anderen Inseln berichtet, von Capri vor allem und Ischia, aber Ponza wurde mit keinem Bild und keinem Wort auch nur erwähnt. In den Bars machte sich da und dort schon Enttäuschung Luft, schließlich hatte der »Besuch«, wie er jetzt nur noch kurz genannt wurde, die Insel eine Stange Geld und viel Mühe gekostet. Schadenfreudig belacht wurde allenthalben das Missgeschick Alfredos: Der hatte auf dem Rückweg vom Fußballplatz, um nicht von der ins Dorf zurückstrebenden Menge behindert zu werden, den Umweg über die Straße am Strand entlang genommen, die durch zwei Tunnel führt. Uneingedenk der Telefon-Dusch-Kanzel hinten auf seinem Lieferwagen war er, ohne auch nur zu bremsen, in den ersten Tunnel hineingefahren, es hatte gekracht und gesplittert, Alfredo hatte nicht einmal angehalten, hatte nur geflucht und so etwas wie »Auch das noch!« und »Geschieht mir recht!« gemurmelt.

Am nächsten Tag schon sprach eigentlich niemand mehr über den Besuch. Wie auf Verabredung kehrten die Statuen des San Silverio wieder an ihre angestammten Standorte auf Altäre, Hausaltärchen und in die Fensterauslagen zurück. Der Hund Joe streunte wieder am Hafen herum, und auch der schwachsinnige Dudù führte am Strand wieder seine Selbstgespräche und segnete eine unsichtbare Gemeinde. Alfredo brachte seinen Lieferwagen zum Umlackieren in Francos Werkstatt, und danach erinnerte nur noch das falsche BIG-BEN-Glockengeläute an jenen wenig ruhmvollen Tag in der Geschichte Ponzas. Als dieses Geläute dann nach drei, vier Tagen nicht mehr erscholl, fragte niemand, ob es ein technisches Versagen war oder ob die Vorrichtung einfach abgebaut worden war.

Jedenfalls hämmerte am nächsten Sonntag der Pfarrer wieder auf die Eisenstange, um die Gläubigen zur Messe zu rufen, und alles war wieder wie vorher.

Karriere

Salvatore Santalmassi war ein hervorragender Schauspieler. Doch er war kein Star. Dass andere, weniger begabte Kollegen durch Fernsehrollen populär wurden und er nicht, darunter litt Salvatore. Er spielte Theater, aber das war anstrengend und nicht sehr lukrativ. Eines Tages bot man ihm eine Fernsehreklame für einen sizilianischen Digestivo an. Salvatore, den seine Freunde Turi nannten, war ein typischer Sizilianer, nur größer gewachsen. Er hatte einen kleinen physischen Defekt: Er litt unter einem allerdings kaum merklichen Tremor, einem Zittern der Hände. Wenn er sein Glas mit dem Digestivo hochhielt und man nicht auf sein Gesicht auf dem Bildschirm, sondern auf seine Rechte schaute, konnte man das Schwabbern der schwärzlichen Flüssigkeit beobachten. Ich fragte ihn, warum er diese Reklame mache. »Damit ich mir Shakespeare leisten kann.« Das fand ich ärgerlich, und so ärgerte ich ihn. »Soso«, sagte ich, »um acht Uhr abends sitzen die Leute beim Abendessen vorm Fernseher und sehen dich, wie du dein Glas hebst und sagst: ›Trinken Sie den Amaro Ätna, das Heißeste, was Sizilien zu bieten hat!‹ Dann gehen diese Leute ins Theater, wo du gerade den Hamlet spielst. Was sagen sie dann, wenn sie dich sehen? Du da oben auf der Bühne hörst es sicher nicht, aber glaub' mir, da schubst diese oder jene Zuschauerin ihre Nachbarin an und flüstert: ›Das ist der Amaro Ätna!‹ ›Nein‹, raunt die andere, ›das ist der Hamlet.‹ ›Sag ich ja, der Hamlet ist der Amaro Ätna!‹ Wo bleibst du da, Turi?« Damit hatte ich ihn sicher tief gekränkt, denn er lief wütend davon, und ich verlor ihn aus den Augen.

Aber dann machte er doch noch Karriere. Eines schönen Tages klingelte es an Turis Wohnungstür. Er öffnete und sah zwei dunkle Gestalten, die ihn mit schwerem sizilianischen Akzent begrüßten: »Buongiorno, paisà, wir würden gern etwas mit Ihnen besprechen.« Turi bat sie herein, lud sie zum Sitzen ein und bot von seinem Amaro an, der ihm ja nun nicht mehr ausging. Nur einer der beiden sprach, und es muss ungefähr so geklungen haben:

»Signor Santalmassi, dürfen wir Sie Turi nennen? Schließlich sind wir ja Landsleute. Wir bewundern Sie, Turi, und wir sind nicht die Einzigen. Uns gefällt, was Sie spielen. Und dass Sie mit dem Amaro Ätna für Sizilien werben, gefällt uns auch. Es spricht nur für Sie. Wir und unsere Freunde fragen uns jedoch: Warum sind Sie kein Star? Wenn einer es verdient hätte, wären Sie das. Wir hören, Sie haben einen Manager? Sind Sie sicher, dass das der richtige Mann für Sie ist? Wir sollten vielleicht einmal ein Wörtchen mit ihm reden? Vielleicht fehlt es nur an der richtigen Gelegenheit, am richtigen Vorschlag an der richtigen Stelle? Was würden Sie gerne spielen? Und wo? Na los, sagen Sie, haben Sie keine Hemmungen!« Turi wusste wohl nicht so recht, was er da sagen sollte. Was waren das für Leute? Waren sie überhaupt ernst zu nehmen? Er antwortete: »Sicher haben Sie Recht, vielleicht fehlt es an der richtigen Gelegenheit. Aber es ist auch Glückssache, das weiß jeder. Ich hätte zum Beispiel gern den MACBETH am Theater gespielt. Den probiert jetzt gerade mein Kollege Fausto Gobbi, und damit ist das Stück für die nächsten acht bis zehn Jahre nicht mehr interessant, und danach ist es vielleicht zu spät, dann bin ich vielleicht zu alt.«

Die beiden Männer hörten sich geduldig Turis Gedankengänge an.

Irgendwann standen die seltsamen Besucher auf und verabschiedeten sich mit einem rätselhaften: »Sie werden von uns hören.«

Zwar hörte Turi lange nichts mehr von ihnen, doch es geschahen seltsame Dinge. Nur drei Tage nach dem Besuch der beiden las Turi in der Zeitung, dass Fausto Gobbi sich ein Bein gebrochen hatte und den Macbeth nicht spielen konnte. Es wunderte ihn schon etwas weniger, als das Theater ihn zwei Tage später anrief, ihm aber die Rolle des Banquo im gleichen Stück anbot, da der Kollege, der den Banquo probiert hatte, nun den Macbeth spielen würde. Turi war enttäuscht. Doch schon eine Woche darauf lag dieser Schauspieler mit einem Dolch in der Brust auf der Bühne. Ein Kollege hatte ihn ihm bei einer Kampfszene, überzeugt davon, dass es sich um einen Theaterdolch mit einer in den Griff zurückfedernden Klinge handelte, in die Brust gestoßen. Ein Unfall, Gott sei Dank nichts Lebensgefährliches, doch mit dem Macbeth sollte es nichts werden. Turi fand nichts Ungewöhnliches dabei, als ihm nun die Titelrolle angetragen wurde.

Der MACBETH wurde ein großer Erfolg. Turis Ruhm wuchs, wenn auch nur beim Theater, aber ein guter Theaterruf ist eine solide Grundlage auch für eine Filmkarriere.

Die Gelegenheit kam bald, und nun wunderte sich Turi überhaupt nicht mehr. Er hatte sich seine Karriere, wie er meinte, hart erarbeitet. Es erreichte ihn ein Telegramm aus New York, in dem ein amerikanischer Produzent mit italienischem Namen ihm eine Hauptrolle in seinem nächsten Film anbot. Er lade ihn hiermit ein, zwecks Kennenlernens nach New York zu kommen. Jetzt schwoll Turis Selbstbewusstsein so richtig an. Amerika! Endlich war es so weit! Er war zwar schon vierzig und hatte begonnen, sich die grauen Strähnen zu färben, aber alle sagten ihm, er sähe nicht mal wie dreißig aus. Er flog nach New York, wurde mit dem etwas windigen Produzenten handelseinig, obwohl es nicht wirklich eine Hauptrolle war. Sein Englisch war allzu mangelhaft. So blieb Turi erst mal in New York und flog erst ein halbes Jahr später nach Rom zurück, um seine Wohnung aufzulösen, denn seiner Karriere im Traumland Onkel Sams stand nun nichts mehr im Wege. Oder fast nichts. Denn kaum hatte er seine römische Wohnung ausgeräumt, die Möbel verkauft und den Rest in große Kisten zum Transport über den Atlantik verpackt, als er wieder von seinen zwei rätselhaften Landsleuten Besuch bekam, die er zwei Jahre nicht gesehen hatte. Sie stellten ein Paket ab, das sie mitgebracht hatten, begrüßten ihn wie einen Bruder, machten ihm Komplimente, dass seine Laufbahn eine so schöne Entwicklung genommen hätte. Und nun wäre seine Weltkarriere in Amerika nur noch eine Frage der Zeit. Sie waren über alles orientiert, seinen Abflug, sie wussten, mit welchem Transportunternehmen seine Sachen nach Amerika verschickt werden sollten, und kamen ganz nebensächlich auf die kleine Gefälligkeit zu sprechen, das Paket jenem Transport hinzuzufügen, unauffällig, versteht sich. Als Turi naiv nach dem Inhalt des Pakets fragte, sahen sich seine Besucher an und schwiegen erst einmal. Turi wurde die Sache unheimlich, er wagte aber nicht weiterzufragen, ebenso unauffällig deuteten die beiden, das heißt derjenige, der sprach, an, dass er sich um das Paket nicht mehr kümmern sollte, das alles wäre geregelt. Das Beste für ihn, Turi, wäre, wenn er es überhaupt vergäße, wie er auch sie und ihren Besuch einfach vergessen sollte. Damit verschwanden sie.

Turi schlief in den folgenden Nächten schlecht oder gar nicht. Er dachte viel nach, und es wurde ihm erschreckend klar, dass alles, was er in den letzten Jahren verdrängt oder für eigenes Verdienst gehalten hatte, Teil eines genauen Plans war, in dem er eigentlich nur als ein kleines, unwichtiges Rädchen eine winzige Rolle spielte, er, der große Schauspieler, der berühmte Salvatore Santalmassi. Und das Schlimmste war: Er wusste, dass es keinen Ausweg gab.

Als das Transportunternehmen in New York ihm die Ankunft seiner Kisten aus Rom ankündigte und man ihn zur Zollabfertigung bestellte, überlegte er lange, ob er überhaupt dort hingehen sollte. Am liebsten hätte er auf den ganzen Kram verzichtet. Aber er sah ein, dass dies keine Lösung war. Als er herzklopfend bei der Zollbehörde vor seinen Sachen stand, stellte er fest, dass das Paket nicht mehr dabei war. Ihm fiel ein Stein vom Herzen.

Turi wäre nun gerne in Amerika geblieben, um ähnlichen Transportwünschen zu entgehen, doch es geschah mit schöner Regelmäßigkeit, dass er nach Rom zurückmusste, sei es zu einem Synchrontermin eines seiner Filme oder zur Hochzeit eines »wichtigen« Freundes, den er nicht einmal kannte. Und vor seiner Rückreise stellten sich unfehlbar seine beiden Freunde ein, immer mit dem obligaten größeren oder kleineren Päckchen.

Turi hatte sich seine internationale Karriere größer, bedeutender vorgestellt, aber er hatte Arbeit, und er war um vieles besser dran als seine armen Kollegen zu Hause in Italien. In Rom stellte er natürlich sein Leben, seine Erfolge im Quadrat zur Entfernung vergrößert dar. Er wurde beneidet. Er hatte gedacht, er könnte sich im Laufe der

Zeit auch an die Päckchen gewöhnen, die er immer über den Atlantik bringen musste, doch er zitterte von Mal zu Mal mehr, sein Inneres bäumte sich auf, und als eines Tages das ganz große Angebot von Dino de Laurentiis wirklich kam, glaubte er es sich leisten zu können, seinen beiden lästigen Besuchern mitzuteilen, dass er nicht mehr gewillt wäre, Kurierdienste zu übernehmen. Die beiden zeigten überraschenderweise Verständnis. Sie waren mit Turi der Meinung, dass er für das, was er erhalten hatte, genügend Gegendienste erbracht hätte. Nur dieses eine und letzte Mal musste es noch sein, nur dieses eine Mal. Turi war sogar erleichtert. So einfach hatte er es sich nicht vorgestellt. Fast mit Freude nahm er das Paket an, das sein letztes sein sollte.

Es war in der Tat sein letztes. Bei der Einreise in New York wurde er verhaftet und durfte seine schauspielerischen Recherchen für einige Jahre auf das Kennenlernen amerikanischer Gefängnisse ausdehnen.

Ich hatte sicher zehn Jahre nichts mehr von Turi gehört, bis ein italienischer Freund, ein Maler, der in Los Angeles lebt, mir von einem Italiener erzählte, der unter dem Namen Tony Santi, mal als Kleindarsteller, mal als Taxifahrer jobbend, in seiner Straße wohne. Er treffe ihn öfter in einem kleinen italienischen Ristorante an der Ecke. Dann erzähle er immer wieder von seiner Theaterlaufbahn in Italien, von Rollen in Filmen, und wenn er ins Schwärmen gerate und sein Glas zu einem Toast auf das ferne Italien erhebe, zittere seine Hand so sehr, dass er auch schon mal von seinem Vino Rosso etwas auf die weiße Papiertischdecke verschütte …

Der Dieb von Trastevere

Wir hatten bei Galeazzi auf der Piazza Santa Maria in Trastevere zu Mittag gegessen und waren beim Espresso angelangt. Wir saßen faul in der Frühlingssonne und genossen unsere Siesta. Herbert hatte seine Tasche mit Kameras und Zubehör zwischen seine Beine geklemmt. Er war damals ein bekannter Fotograf, der seit Jahren in Rom wohnte und für viele deutsche und amerikanische Illustrierte arbeitete. Da entspann sich vor uns auf der Piazza ein Disput zwischen zwei jungen Burschen über einen damals populären Fußballspieler, so viel bekamen wir mit. Der Wortstreit gewann an Lautstärke, schließlich wurden die beiden handgreiflich.

Herbert und ich hatten dem Streit wie Zuschauer in vorderster Reihe zuerst amüsiert zugesehen, doch dann rückten die beiden Streithähne immer näher, bis einer der beiden gegen den Nebentisch geschleudert wurde, Tassen fielen herunter und zersprangen klirrend auf dem Pflaster. Eine ältere Dame sprang, Kaffeeflecken auf ihrem weißen Sommerkleid, mit einem Schrei auf. Ich fand, dass es Zeit zum Eingreifen war, versuchte schlichtend zwischen die beiden Raufbolde zu gehen, Herbert hielt mich zurück, drückte mich auf meinen Stuhl. Alles beruhigte sich schnell, die beiden Burschen waren plötzlich wie vom Erdboden verschluckt und mit ihnen Herberts Tasche mit den Kameras. Herbert fluchte, und ich ärgerte mich, dass ich auf das Theater der beiden Diebe hereingefallen war. Herbert meinte, dass wir den Diebstahl bei der Polizei anzeigen müssten, nicht dass das irgendetwas nützen würde, aber wegen der Versicherung.

Mir war vor einiger Zeit auch eine Kleinbildkamera gestohlen worden. Ich war damals zur Polizei gegangen. Der Beamte hatte schulterzuckend erklärt, dass da wohl nicht viel zu machen sei. Man müsse eben besser auf seine Sachen aufpassen. Er hatte widerwillig ein Protokoll über den Diebstahl aufgenommen, doch am Ende war er hinter seinem Schreibtisch hervorgekommen, hatte mich auf den Flur hinaus begleitet, mir vertraulich den Arm um die Schulter gelegt und mir »privat« einen Tipp gegeben: »Wenn Sie Ihre Kamera wiederhaben wollen, gibt es nur eine Möglichkeit: Gehen Sie am Sonntagmorgen zur Porta Portese, dem großen Trödelmarkt. Dort werden Sie vielleicht Ihre Kamera wiederfinden. Und dann kaufen Sie sie eben zurück.« »Zurückkaufen?«, hatte ich entrüstet gefragt, und er hatte mir den dringenden Rat gegeben, ja nicht die Polizei zu rufen, um den Hehler anzuzeigen und auf diese Weise an mein Eigentum zu kommen.

Daher hatte ich eine bessere Idee: Mein schwergewichtiger Freund Peter Berling wohnte gleich um die Ecke. Er hatte sich kürzlich seiner guten Kontakte zur lokalen Diebesmafia gerühmt. Er könne zum Beispiel seinen Wagen offen vor der Tür stehen lassen, ohne dass er gestohlen würde. Wir klingelten, er rief uns von seiner Terrasse zu, hinaufzukommen. Wir stiegen die steilen Treppen zu seiner Mansarde hoch, wo er uns empfing und durch die kleine Wohnung, zwischen unglaublichen Zeitungs- und Bücherstapeln hindurch, auf die Terrasse bugsierte. Dort ließ er seine zweieinhalb Zentner in die Hängematte fallen, dass die Balken bedrohlich ächzten. Er hörte sich unsere

Geschichte an und versprach uns, mit dem Oberdieb von Trastevere zu sprechen. Als Kostprobe erzählte er uns eine kleine Geschichte, die sich vor ein paar Monaten ereignet hatte. Ein ihm befreundetes deutsches Ehepaar, er Drehbuchautor, sie Schauspielerin, hatte ihn auf der Durchreise hier in Trastevere besucht. Die beiden hatten ihren Wagen unweit seiner Wohnung geparkt und ihr ganzes Reisegepäck im Auto gelassen. Er habe die beiden gleich auf ihren Leichtsinn aufmerksam gemacht, der Ehemann sei auch gleich hinuntergesaust, aber es war schon zu spät, der Wagen mitsamt Gepäck verschwunden.

Er, Peter Berling, sei mit den beiden hinunter auf die Piazza gegangen, wo um diese Zeit Romolo Mancini, der große Boss, seinen Cappuccino zu trinken pflegte. Dem habe er klar gemacht, dass es leider den Falschen erwischt habe, denn sein deutscher Freund sei ein bekannter Autor, der, so log er, gerade ein Drehbuch über Rom im Allgemeinen und Trastevere im Besonderen schreibe, und ein solches Missgeschick würde doch Trastevere schaden, und das könne er, Romolo, doch nicht zulassen. Am gleichen Abend sei der Wagen und das ganze Gepäck wieder aufgetaucht. Es fehlte nichts bis auf ein goldenes Medaillon mit Kettchen, ein Erbstück, dessen Verlust die Frau seines Freundes besonders schmerzte. Er habe es kaum gewagt, den Oberdieb daraufhin anzusprechen, habe es dann doch getan und eine verblüffende Antwort bekommen. Was dieses kleine Schmuckstück angehe, so könne selbst er, Romolo, nichts mehr unternehmen. Die Diebe hätten es in einer der Kirchen Trasteveres der Muttergottes geopfert, und man müsse doch einsehen, Erbstück hin, Erbstück her, dass man der Jungfrau Maria ein einmal gemachtes Geschenk nicht wieder abnehmen könne.

Auch Herbert hatte einen Tag später seine Kameras zurück, vollständig, bis auf eine kleine, besonders seltene Leica. Ich bezweifle allerdings, dass diese an der Marienstatue in einer der Kirchen Trasteveres hängt.

In Berlings Erzählung hörte ich zum ersten Mal den Namen Romolo Mancini.

Später erfuhr ich mehr: Romolo Mancini entstammt einer alten Dynastie von Dieben aus Trastevere, den Erzfeinden der Diebeszunft auf der gegenüberliegenden, der römischen Seite des Tibers, denn die Trasteveriner fühlen sich so wenig als Römer wie die Neapolitaner als Italiener. Romolo war schon durch die Schule seines Vaters und Großvaters gegangen, deren Familienmotto war: DU SOLLST STEHLEN, ABER DICH NICHT ERWISCHEN LASSEN! Freilich war dieses Gebot nicht immer leicht einzuhalten. Großvater Annibale Mancini hatte dreizehn Jahre im Gefängnis REGINA COELI, das gleich um die Ecke lag, zugebracht, Vater Remo Mancini war stolz, es nur auf sechs Jahre gebracht zu haben.

Romolo gab schon als Zehnjähriger Anlass zu der Hoffnung, diesen Rekord unterbieten zu können, als er, ohne erwischt zu werden, während des Osterhochamtes auf dem Petersplatz den Bischofsstab des Papstes stahl. Der wurde allerdings auf Befehl des Bosses aller trasteverinischen Gangster reumütig zurückgegeben.

Dies war das stolze Lehrlingsstück Romolos, der im Alter von zwölf Jahren Chef einer Diebesbande wurde und sich in den folgenden Jahren ein beachtliches Renommee erwarb, indem er mit unermüdlichem Erfindergeist immer wieder neue Techniken des gewaltlosen und phantasievollen Diebstahls auf den Markt brachte, die dann Schule machten und über Trastevere und Rom hinaus Verbreitung fanden.

Romolo Mancini wird zum Beispiel die Erfindung des

Pelztricks zugeschrieben, der in den siebziger Jahren in Rom und später vor allem in Mailand mit beachtlichem Erfolg nachgeahmt wurde: Wenn sich eine Dame im Pelzmantel, was damals ja noch üblich war, nach Trastevere wagte, lief ein kleiner Bengel auf sie zu und warf ihr ein rohes Ei an den Kopf, dessen Inhalt sich unweigerlich über das kostbare Stück ergoss. Prompt war ein soignierter, grauhaariger Herr zur Stelle, der galant seine Hilfe anbot: »Signora, so eine unglaubliche Frechheit! Das müssen wir aber sofort in Ordnung bringen. Kommen Sie dort hinüber in die Bar ...« Unterdessen half er dem armen Opfer aus dem Pelzmantel, der ihm dann prompt von auf einer Vespa vorbeibrausenden Burschen aus den Händen gerissen wurde. Der soignierte Herr lief hinter den Pelzdieben her, schrie: »Al ladro, al ladro!« – haltet den Dieb –, und ward natürlich nie wieder gesehen. Es gehörte zu Romolos Berufsehre, dass nie Gewalt angewendet wurde. Nie hätte er eine Dame, beim Entwenden einer Handtasche etwa, in Gefahr gebracht oder mit vorgehaltener Waffe, wie es heute leider üblich ist, Beute gemacht. Er kam vielmehr mit immer neuen Ideen auf den Markt. Es war die Zeit, als mit schöner Gründlichkeit die Wohnungen prominenter Römer, vornehmlich aus dem Showgeschäft, ausgeräumt wurden. Daran waren die Betroffenen nicht ganz schuldlos. Eitelkeit und Besitzerstolz verführten viele Prominente, ihre Wohnungen in Einrichtungszeitschriften oder mondänen Illustrierten ablichten zu lassen. Die auf solche Magazine abonnierten Diebe konnten sich so vorab die lohnenden Gegenstände aussuchen oder sogar auf Bestellung stehlen. In letzter Zeit hatte die Polizei jedoch einige der Diebesbanden dingfest gemacht, und das bedeutete für die Einbrecher harte Zuchthausstrafen. Hier hatte sich Romolo nun einen strafverkürzenden Trick ausgedacht. Die Bande drang nachts in ein Haus ein, machte sich jedoch nicht gleich ans Ausräubern, sondern ging erst einmal in die Küche. Dort wurde dann sachverständig und ausgiebig gekocht und gegessen. Wurden die Diebe bis dahin überrascht, war es eben Mundraub, und sie kamen mit ein paar Tagen Gefängnis davon. Wenn nicht, wurde die Wohnung in aller Ruhe ausgeräumt.

Ein Trick trägt besonders deutlich Romolos Handschrift: Der Theaterkartentrick, der besonders in der Theaterstadt Mailand Schule machte. Ein stolzer Autobesitzer findet eines Abends seinen Wagen nicht mehr. Er zeigt den Diebstahl an, ist am nächsten Morgen jedoch sehr erstaunt, sein geliebtes Auto vor seinem Haus wiederzufinden, unbeschädigt, nur mit einem Briefchen unter dem Scheibenwischer: »Sehr geehrter Herr, ich muss mich entschuldigen, dass ich gestern Abend in einer dringenden Notsituation – meine kleine Tochter musste mit einem drohenden Blinddarmdurchbruch in die Klinik – Ihren Wagen ›auslieh‹, da kein Taxi und kein Krankenwagen zu finden waren. Ich stelle mir vor, dass Sie sehr ungehalten über den ›Diebstahl‹ waren, und es ist mir sehr peinlich, dass Sie mich als Dieb betrachten müssen. Ich hoffe jedoch, dass Sie mir verzeihen können. Nun sah ich in Ihrem Wagen einige Musikkassetten guter Opernmusik und schließe daraus, dass Sie ein Opernliebhaber sind. Es trifft sich, dass am folgenden Samstagabend in der hiesigen Oper der große Feruccio Tagliavini als Cavaradossi ein einmaliges Gastspiel in der Tosca gibt. Es war mir gelungen, für mich und meine Familie sehr gute Karten für diese Aufführung zu ergattern. Leider zwingt mich ein Trauerfall, schon morgen zu einem Begräbnis in den Süden unseres Landes zu reisen, sodass ich die Tosca leider nicht sehen kann. Um nun Ihre volle Verzeihung zu erlangen, erlaube ich mir, Ihnen meine TOSCA-Karten in Ihren Briefkasten zu werfen. Ich wünsche Ihnen und Ihrer Familie einen schönen Abend in der Oper, der mir und meiner Familie leider versagt bleibt. Ich bitte nochmals um Verzeihung und verbleibe Ihr ...« – Am folgenden Samstagabend saß der gerührte Autobesitzer mit seiner Familie in der Oper und lauschte verzückt der Musik Puccinis und dem betörenden Belcanto Tagliavinis, während Romolos Bande in aller Ruhe seine Wohnung ausräumte.

Der ganze Stolz Romolos waren allerdings Diebestricks, bei denen man nicht erwischt werden *konnte*. Eine kleine, harmlose Kostprobe lieferte mir Romolo eines Tages selbst. Ich war neugierig darauf gewesen, ihn kennen zu lernen. Peter Berling arrangierte ein gemeinsames Abendessen in einem vornehmen Restaurant in der Innenstadt, denn es war natürlich unmöglich, Romolo in »seinem« Trastevere einzuladen. Während des Essens hatte einer unserer Freunde, durchaus bürgerlich und ehrlich, wohl durch Romolos Gegenwart ermutigt – wir hatten ihn eingeweiht –, eine sehr kostbare alte Pfeffermühle bemerkt, die auch mir aufgefallen war und die er nur zu gerne »mitgehen« lassen würde. Zu unserem Erstaunen meinte ausgerechnet Romolo, dass man das doch nicht machen könnte. Unser Freund, dessen Namen ich verschweige, zeigte uns, als wir später das Lokal verließen, voller Stolz seine Beute: die Pfeffermühle, die er, unter der Jacke versteckt, mitgenommen hatte. Wir hatten nicht bemerkt, dass Romolo nicht mit uns herausgekommen war. Wir warteten auf ihn, während unser frisch gebackener Dieb mit seiner Pfeffermühle wie auf heißen Kohlen stand. Endlich erschien Romolo. Er machte ein langes Gesicht und berichtete, dass die Besitzer des Restaurants den

Diebstahl bemerkt hätten. Man habe ihn diskret zurückgehalten und auf die verschwundene Pfeffermühle aufmerksam gemacht. Man habe sogar gedroht, die Polizei zu rufen, um des Erbstücks wieder habhaft zu werden. Nur mit Mühe habe er, Romolo, die Besitzer davon abhalten können, indem er ihnen 100 000 Lire hingeblättert habe, eine Riesensumme damals, mehr als ich für das ganze Abendessen bezahlt hatte.

Beschämt rückte unser Freund, der Amateurdieb, sein Diebesgut heraus und übergab es Romolo, da der ja dafür bezahlt habe. Dann verabschiedete er sich ziemlich sauer und abrupt von uns. Als er verschwunden war, lachte Romolo verschmitzt und gestand uns, dass seine Geschichte gelogen war. Niemand im Lokal hatte das Verschwinden der Pfeffermühle bemerkt, er habe sich nur für ein paar Minuten in der Toilette aufgehalten. Er schenkte mir die Pfeffermühle als Dank für das vorzügliche Abendessen. Wird man mir verübeln, dass ich sie nicht zurückgegeben habe?

*

Doch eines Tages erwischte es auch Romolo. Nicht dass er einen direkten Fehler gemacht hätte, nein, er wurde von einem Hehler ans Messer geliefert und saß vier Jahre in Regina Coeli, dem sinnigerweise nach der Himmelskönigin benannten Gefängnis. Vorher hatte er noch geheiratet und die arme Braut in anderen Umständen zurückgelassen. An manchem warmen Sommerabend hörte ich vom Gianicolo über den Tiber herüber bis zu meiner Wohnung die Stimme seiner Frau Catarina, die, wie viele Frauen und Bräute, von dem Hügel herunter ihren gefangenen Männern Botschaften in das unterhalb liegende

Gefängnis zuriefen. »Romoloooooo!«, hörte ich sie manchmal ganz deutlich rufen, »Spartaco t'abbracciaaaa! Si sta facendo grande e forteeeee!«* So sah Romolo seinen Sohn Spartaco erst dreijährig, als er aus der Haft entlassen wurde. Bei seiner Hochzeit hatte Romolo seiner Catarina versprochen, dass er nie wieder stehlen würde, und er hielt sein Versprechen.

Romolo kaufte ein Taxi, erwarb eine Lizenz und wurde ein braver Taxifahrer. Spartaco, sein kleiner Sohn, gedieh prächtig und war ein aufgeweckter, flinker Bengel, der allerdings, kaum im schulfähigen Alter, seinem Vater Sorgen bereitete. Der Kleine klaute wie ein Rabe. Wenn Romolo ihn in seinem gelben Taxi von der Schule abholte, geschah es immer öfter, dass die Lehrerin ein ernstes Wort mit Romolo sprechen musste, weil der kleine Spartaco wieder einmal dies oder jenes hatte mitgehen lassen. Anfangs setzte es auch die geforderte Tracht Prügel, doch dann konnte sich Romolo nicht anders helfen, als Spartaco das alte Motto seiner Familie beizubringen: DU SOLLST STEHLEN, ABER DICH NICHT ERWISCHEN LASSEN.

Von nun ab gab Romolo seinem Sohn regelmäßig Unterricht in der hohen Kunst des Stehlens. Der war nun ein so gelehriger Schüler, dass er vorerst in der Schule nicht mehr auffiel. Und Romolo war stolz auf seinen begabten Filius.

Romolo hatte außerhalb der Stadt einen Schuppen für sein Taxi gemietet, wo er an Sonntagen den Wagen wusch oder reparierte. Für Spartaco gab es nichts Aufregenderes, als seinem Vater dort zu helfen und vor allem sich diesen oder jenen neuen Trick zeigen zu lassen.

So kam der Tag, an dem Romolo nicht widerstehen

* »Spartaco umaaarmt dich! Er wird groß und staaark!«

konnte, seinen Lieblingsplan zu verwirklichen. Er ließ Spartaco immer wieder mit verbundenen Augen alle Arten von Schlössern öffnen, vor allem Schlösser von Koffern und Taschen. Dann machte er sich eines Sonntags an die Arbeit. Er öffnete den Kofferraum seines Taxis und schnitt eine Öffnung in die Trennwand zwischen Kofferraum und Wagenfond. Dann ließ er Spartaco durch die Öffnung kriechen, der das leicht schaffte. Romolo schmiedete eine Schiebetür, mit der sich das Loch leicht schließen ließ. Der enge Raum unter der Sitzbank wurde ausgepolstert. Vor der Öffnung wurde ein schwarzer Vorhang angebracht. Es gab sogar eine kleine Lampe, die vom Fahrersitz aus ein- und ausgeschaltet werden konnte. Spartacos erster Arbeitsplatz war fertig.

Romolo fuhr nun, mit Spartaco in seinem engen Versteck, nur noch die großen römischen Hotels an: das GRAND HOTEL, das EXCELSIOR, das HASLER. Und er nahm nur Fahrten zum Flughafen an. Die Gepäckstücke wurden eingeladen, der Kofferraum geschlossen, und sobald Romolo hinter dem Steuerrad saß und losfuhr, schaltete er, vom Fahrgast unbemerkt, die kleine Lampe an, die Spartaco anzeigte, dass der Weg frei war. Der kroch aus seinem Versteck und machte sich an die Arbeit. Es gab kaum einmal ein Schloss, das ihm länger als eine Minute Widerstand geleistet hätte. Vor allem interessierte ihn das Handgepäck, in dem erfahrungsgemäß die kostbaren Dinge verstaut waren, wie Geld und Schmuck. Bevor Romolo in die Nähe des Flughafens kam, gab er Spartaco ein Blinkzeichen, die durchsuchten Gepäckstücke sorgfältig zu verschließen und mit dem Diebesgut wieder aus dem Kofferraum in sein Versteck zurückzukriechen. – Der Trick funktionierte problemlos. Die armen Opfer bemerkten erst, wenn sie im Flugzeug saßen oder zu Hause in Amerika ankamen, dass sie bestohlen worden waren, und zerbrachen sich den Kopf, wie und wo das hatte geschehen können.

Die schöne Idee hätte nun ein paar Jährchen funktionieren können, bis Spartaco zu groß sein würde, um durch das kleine Loch kriechen zu können. Doch es sollte anders kommen.

Romolo fuhr eines Vormittags einen eiligen Gast zum Flughafen. Der kleine Spartaco war auf dem Posten. Romolo fiel auf, dass der Mann immer wieder nervös auf die Uhr schaute. Er versuchte von seinem Fahrgast die Abflugzeit zu erfahren, um ihn beruhigen zu können, doch es haperte mit der Verständigung. Romolo hatte wie immer sein Lampensignal gegeben, und Spartaco hatte sich an die Arbeit gemacht. In einem kleinen Koffer fand er ein schweres Päckchen, das jedoch mit Klebestreifen so kunstvoll verschlossen war, dass ein unauffälliges Öffnen nicht infrage kam. Da Spartaco in dem Gepäck sonst nichts Stehlenswertes fand, nahm er das handliche Paket und verstaute es in seinem Versteck. Bei der Ankunft in Fiumicino verschwand der nervöse Fahrgast eilig, und man kann nur mutmaßen, dass er den besagten kleinen Koffer irgendwo abstellte, der dann von einem Komplizen über irgendwelche dunklen Kanäle in ein abflugbereites Flugzeug geschmuggelt wurde, während der Nervöse auf der Zuschauerterrasse stand und, immer wieder die Uhrzeit kontrollierend, auf das Flugfeld hinausstarrte, wo die Maschine mit dem geheimnisvollen Koffer zur Startbahn rollte, schließlich startete und sich in den blauen Himmel erhob. In verbissener Erwartung verzerrte sich das Gesicht des Mannes, jetzt musste es doch so weit sein! In der Tat erschütterte Sekunden später eine ferne Explosion die Luft. Fassungsloses Erstaunen muss sich wohl auf seiner Miene gezeigt haben, denn das Flugzeug zog weiter unbeirrt seine steile Bahn …

Nur einige Kilometer entfernt lagen zur gleichen Zeit ein paar rauchende Blechtrümmer auf der Autobahn nach Rom, deren da und dort noch gelbe Farbe auf ein Taxi schließen ließ; am Straßenrand brannte das trockene, hohe Gras.

Nur eine knappe Minute vorher hatte Romolo wie immer an einer Parkbucht angehalten, um Spartaco aus seiner unbequemen Lage zu befreien, der wie oft nach einer solchen Diebesfahrt seiner Blase Erleichterung verschaffen musste, und auch diesmal war Romolo mit seinem Sohn über die niedrige Barriere gestiegen, sie hatten ein paar Schritte die Böschung hinunter gemacht und standen gerade einträchtig pinkelnd nebeneinander, als eine ungeheure Druckwelle sie auf die Erde warf. Die Trümmer von Romolos Taxi flogen ihnen um die Ohren, beide hielten die Hände an den Kopf gepresst. Dann erhoben sie sich schwankend und betäubt. Nach ein paar Schritten die Böschung hinauf sahen beide, was von ihrem Taxi übrig geblieben war. Die breite Schiene des Metallzauns der Autobahnbegrenzung ragte verdreht und leise schaukelnd hoch in die Luft. Auf der gegenüberliegenden Seite der Autobahn hatten einige Autos gehalten, und die Insassen starrten mit offenem Mund auf die Szene. Spartaco begann leise zu weinen, und Romolo drückte ihn tröstend an seinen Schoß.

*

Heute ist Romolo nur noch ein braver Taxifahrer, und Spartaco ist ihm längst über den Kopf gewachsen. Er hat eine Automechanikerlehre hinter sich, möchte aber unbedingt Profifußballspieler werden.

Die Diebe von Trastevere stecken in einer schweren Krise, denn von genialen Diebestechniken hat man schon seit Jahren nicht mehr gehört.

Bis vor ein paar Wochen. Da waren auf einmal Samstagmorgens in Trastevere an drei Banken über Nacht Bargeldautomaten angebracht worden. Wenn einer sich zu bedienen versuchte, war kein Geld zu bekommen, und auch die hineingeschobene Kreditkarte wurde nicht mehr ausgespuckt. Jetzt mussten die fluchenden Kunden bis Montag warten, um bei der Bank ihre Karten zurückzufordern.

Was war geschehen? Die Automaten waren geschickt gebaute Attrappen, die die Karten schlucken und den eingegebenen Geheimcode der Karte festhalten konnten. Mit den so ergaunerten Karten wurden dann übers Wochenende an richtigen Automaten ungestört die entsprechenden Konten abgeräumt. Diesen Attrappentrick hatte es in anderer Form vor etwa zwanzig Jahren schon einmal gegeben: Da hatte man in Trastevere vor die Nachtschalter mehrerer Banken, in die späte Kunden ihre versiegelten Geldsendungen zu werfen pflegen, perfekt nachgebildete Schalter gebaut, sodass die Geldpakete nicht im Innern der Bank, sondern in den Taschen der Diebe landeten.

Romolo hatte man schon damals in dieser Sache nichts beweisen können …

Rizinus

Theaterspielen in Italien ist kein Spaziergang unter Palmen, wenn man aus dem reichen Deutschland mit seiner einmaligen Theaterstruktur kommt. Es gibt in Italien ganze sieben, wenn das Theater in Aquila in den Abruzzen zufällig mal wieder für eine Spielzeit geöffnet ist, acht so genannte Teatri Stabili, die Bezeichnung für subventionierte Theater mit festem Standort. Aber auch dieses »stabile« ist nicht ernst zu nehmen, denn auch diese Theater sind nichts anderes als Wanderbühnen, und davon kann man nicht einmal Giorgio Strehlers Piccolo Teatro, die renommierteste Bühne Italiens, ausnehmen, denn selbst Strehler hat kein Haus mit einem ganzjährigen Spielplan. Er kann froh sein, wenn er drei Stücke pro Jahr auf die Beine bekommt, die dann nach einer kurzen Laufzeit in Mailand auf Tournee gehen, während sein Haus in der Zwischenzeit von Aufführungen der anderen Stabili bespielt wird, und das auch nur während der »Stagione«, der Saison, die in Italien lediglich über den Winter, also sechs bis sieben Monate dauert. Dieses System hat den einen Vorteil, dass die italienischen Theaterbesucher, wollen sie zum Beispiel eine Strehler-Aufführung sehen, nicht nach Mailand reisen müssen, sondern jede seiner Inszenierungen in ihrem Theater sehen können.

Für die Schauspieler bedeutet dies aber, dass sie während der Stagione hauptsächlich auf Tournee und während der Sommersaison arbeitslos sind, wenn sie nicht beim Sommertheater bei einer Theaterproduktion in einem der unzähligen Badeorte unterkommen.

Auch die Organisation und Bequemlichkeit in Bezug auf Reise und Unterbringung, wie sie bei unseren Tourneetheatern üblich ist, gibt es in Italien nicht. Das Theater ersetzt die Eisenbahnreise erst neuerdings erster Klasse zum nächsten Spielort. Um Unterbringung und Verpflegung nach der Vorstellung, die oft erst gegen ein Uhr nachts endet, müssen sich die Schauspieler selbst kümmern.

Von diesen schwierigen Bedingungen wusste ich wenig oder gar nichts, als ich das Angebot annahm, am Theater in Triest in Ödön von Horváths GESCHICHTEN AUS DEM WIENER WALD die Rolle des Metzgers Oskar zu spielen. Ich sah noch den wunderbar komisch-bösen Oskar vor mir, den mein alter Freund Rudolf Rhomberg in Otto Schenks unvergesslicher Inszenierung an den Münchener Kammerspielen gespielt hatte.

Nun sollte ich also zum ersten Mal auf einer italienischen Bühne stehen und eine doch recht große Theaterrolle auf Italienisch spielen. Davor hatte ich zwar Angst, doch hatte ich mit dem Regisseur Franco Enriquez ja schon in München zusammengearbeitet und war neugierig.

Mit der Art von Schwierigkeiten, wie sie bald nach Probenbeginn über mich hereinbrechen sollten, hatte ich allerdings nicht gerechnet. In jenen Tagen gab es ein politisches Ereignis, das zeigt, wie dünnhäutig, wie anfällig das Verhältnis der Italiener zu den Deutschen seit dem Zweiten Weltkrieg ist.

Dass die Deutschen Italien lieben, hat eine uralte Tradition. Den Italiener lieben sie schon etwas weniger, vor allem wenn sie ihm in ihrem eigenen Deutschland begegnen. Aber auch das hat sich in den letzten Jahrzehnten geändert. Verachtete man die ersten Fremdarbeiter noch, verbannte man sie noch in Ausländerghettos, beschimpfte man sie noch als Itaker oder Spaghettifresser, so eroberten sich die fleißigen Italiener der folgenden Generation erst Duldung, dann Anerkennung, und heute kann sich kein Deutscher sein Land ohne die italienische Gastronomie vorstellen. Ganz anders die Gefühle der Italiener. Sie sind seit jeher gespalten. Auf der einen Seite ihr Respekt vor Disziplin, Pünktlichkeit, Zuverlässigkeit und Effizienz der Deutschen, auf der anderen die Angst vor dem säbelrasselnden, barbarischen Militarismus mit dem schnarrenden preußischen Befehlston, in schlechten Kriegsfilmen immer wieder und immer noch benutzt und am Leben erhalten (»'eil 'itlerr! Rrraus, rrraus, aber schnell! Jawoll mein Führrerr!«). Über dieses Deutschlandklischee hat der ganz Italien überflutende Tourismus der Deutschen zwar einen anscheinend robusten Zuckerguss aus Devisen gebreitet und für eine echt scheinende Freundlichkeit gesorgt, aber bei der geringsten politischen Erschütterung, die sich als Bedrohung deuten lässt, zeigt sich, wie unbelastbar und labil das Verhältnis der Italiener zu den Deutschen ist.

Ein solches politisches Ereignis war 1978 die Befreiung des ehemaligen Obersturmbannführers Kappler. Kappler war der so genannte Henker der Ardeatinischen Gräben. Gegen Ende des Zweiten Weltkriegs, nach einem Bombenanschlag auf eine deutsche Besatzungseinheit in der Via Rasella in Rom, bei der 33 deutsche Soldaten ums Leben kamen, hatte er als Repressalie für jeden toten Deutschen zehn Italiener – Juden, Saboteure, Systemgegner –, das ist gehandhabtes Kriegsrecht, aus den römischen Gefängnissen holen und bei den Ardeatinischen Gräben außerhalb Roms erschießen lassen.

Bei einem Kriegsverbrecherprozess nach Kriegsende hätte man ihm aus dieser Tatsache keinen Strick drehen können, doch er hatte vierzehn Gefangene mehr erschießen lassen, ihm kam's damals wohl nicht so sehr darauf an, doch für diese vierzehn zu viel wurde Kappler zu einer lebenslänglichen Festungshaft in dem noch aus der bourbonischen Zeit stammenden Militärgefängnis von Gaeta, zwischen Rom und Neapel am Meer gelegen, verurteilt. Kappler war nach über zwanzig Jahren Haft unheilbar erkrankt, die Bitten um Begnadigung oder Auslieferung von deutscher und kirchlicher Seite wurden abgelehnt, Kappler kam ins Militärspital auf Roms Monte Celio, einem der sieben Hügel des antiken Roms. Dort gelang es nun Kapplers Frau, ihren Mann unter höchst rätselhaften Umständen zu befreien und nach Deutschland zu schleusen. Diese »freche Tat« entfachte einen wahren Sturm der Entrüstung in ganz Italien und eine Welle antideutscher Aktionen im ganzen Land. Deutsche Touristen fanden die Reifen ihrer Autos zerstochen und wurden unschuldige Opfer jeder erdenklichen Art kleiner Racheakte. Ich selbst fand den Lack meines Wagens zerkratzt und mit Hakenkreuzen versehen und den Rückspiegel abgebrochen. Hatte man mich am ersten Probentag noch freundlich begrüßt, hing bald ein Telegramm der italienischen Schauspielergewerkschaft am schwarzen Brett, in dem gegen meine Besetzung protestiert wurde. Unterschrieben war das Telegramm von einem mittelmäßigen Schauspieler, der meine Rolle gern gespielt hätte, aber schon typmäßig völlig falsch gewesen wäre. Ich ging in die Intendanz und bot meinen Verzicht an. Ich hatte mich ja nicht aufgedrängt, sondern war von Franco Enriquez inständig gebeten worden. Doch der Intendant winkte ab. Er nahm den Brief nicht ernst, und Franco meinte, ich dürfe auf solch einen sicher vorübergehenden Druck nicht reagieren. Das gäbe der anderen Seite Recht. Ich blieb.

*

Die Hackordnung in italienischen Theatern ist eisern. Das fängt bei der Zuteilung der Garderoben an. Die erste Garderobe war für Valeria Mariconi, Franco Enriquez' Lebensgefährtin und eine der großen Theaterheroinen Italiens. Die zweite war für Corrado Pani, der den Alfred spielte, mir hatte man die dritte Garderobe zugewiesen. Es ist auch üblich, dass ein Theaterdiener jedem Schauspieler dessen Wunsch entsprechend allabendlich ein Getränk in die Garderobe bringt. Ich fand nun immer eine große Flasche Mineralwasser auf meinem Schminktisch vor. Seit den ersten Proben hatte ich mich mit Corrado Pani angefreundet. Vor Beginn der Vorstellung kam er oft in meine Garderobe, um die Zeit bis zum Vorstellungsbeginn zu verplaudern.

Eines Abends fragte er mich, ob er von meinem Mineralwasser trinken könne, und bediente sich. Mitten in der Vorstellung begann er sich vor Leibschmerzen zu krümmen. Sobald die Szene es erlaubte, stürzte er auf die Toilette. Auch ich verspürte ziemliches Bauchgrimmen, doch hatte ich wohl weniger von dem Wasser getrunken und blieb von allzu schlimmen Attacken verschont. Doch bei Corrado häuften sich die Abgänge bei offener Szene auf beängstigende Weise. Man hielt für ihn alle Türen auf, die zur Toilette führten, er hatte kaum Zeit, sich zu säubern, und stürzte auf die Bühne zurück. Irgendwie ging die Vorstellung zu Ende.

Wir verlangten beide eine außerordentliche Betriebsversammlung für den folgenden Tag. Corrado sprach als

Erster und hielt eine böse Rede, er prangerte das Verabreichen eines Abführmittels als eine der üblen faschistischen Foltermethoden an und fragte, wann denn nun nach dem Rizinus der »Manganello«, der traditionelle Prügelstock der Faschisten, in Aktion träte. Er stellte sich voll und ganz hinter mich, da es klar war, dass die Aktion mir gegolten hatte und er nur zufällig ihr Opfer geworden war. Ich haute in die gleiche Kerbe: Ich forderte den oder die Übeltäter auf, sich zu stellen und sich zu entschuldigen. Dafür versprach ich jenen vorab volles Verzeihen und Verzicht auf wie auch immer geartete Bestrafung. Meldeten sich die Täter nicht, sei ich gezwungen, alle Mitglieder des Ensembles, Techniker eingeschlossen, mit Ausnahme von Corrado Pani, als der Tat verdächtig anzusehen und zu behandeln. Keiner meldete sich. Nur ab und zu kam einer heimlich zu mir, bedeutete mir, dass er den Täter kenne, aber nicht denunzieren möchte. »Dann bist du mir besonders verdächtig«, sagte ich dann, und wenn er mich dann verdutzt ansah, erklärte ich: »Wenn ich der Täter wäre, würde ich nämlich genau das tun. Ich würde zu dem Opfer hingehen und ihm sagen, dass ich den Übeltäter kenne, um auf diese Weise den Verdacht von mir abzulenken.« Bald kam niemand mehr.

Einige Jahre später traf ich in einer Autowaschanlage an der Via Gregorio VII in Rom einen meiner ehemaligen Kollegen aus dem damaligen Ensemble. Wie unter Schauspielern üblich, erzählten wir uns unsere gegenwärtigen Verpflichtungen: Ich habe gerade mit dem und dem einen Film gedreht, ich soll bei dem und dem eine große Rolle in dem oder jenem Stück spielen …, um dann in die Erinnerung zurückzufallen: »Weißt du, dass der Soundso, der damals den alten Oberst gespielt hat, gestorben ist? Neulich habe ich auch den Dings getroffen, du weißt doch, der dir damals das Abführmittel ins Wasser getan hat … Ach, das wusstest du nicht? Oh, da habe ich wohl ein Staatsgeheimnis ausgeplaudert, aber du wirst es dir sowieso gedacht haben«, und dann: »Die Zeit heilt bekanntlich alle Wunden …«

So erfuhr ich schließlich doch noch, wer damals der Übeltäter gewesen war. Übrigens tatsächlich einer von jenen, die nachher zu mir gekommen waren, um mir zu sagen, sie wüssten, könnten es aber nicht sagen …

Die zwei Tode des armen Baràbba

Ardore bedeutet im Italienischen so viel wie Hitze, Glut.

Ardore heißt auch ein kleiner Ort ein paar Kilometer westlich von Locri, einer alten Stadt an der ionischen Küste Kalabriens, die in den letzten Jahrzehnten leider einen sehr zweifelhaften Ruhm erlangte als die Hauptstadt der N'drangheta, dem kalabresischen Gegenstück zur sizilianischen Mafia, und auch Ardore gehört zu deren Einflussgebiet. Ein Fremder würde das nicht bemerken, denn ihm erscheint Ardore als ein Fischerdorf, wie es unzählige in ganz Italien gibt. Und wie jedes andere Dorf hat es seinen Dorftrottel, obwohl Baràbba weder schwachsinnig noch verkrüppelt ist.

Wenn er ein Trinker wäre, könnte man ihn als einen Stadtstreicher, einen Clochard bezeichnen. Nennen wir ihn ein Original. Er hat keinen Beruf, und er arbeitet nur gelegentlich. Zum Beispiel hilft er den Fischern beim Einholen der Netze. Als Lohn werfen die ihm je nach Ausbeute ein paar kleine Fische in den Sand, die Baràbba wäscht und in seinem Plastikbeutel verstaut, um sie bei Verwandten abzuliefern, die am Hafen eine Trattoria betreiben. Dafür bekommt er dort jeden Tag eine Mahlzeit am »Katzentisch« hinten im Hof neben der Küche; natürlich niemals Fisch, der ist für die zahlenden Kunden, sondern einen Teller Pasta asciutta oder Minestrone, dazu eine kleine Karaffe vom billigsten Wein.

Baràbba sieht ziemlich furchterregend aus: stechende, tief in den Höhlen liegende schwarze Augen, ein wilder, struppiger Bart und ebensolche Haare. Dennoch ist Baràbba harmlos und von einfachem Gemüt. Überhaupt hätte man nicht viel über ihn zu sagen gehabt, wenn nicht vor einem Jahr ein Ereignis über Ardore hereingebrochen wäre.

Dieses Ereignis hieß Wanda. Dabei war Wanda durchaus keine Fremde. Seit vielen Jahren, schon als Kind, kam sie jeden Sommer mit ihren Eltern aus der Toskana nach Ardore in die Ferien.

Aber im vorigen Jahr war Wanda nicht mehr das blonde, hoch aufgeschossene, etwas knabenhafte Mädchen, das mit den Gefährtinnen aus dem Dorf am Strand spielte. Wanda hatte sich innerhalb eines Jahres aus einer unscheinbaren Larve in einen wunderschönen Schmetterling verwandelt. Wenn sie mit ihren dunkelhäutigen und kleiner gewachsenen einheimischen Freundinnen am Strand auftauchte, waren es nicht nur die jungen Burschen, die ihr Ballspiel unterbrachen, auch die Mütter, die auf ihre badenden Kinder aufpassten, ließen ihre Handarbeit in den Schoß sinken, und besonders die alten Männer, die auf einer Bank neben dem Kiosk im Schatten eines Feigenbaums saßen, verschlangen Wanda mit lüsternen Blicken, und einer sagte zum anderen: »Si è fatta bella, la Wanda!« Sie ist schön geworden, die Wanda.

Zuerst fiel es niemandem auf, doch die Alten, denen nichts entging, bemerkten als Erste die Anwesenheit eines ungewöhnlichen Zuschauers: Baràbba. Der blieb zwar oben auf der Straßenböschung sitzen, aber es war auffällig, dass er den Blick nicht von Wanda ließ. Angeführt von Spanò, dem Apotheker, begannen die Alten, Baràbba aufzuziehen. Aber da der nicht reagierte, wurde allmählich ein böses Spiel daraus. Sogar die Kinder liefen bald hinter Baràbba her und schrien: »Baràbba ama Wanda! Baràbba ama Wanda!« Baràbba liebt Wanda. Baràbba konnte darüber sehr in Wut geraten. Er lief davon, den Strand entlang, bis ihn niemand mehr sah.

Doch am nächsten Tag war er wieder da, und das Spiel begann von neuem. Aber irgendwann wurde es den Alten langweilig. Es war wieder der Apotheker, der eine Idee hatte. Er näherte sich Baràbba und flüsterte ihm zu, er wisse ganz zuverlässig, dass auch Wanda ein Auge auf ihn, Baràbba, geworfen hätte. Dies war für Baràbba so süß zu hören, dass er es nicht ertrug. Einige Tage lang tauchte er nicht mehr auf. Doch sobald er wieder erschien, trieben die Alten ihr Spiel mit Baràbba weiter. Sie machten ihn glauben, dass Wanda traurig war, ihn nicht zu sehen, und dass sie nur auf ein Zeichen von ihm warte. Dieses Zeichen wäre sein Bart. Wenn ihm wirklich daran gelegen wäre, ihr zu gefallen, so müsste er seinen Bart für sie opfern.

Am nächsten Tag erschien Baràbba tatsächlich ohne seinen Bart. Wangen und Kinn waren kreidebleich und mit unzähligen kleinen Schnittwunden übersät, die er sich beim Rasieren zugefügt hatte. Auch sein Haupthaar hatte er gebändigt. Er war kaum wiederzuerkennen. Sein Auftritt löste natürlich große Heiterkeit aus. Doch diesmal ließ sich Baràbba nicht ins Bockshorn jagen. Er wartete darauf, dass Wanda sein neues Aussehen bewunderte. Doch er wartete vergebens. Was Baràbba nämlich nicht ahnen konnte: Wanda hatte am gleichen Tag Ardore mit ihren Eltern verlassen, um in die Toskana zurückzukehren. Als er erfuhr, dass Wanda abgereist war, ohne ihn gesehen zu haben, versank er in tiefe Traurigkeit, und er ließ sich einige Tage lang nicht sehen. Dann kam er, wenn noch niemand am Strand war, zurück zu jener Stelle, von der aus er Wanda so viele Male beobachtet hatte. Als man dies den Alten hinterbrachte, suchten sie ihn auf und sagten, er solle doch nicht traurig sein. Sie gestanden ihm, dass die ganze Geschichte von der Verliebtheit Wandas eine Lüge, nämlich ihre Erfindung gewesen wäre. Wanda hätte von ihm niemals auch nur die geringste Notiz genommen.

Baràbba brach zusammen. Er weinte und stammelte, er wolle nicht mehr weiterleben: »Voglio murì, voglio murì!« Spanò, der Apotheker, wusste Rat: »Wenn du wirklich sterben willst, kann ich dir helfen. Ich habe in meiner Apotheke ein wunderbares Gift. Wenn du es nimmst, wirst du keine Schmerzen haben, aber du wirst vor dem Sterben den schönsten Traum erleben, den du dir wünschen kannst, und danach glücklich hinüberdämmern.«

Baràbba flehte Spanò an, ihm diesen Zaubertrank doch zu verkaufen. Doch der versprach ihn ihm sogar großzügig als Geschenk. Er brachte Baràbba das Gift in einer braunen Flasche. Am Abend setzte Baràbba sich an den Strand, trank die übel schmeckende Flüssigkeit tapfer bis zum letzten Tropfen aus, legte sich zurück, schaute hinauf zum Mond und wartete auf seinen letzten Traum, für den er sich sicher die ewige Vereinigung mit Wanda gewünscht hatte. Er wartete lange. Doch der Traum wollte sich nicht einstellen, und auch der Tod kam nicht, um Baràbba zu erlösen. Er bekam vielmehr schreckliche Leibschmerzen, und bald floss es unaufhaltsam und übel riechend aus dem Körper des armen Baràbba, der glaubte, dass es das Leben sei, das seinem Körper entwich. Natürlich hatte sein Peiniger ihm nicht Gift, sondern eine gehörige Portion Rizinusöl gegeben. Baràbba fühlte sich um seinen Traum betrogen und wartete auf das Ende.

Am nächsten Morgen trieb das schlechte Gewissen Spanò und seine Komplizen zum Strand. Sie erschraken.

Da lag Baràbba immer noch an der gleichen Stelle und rührte sich nicht mehr. Auf seinem Gesicht, auf seinen Händen und überall auf ihm und um ihn herum wimmelten und summten Hunderte von Fliegen und anderem Ungeziefer.

Doch Baràbba war nicht tot. Die Alten schleiften ihn vom Strand in den Schatten des Feigenbaums. Spanò verabreichte ihm ein Kohlepräparat und flößte ihm Flüssigkeit ein.

Drei Tage lang lag Baràbba unter dem Baum und war zu schwach, um aufzustehen. Doch am Morgen des vierten Tages war er verschwunden, und man hat ihn monatelang nicht mehr wiedergesehen.

Fast ein Jahr später, während der Ferienzeit, kehrte Wanda zurück, schöner denn je. Die jungen Burschen zeigten ihr beim Ballspiel ihre muskulösen braunen Körper, die Mütter in ihren schwarzen Kleidern sahen missbilligend den allzu knappen Badeanzug Wandas, und die alten Männer, eher davon angetan, saßen wie immer auf der Bank unter dem Feigenbaum, und einer sagte: »Wanda si è fatta donna!« Wanda ist eine Frau geworden. Unter ihnen fehlte jedoch der Apotheker Spanò. Der war vor Weihnachten von der N'drangheta entführt worden und, obwohl die Familie ein hohes Lösegeld gezahlt hatte, noch immer in den Händen der Gangster.

Baràbba blieb verschwunden. Die einen sagten, dass er gestorben wäre, einer erzählte, er habe ihn in Roccella Ionica, einem Ort ein paar Wegstunden östlich von Locri, gesehen. Doch es gab auch welche, die Baràbba nachts oder beim Morgengrauen an jener Stelle am Strand gesehen haben wollten, an welcher er Wanda immer mit seinen Blicken verschlungen hatte.

*

Seit der unglücklichen Liebe Baràbbas zur schönen Wanda waren viele Jahre vergangen. Wanda hatte geheiratet und war Mutter zweier hübscher Kinder. Im Sommer kam sie jetzt mit ihrer eigenen Familie nach Ardore in die Ferien, saß wie die anderen Mütter am Strand und passte auf ihre badenden und spielenden Kleinen auf.

Baràbba war alt geworden. Seit langem schon war er zu schwach, um den Fischern beim Netzeeinholen zu helfen. So bekam er von ihnen auch keine Fische mehr, und da er seinen Verwandten am Hafen keine Fische mehr brachte, gaben die ihm nicht mehr sein gewohntes Essen.

In der letzten Zeit sah man Baràbba immer gebückter laufen. Er hielt beide Hände in den Hosentaschen und drückte sie gegen seinen Bauch, als hätte er Schmerzen.

Eines Tages trieb er sich am Hafen herum und schaute hungrig auf die ausgelegten Früchte an Zì Teresas Obststand, als diese plötzlich aufschrie und Baràbba kreischend bezichtigte, sie bestohlen zu haben. Sie wollte eine Melanzana, eine große Aubergine in Baràbbas fadenscheiniger Hose gesehen haben. Baràbba erstarrte, aber als die massive Zì Teresa hinter ihrem Stand hervorkam, um sich auf den armen Baràbba zu stürzen, ergriff der, so schnell er dies überhaupt noch vermochte, die Flucht. »Al ladro! Al ladro!« Haltet den Dieb, schrie Zì Teresa hinter Baràbba her. Gleich sammelte sich eine kleine Kinderschar, verfolgte Baràbba und sang: »Baràbba è un ladro!« Baràbba ist ein Dieb. Der schleppte sich an der Mole entlang und versteckte sich ganz am Ende des Hafens in dem eisernen, verrosteten Pissoir, das die Deutschen während des Krieges dort aufgestellt hatten, und schlug den Kindern die Tür vor der Nase zu.

Inzwischen erzählte Zì Teresa aufgeregt einigen Leuten, die neugierig zusammengelaufen waren, dass Baràbba sie bestohlen hätte. Da stand Giovanni, der Dorfpolizist, von seinem Stuhl vor der Bar auf, zog seine Uniformjacke an, setzte die Mütze auf seinen schwitzenden Schädel und machte sich mit wichtigtuerischer Miene auf, seines Amtes zu walten. Am Pissoir angekommen, schob er die Kinder zur Seite, klopfte an die eiserne Tür und forderte Baràbba im Namen des Gesetzes auf herauszukommen. Baràbba rührte sich nicht. Da drückte Giovanni mit seinem beträchtlichen Gewicht gegen die Tür, die jedoch ohne Widerstand aufflog, da Baràbba sich in die hinterste Ecke zurückgezogen hatte. Giovanni sagte mit seinem gutmütigsten Ton: »Sei vernünftig, Baràbba, und gib heraus, was du der Zì Teresa weggenommen hast.« Baràbba zitterte und sagte, er habe nicht gestohlen. »Was hast du denn dann in der Hose?«, fragte Giovanni immer noch friedlich. Da blieb dem armen Baràbba nichts anderes übrig, als seine Hose aufzuknöpfen. Giovanni staunte nicht wenig, als er das »Diebesgut« sah. Und so kam schließlich Baràbbas Geheimnis ans Tageslicht. Giovanni erblickte nämlich Baràbbas Hernie, einen enormen Bruch, der sich aus der Leiste des Armen herausgedrückt hatte. Er hatte in der Tat Ausmaße und Farbe einer riesigen Aubergine. Giovanni starrte noch eine ganze Weile auf Baràbbas Bruch, murmelte eine Entschuldigung und ging hinaus, nicht ohne die Kinder mit einem »Das ist nichts für euch« zu verjagen.

So wurde Baràbbas Hernie stadtbekannt. Während es den einen davor grauste, wohl auch weil ihre Ausmaße in den Erzählungen sich ins Unglaubliche vergrößerten, wollten andere erst recht das »Monstrum« sehen. Nun war Baràbba zwar einfachen Gemüts, aber nicht so dumm, um in dem Interesse an seinem Bruch kein Geschäft zu wittern. Er ließ sich das Herzeigen saftig bezahlen. Nie war es Baràbba finanziell besser gegangen als in den folgenden Tagen, doch leider ging es mit seiner Gesundheit sehr schnell bergab.

Der Juli war gekommen, der glühend heiße Juli Ardores.

Es war an einem Samstagnachmittag. Die Straßen waren menschenleer, kein Lüftchen ging, das Linderung gebracht hätte. Vor dem Krankenhaus saßen zwei junge, Dienst tuende Assistenzärzte vor dem Eingang auf zwei Stühlen im Schatten. Als sie Baràbbas ansichtig wurden, der sich mühsam dahinschleppte, sprachen sie ihn an, aus purer Langeweile, aber auch aus Neugier, denn auch sie hätten gerne Baràbbas Bruch gesehen, aus beruflichem Interesse, versteht sich, und umsonst natürlich. Da Baràbba offensichtlich große Schmerzen hatte, ließ er sich von den beiden überreden, sich untersuchen zu lassen. Da es sich um Ärzte handelte, vergaß er, Geld zu verlangen. Scherzend führten die beiden Baràbba in den Operationssaal, halfen ihm, sich auszuziehen und auf den Operationstisch zu legen. Baràbba sah sich in der großen glänzenden Lampe, die bedrohlich über ihm hing, sah verzerrt sein Gesicht, seinen Körper, seinen unförmigen Bruch und bekam es mit der Angst. Er wollte aufstehen, weglaufen, aber er war zu schwach. Auch hatten die beiden ihn jetzt an den Tisch geschnallt und begannen, an seinem Bruch herumzudrücken. Baràbba fiel in eine gnädige Ohnmacht.

Es kam nie ganz heraus, was die beiden mit ihm angestellt hatten. Den Sonntag über ließen sie Baràbba im Krankenhaus, doch am Montagmorgen musste er sein Bett sehr früh räumen. Unter großen Schmerzen schleppte er sich die nächsten Tage durch die Straßen, am Freitag brach er schließlich mitten auf der Piazza zusammen und kam wieder ins Krankenhaus, diesmal nach allen Regeln ärztlicher Kunst unters Messer. Der operierende Arzt erschrak, als er die Bauchhöhle öffnete. Zwei Tage später – Baràbba hatte das Bewusstsein nicht wiedererlangt – rollte man den toten Baràbba ins Leichenhaus. Nun hätte man denken können, dass man Baràbba ohne viel Federlesen in einem Armengrab verscharrt hätte, sodass er nach ein paar Wochen für immer vergessen sein würde.

Aber es geschah etwas Seltsames. Einige Kinder hatten sich, wie sie es öfter taten, ins Leichenhaus geschlichen und den toten Baràbba entdeckt, der ja bekannt war wie ein bunter Hund. Die Kinder liefen durch die Straßen und riefen: »Baràbba è morto! Baràbba è morto!« Das hörte auch der alte Apotheker Spanò, der ihn vor langer Zeit mit Rizinus traktiert hatte, als Baràbba aus Liebeskummer um Wanda sterben wollte. Spanò war damals nach über einem Jahr von der N'drangheta freigekommen, mit schlohweißem Haar zurückgekehrt und war sehr milde geworden. Er stiftete einen kostbaren Sarg für Baràbba. Daraufhin spendierte ein anderer Bürger, um nicht zurückzustehen, den sechsspännigen Leichenwagen. Selbst der Pfarrer ließ sich nicht lumpen und führte kostenlos das Begräbnis an. Die Leute lehnten sich aus den Fenstern und fragten, wer denn da so Wichtiges gestorben sei. Sie liefen auf die Straße hinunter und schlossen sich dem Leichenzug an. In solchen Dörfern ist es ja häufig so, dass viele Familien miteinander verfeindet sind. Doch da Baràbba keine Feinde hatte, wurde es das größte, aber auch das heiterste Begräbnis, das man in Ardore seit langer, langer Zeit gesehen hatte. Sogar die Feuerwehrkapelle hatte sich, eiligst zusammengetrommelt, noch vor den Zug gesetzt.

Als am Grabe eine verschleierte Dame mit zwei Kindern an Baràbbas Grab trat, flüsterten die Leute einander zu: »Das ist Wanda, die große Liebe vom Baràbba!«

Schweigen

War es wirklich ihre früheste Erinnerung, jener Familienausflug, als ihr Vater sie auf das Maultier hob, das sie auf den Hügel zum Tempel in Segesta hinauftrug, oder war es die alte Fotografie, die während ihrer ganzen Kindheit auf einem kleinen Tisch im Wohnzimmer stand und sie, Annamaria, in einem weißen Organdykleid, mit einer großen Schleife im Haar, auf dem Maultier zeigte, neben ihr ihr Vater, stolz und schwarzhaarig, der lächelnd in die Kamera schaute?

Annamaria glaubt heute noch, nach über fünfzig Jahren, sich an den Geruch von Schweiß und Stroh des Maultiers zu erinnern, die Angst, die sie während des Gewitters empfand, das später auf den Tempel und die ganze Sommergesellschaft niederging, wie sie sich an den Hals ihres Vaters klammerte und den Wein und den Tabak in seinem großen Schnurrbart roch, als er sie immer wieder beruhigend auf beide Wangen küsste. Auch ihre Mutter, die nicht auf der Fotografie ist, glaubt sie noch vor sich zu sehen, in einem fast knöchellangen, geblümten Kleid mit breiten Rüschen am Rocksaum und dem üppigen Halsausschnitt.

Annamarias nächste Erinnerung ist hingegen eine quälende Szene, die ihre ganze Kindheit auf einen Schlag verändert und ihre Liebe zu ihrem Vater getötet hat. Es muss noch vor ihrem ersten Schulbesuch gewesen sein, dem

Zeitpunkt, an dem die Familie des Gerichtsvollziehers Angelo Costacurti in die Stadt, nach Messina, zog.

Eines Nachts hörte Annamaria vom Schlafzimmer ihrer Eltern herüber laute Stimmen, schließlich die spitzen Schreie ihrer Mutter. Sie stand auf, öffnete die Tür ihres Zimmers und trat auf den Flur hinaus. Jetzt hörte sie die Stimmen so laut, dass sie ihr Angst machten. Noch nie hatte sie ihren Vater so schreien gehört, diese hohe, heisere Stimme konnte doch nicht die ihres Vaters sein. Jetzt verstand sie auch einiges, ohne es jedoch zu begreifen. Es waren Schimpfworte, die sie noch nie gehört hatte, dazwischen die Schreie ihrer Mutter und das Geräusch von Schlägen. Trotz ihrer Angst drückte sie die Klinke der Schlafzimmertür ihrer Eltern herunter und sah durch einen schmalen Spalt ihre Mutter in ihrem rosafarbenen Nachthemd auf dem Boden vor dem Bett liegen, sah ihren Vater, der im Schlafanzug gebückt über ihr stand, auf sie einschlug und mit den nackten Füßen nach ihr trat. Ihre Mutter wimmerte jetzt nur noch und flehte ihren Mann an, in Gottes Namen aufzuhören, während der immer wieder den gleichen Satz ausstieß: »Nichts als eine dreckige, billige, verkommene Hure!« Annamaria lief weinend zu ihrer Mutter und warf sich schützend über sie.

Danach war nichts mehr so wie früher im Hause Costacurti, kein Kinderlachen, keine Gespräche, kein Gesang. Die Mutter war völlig verstummt, Annamaria umarmte und küsste ihren Vater nicht mehr, ihre Kindheit bestand von nun an aus dem Schweigen der Mutter und den kurzen Befehlen des Vaters: »Geh zu deiner Mutter und sage ihr …«

So war Annamaria froh, dass ihr Vater sie, als sie neun Jahre alt wurde, nach Florenz ins Internat schickte. Nur zu Ostern und Weihnachten fuhr sie ins heimatliche Messina.

Die großen Sommerferien verbrachte die Familie in der Villa bei Taormina, die ihre Mutter von ihren Eltern geerbt hatte. Aber auch auf diese Besuche freute sich Annamaria nicht wie andere Kinder. Als sie größer wurde, kam es immer öfter vor, dass sie die großen Ferien bei einer Freundin im Norden verbrachte oder in einem Zeltlager, während jener Zeit des Faschismus große Mode und bei den sonst so streng behüteten Internatsschülerinnen äußerst beliebt. Ihre Eltern wurden für sie immer fremdere Wesen.

Der Krieg ging an den Klosterschulen fast unbemerkt vorbei. Nur das Essen war knapper und schlechter geworden. Danach kehrte Annamaria, die überdurchschnittlich begabt war, gar nicht mehr nach Hause zurück, sondern trat sofort ein Universitätsstudium in Florenz an. Sie studierte Literaturgeschichte, Französisch und jene Nebenfächer, die das Lehramtsstudium verlangte, in jener Zeit fast der einzige Ausbildungsweg, der jungen Frauen offen stand.

Es sollte nicht dazu kommen, denn schon während ihres zweiten Semesters begegnete Annamaria dem Mann, den sie nach einem knappen halben Jahr heiraten sollte. Sie betrat eines der zahlreichen Schuhgeschäfte an der Via Tornabuoni in der Florentiner Altstadt. Sie kam mit der jungen, unerfahrenen Verkäuferin nicht zu Rande und hatte sich schon erhoben, um das Geschäft unverrichteter Dinge zu verlassen, als ein junger Mann mit guten Manieren auf sie zu trat und sie bat, wieder Platz zu nehmen.

»Es wäre doch gelacht, wenn wir für solche hübschen Füße nicht das Richtige finden würden.« Annamaria musste lachen, sie probierte und fand die passenden Schuhe.

Es stellte sich heraus, dass der junge Mann nicht ein einfacher Verkäufer, sondern der Juniorchef des Hauses war. Die Benvenutis besaßen drei Schuhgeschäfte in Florenz.

Die Schuhbranche entwickelte sich in den Nachkriegsjahren explosionsartig. Enrico war der einzige Sohn und Erbe des alten Benvenuti. Dieser besaß keine Schuhfabrik, sondern ließ die Schuhe in Heimarbeit bei Hunderten von armen Familien in der Provinz fertigen. Auch Enrico hat diese Methode nie aufgegeben, auf der noch heute der internationale Erfolg der italienischen Schuhindustrie beruht. Sie hatte den Vorteil, dass eine große Produktion ohne teure Fabriken und an den Gewerkschaften und der Steuer vorbei möglich war.

Enrico war elegant, großzügig und zuvorkommend. Annamaria war beeindruckt von seiner Bildung, denn Enrico war, wie viele Florentiner, ohne Akademiker zu sein, ein solider Kenner der Florentiner Kunst und Kultur. Als Annamaria ihn, auf Enricos ausdrücklichen Wunsch hin, ihren Eltern vorstellte, sagte ihr Vater nur: »Nun ja, wenigstens brauchen eure Kinder nicht barfuß zu laufen.«

Annamaria und Enrico heirateten schon nach kurzer Verlobungszeit in Florenz, in der ehrwürdigen Florentiner Kirche Santa Maria Novella. Annamarias Eltern waren nicht zur Hochzeit erschienen. Das Brautpaar besuchte sie nur kurz in Taormina, bevor es zur Hochzeitsreise um Sizilien herum in Enricos neuem Alfa Romeo Kabriolett aufbrach.

Zur angemessenen Zeit wurde Annamaria Mutter einer Tochter: Enrica. Als ein Jahr später ihre Eltern kurz nacheinander starben, löste sie die elterliche Wohnung in Messina auf und ließ die Sommervilla in Taormina ausbauen und renovieren.

Mitte der fünfziger Jahre waren die Benvenutis mit nun über vierzig Schuhgeschäften in ganz Italien etabliert, und Enrico machte seine ersten Schritte über die Alpen, eröffnete Geschäfte in Deutschland, der Schweiz und Frankreich. Da er immer öfter und länger unterwegs war, litt die Ehe. Annamaria mied Florenz und zog sich fast vollständig nach Sizilien zurück. In ihrer Villa in Taormina hatte sie eine Gruppe alter und neuer Freunde um sich versammelt, die nun regelmäßig bei ihr zu Gast waren. Sie war eine großzügige Gastgeberin, aber es stellte sich heraus, dass es ihr nicht um das gesellschaftliche Beisammensein ging. Wenn man zu den Gästen gehören wollte, musste man Zeit und Geld mitbringen. Denn Annamaria war eine Spielerin geworden. Alle ihre Gedanken kreisten um ihre neue Leidenschaft, das Spiel. Meist wurde bis in die frühen Morgenstunden gezockt. Sie schlief fast den ganzen Tag, das Abendessen für ihre Gäste war ihr eine lästige Pflicht, sie fieberte dem Augenblick entgegen, an dem sie sich wieder an den Spieltisch setzen konnte. Doch da ein passionierter Spieler unbewusst verlieren will, verlor Annamaria. Sie verlor allmählich horrende Summen, die sie zuerst mit ihrem Privatvermögen finanzierte, dann mit den großzügigen Zahlungen Enricos, aber als nach ein paar Jahren der größte Teil des Grundstücks, das zu der Villa gehörte, verkauft war, kam der Tag, an dem Enrico, dem die Spielleidenschaft seiner Frau unbekannt war, eingeweiht werden musste. Ein alter Freund Annamarias hatte ihr, wenn sie Spielschulden gemacht hatte, immer wieder unter die Arme gegriffen, aber als der Schuldenberg zu Schwindel erregender Höhe angewachsen war, musste Annamaria ihren Mann einweihen und zum ersten Male um Geld bitten.

Nun waren in der Zwischenzeit Enricos Geschäfte immer besser gegangen, er besaß eine ganze Kette gut gehender Schuhläden in Europa und hatte schon einige Jahre zuvor den großen Schritt über den Atlantik getan, um von New York aus den amerikanischen Markt zu erobern. In Argentinien und Venezuela hatte er zwei große Gerbereien aufgekauft, in denen Rinds-, Schaf- und Ziegenhäute zu Leder verarbeitet wurden. In ganz Italien arbeitete eine straff organisierte Armee von auf meist nur einen Arbeitsgang spezialisierten Schustern, Lederherstellern, Oberlederzuschneidern, dazu kamen Stilisten, Verpacker und Versandfirmen und vor allem die gleich Handlungsreisenden umherfahrenden Organisatoren, die den Herstellern das für den jeweiligen Arbeitsgang erforderliche Material zulieferten.

Enrico war ein fanatischer Arbeiter, offensichtlich mit wenig Zeit und Sinn für ein ruhiges Privatleben, auch wenn er bei seinen kurzen Besuchen in Taormina nie ohne ein Geschenk für seine Frau und seine Tochter Enrica kam. Doch diese Stippvisiten wurden immer seltener, seine Aufenthalte in Südamerika zogen sich immer mehr in die Länge. Enrica besuchte seit einigen Monaten ein feines Internat bei Vevey in der französischen Schweiz, und so blieb Annamaria monatelang allein in Sizilien. Als sie nun also nach Florenz fuhr, um Enrico um die besagte Geldsumme zu bitten, war dieser, wie sie jetzt erfuhr, wieder einmal in Venezuela. Er war auch telefonisch nicht zu erreichen, und so musste Annamaria mit Enricos Geschäftsführer vorlieb nehmen, der Enrico offensichtlich abschirmte und von diesem sogar ermächtigt worden war, ihr selbst beträchtliche Summen auszuzahlen. Der Betrag, um den es nun ging, brachte aber auch den Geschäftsführer in Verlegenheit. Er lehnte wortreich und bedauernd ab. So flog Annamaria noch am selben Tag nach Caracas, um Enrico aufzusuchen. In Enricos Büro bedurfte es einiger List, um herauszubekommen, dass Enrico bei Puerto Ordaz in der Nähe seiner Gerberei ein Landhaus erworben hatte. Als sie dort läutete, wurde die Tür von einer jungen farbigen Frau geöffnet, und als Annamaria Enrico zu sprechen verlangte, bekam sie zur Antwort: »Mein Mann ist nicht zu Hause.«

Annamaria war wie vom Donner gerührt. Ohne ein Wort machte sie kehrt und flog nach Florenz zurück. Dem Geschäftsführer Enricos machte sie klar, dass sie eine Klage wegen Bigamie anstrengen würde, wenn Enrico nicht umgehend zurückkäme. Schon einen Tag später traf Enrico in Florenz ein und erbat zerknirscht um Annamarias Verzeihen. Doch sie war nicht zu bewegen, auch nur ein Wort zu äußern. Obwohl Enrico es sich ein Vermögen kosten ließ, ihre Vergebung zu erlangen, blieb sie stumm. Zehn Jahre lang.

War es in ihrer eigenen Kindheit Annamaria, die unter der Wortlosigkeit ihrer Eltern gelitten hatte, so galt dies jetzt für ihre Tochter Enrica. Nun wurde sie als Vermittlerin der notwendigen Botschaften zwischen Vater und Mutter hin und her geschickt. Es schmerzte Annamaria, dass Enrica offensichtlich mehr an ihrem Vater hing, doch sah sie keinen Weg, Enricas Zuneigung zu erobern. Sie tat alles, um ihrem Mann aus dem Weg zu gehen, und sobald die Jahreszeit es ermöglichte, setzte sie sich nach Taormina ab und versammelte wieder die Schar der dem Kartenspiel verfallenen Freunde um sich. Wenn Enrico ab und zu dort auftauchte, musste Annamaria die sonst so langen Spielabende verkürzen, aber selbst hier widerstand sie hartnäckig manchem Versuch der Freunde, sie mit Enrico zu versöhnen, sodass auch der immer seltener in Taormina auftauchte und sich noch besessener in seine Arbeit stürzte.

*

Es war Abend in Taormina. Annamaria saß mit ihren Freunden beim üblichen Pokerspiel, als das Telefon läutete. Annamarias Tochter Enrica rief aus einer Florentiner Klinik an. Enrico, ihr Vater, habe einen Iktus, einen Gehirnschlag, erlitten, es gehe um Tod und Leben. Annamaria legte den Hörer auf, kam zum Spieltisch zurück, nahm im Stehen ihr Blatt auf, das sie verdeckt hatte liegen lassen, und warf es, bitter lächelnd, offen auf den grünen Filz.

Enrico starb nicht. Zwei Monate später schob Annamaria ihn im Rollstuhl aus der Klinik.

Zu Hause war alles für die Rückkehr eingerichtet. Ein Krankenbett, eine Krankenschwester, an der Decke ein Fernsehgerät, neben dem chromglänzenden Klinikbett ein ebensolcher Nachttisch mit einem Pappagallo, wie man in Italien die Bettschüsseln nennt. Von der Decke herunter hing ein Holzgriff, auch der nicht brauchbar für Enricos erbarmungswürdigen Zustand. Die Ärzte hofften, dass die Totallähmung sich mit der Zeit bessern würde. Enricos Augen tränten, die Lider blieben halb geschlossen, die Zunge hing seitlich schlaff aus dem offenen Mund, Speichel lief am Kinn herunter. Die Ärzte hatten gesagt, dass Enrico vorerst nur verschwommen wahrnehmen, bald aber hören, wahrscheinlich sogar wieder verstehen würde. Was das Sprechen beträfe, so sei das Sprachzentrum im Gehirn durch Blutungen erheblich verletzt worden, sodass man keine Prognose über die Wiedererlangung der Sprache wagen könne.

Die größte Änderung im Hause Benvenuti aber war: Annamaria *sprach* mit Enrico, sie sprach unablässig mit ihm, flehte ihn hundertmal am Tage an, ihr irgendein Zeichen zu geben, vielleicht mit den Augenlidern; einmal die Augenlider schließen sei »ja«, zweimal »nein«, er solle es doch bitte, bitte versuchen, er müsse sie doch hören, müsse sie doch verstehen …!

War Enricos Krankheit ihr so zu Herzen gegangen, dass

dieses ihr befohlen hatte, ihr Schweigen zu brechen? Mitnichten! Sie hätte sich ohrfeigen können, dass sie jahrelang so sorglos gewesen war. Wäre Enrico nämlich gestorben, sie wäre Alleinerbin gewesen; erst einmal, ihre Tochter wäre später drangekommen, aber so? Von ihrem eigenen kleinen, gebeutelten Bankkonto abgesehen, hatte und wusste sie nichts, sie kannte keine Bankkontonummer Enricos, auch nicht die Nummernkonten in der Schweiz. Sie kannte nicht einmal den Code des Panzerschranks in Enricos Arbeitszimmer. Sie hatte keine Ahnung, ob und wo Enrico Aktien oder Wertpapiere besaß, ob er jemals ein Testament gemacht hatte. Wie naiv sie gewesen war!

An den enormen Komplex des Schuhimperiums war nicht heranzukommen. Es bestand aus einem weit verzweigten Geflecht von multinationalen Körperschaften, Holdings, Aktien-, Kommanditgesellschaften, nichts davon gehörte zu Enricos greifbarem Privatvermögen. Um dieses in ihre Hand zu bekommen, gab es nur zwei Möglichkeiten: Enrico musste sterben oder sprechen.

Annamaria fütterte Enrico, wie sie Enrica, ihre Tochter, als Baby gefüttert hatte, sie forschte in seinen Augen, ob sie reagierten, und manchmal hatte sie den Eindruck, Enrico hörte und verstünde etwas von dem, was sie ihm sagte, so schlau und bösartig schien ihr manchmal deren Ausdruck.

Tatsächlich trat nach ein paar Monaten eine Besserung ein. Die Lähmung der rechten Körperseite schien nachzulassen, der rechte Mundwinkel hing nicht mehr so schlaff herunter, der abwesende Ausdruck seines Gesichts verschwand allmählich, und er begann dem alten Enrico wieder ähnlicher zu sehen.

Annamaria hatte die Hoffnung auf eine schnelle Genesung Enricos aufgegeben. Da es Winter geworden war, hatte sie ihre Freunde aus Taormina nach Florenz eingeladen. Zwei-, dreimal in der Woche trafen sie sich in ihrer Wohnung zum Essen und anschließenden Kartenspiel. Zuerst war Annamaria immer wieder vom Spiel aufgestanden, um nach Enrico zu sehen, doch bald empfand sie keine Hemmungen mehr, Enrico in seinem Rollstuhl ins Spielzimmer zu schieben und ihn so hinzustellen, dass sie sein Gesicht sehen konnte.

Bald glaubte Annamaria verstanden zu haben, dass Enrico gar nicht sprechen wollte. Aber sie gab nicht auf. Sie schrieb die Fragen, an deren Beantwortung ihr so viel gelegen war, auf große Zettel, setzte dem Kranken seine Brille auf und hielt ihm die Fragen immer wieder vor die Augen. Dann kam sie auf ein grausames Spiel. Sie begann Enrico zu erpressen. Für jede Handreichung, auf die er angewiesen war und die sie, den Ekel überwindend, tapfer tat, für jeden Löffel Brei, für jeden Schluck Wasser, von dem er am abhängigsten war, handelte sie Enrico schließlich Antwort für Antwort, Zahl für Zahl seiner Kontonummern ab. Am hartnäckigsten verteidigte Enrico den Code seines Safes. Als sie ihm die Kombination endlich abgepresst hatte, brach Enrico weinend zusammen. Aber für Annamaria war es der endgültige Sieg.

Bald war es für sie nur noch ein Kinderspiel, im Beisein ihres Notars von Enrico eine Vollmacht über sein Vermögen zu erlangen. Als das gesamte Vermögen Enricos schließlich in Form von Papieren, Schlüsseln, Kontoauszügen, Goldbarren zum Greifen vor ihr lag, ging sie skrupellos an den Verkauf, die Liquidation des Teils, der am leichtesten und ohne großen Sachverstand flüssig zu machen war.

Auch das Geschäftsvermögen Enricos schwand schnell dahin. Es stellte sich heraus, dass der Geschäftsführer große Teile von Enricos Schuhimperium veruntreut, unter seine Kontrolle und sogar in seinen Besitz gebracht hatte. Das internationale Verteilernetz zerfiel, die Produktion ging in andere Hände über, die Aktien fielen in den Keller. In weniger als einem Jahr, das konnte Annamaria in der Zeitung lesen, stand der Ruin, die Liquidation der Firma vor der Tür.

Und doch wusste Annamaria, dass Enrico ihr nicht alles preisgegeben hatte. Sie hatten selbst in der glücklichsten Zeit nicht ausführlich darüber gesprochen, doch sie wusste, dass da eine große Summe Geldes auf einem oder mehreren Nummernkonten in der Schweiz liegen musste. Doch wie sie es auch anstellte, kein Druckmittel, keine ihrer kleinen Foltermethoden konnten Enrico zur Preisgabe seines letzten Geheimnisses bringen. Vor Weihnachten zog sie sich grollend mit den wenigen Freunden, die ihr verblieben waren, nach Taormina zurück und überließ sich ihrer Spielleidenschaft, der sie nun ohne jede Selbstbeherrschung frönte. Sie spielte um so hohe Einsätze, dass ihre alten Freunde nicht mehr mithalten konnten und sich entweder mit ihr zerstritten oder sie einfach mieden.

Enrico war in Florenz geblieben, umsorgt von einer Pflegerin, als ihn eines Tages seine Tochter Enrica besuchte. Sie war vor ein paar Tagen achtzehn geworden und teilte ihrem Vater mit, dass sie keinen Tag länger im Internat bleiben werde. Ihr Vater saß in seinem Lehnstuhl, sah sie lange an und begann – zu sprechen! Enrica lief zu ihm, umarmte ihn weinend und küßte ihn. Enrico sprach lange mit ihr, obwohl er schnell ermüdete und immer wieder Pausen einlegen musste. Schließlich sagte er, dass er ihr, Enrica, da sie ja nun großjährig sei, ein Geschenk machen wolle, bevor ihre Mutter ihm auch noch dieses Geheimnis entreißen würde, das Geheimnis des Schweizer Nummernkontos. Er nannte ihr die Luganer Bank und eine Nummer mit nur fünf Zahlen. »Löse dieses Konto auf, eröffne ein neues, und lege das Geld gut an. Es ist das letzte, das ich besitze.«

Zwei Tage später schleppten Enrica und ein hübscher junger Mann, seit zwei Jahren Enricas Freund, in Lugano eine schwere Ledertasche aus der Banco del Lago, verstauten sie im Kofferraum eines funkelnagelneuen roten Sportwagens und brausten übermütig lachend davon. Sie fuhren jedoch nicht lange: Gerade zehn Kilometer weiter hielten sie vor einem Hotel in Campione d'Italia. Am Abend gingen sie ins Spielcasino und fielen durch ihre hohen Einsätze beim Baccarat auf.

Eine Woche später verkauften sie den Sportwagen, um Schulden, Hotel und die Rückreise mit der Bahn nach Italien zu bezahlen.

Enrica hat weder ihren Vater noch ihre Mutter wiedergesehen.

Vor der Landung

»Meine Damen und Herren, wir werden in wenigen Minuten auf dem Flughafen Leonardo da Vinci in Rom landen und bitten Sie, das Rauchen einzustellen, Ihre Sitzgurte wieder festzuziehen und die Lehnen Ihrer Sitze senkrecht zu stellen. Ladys and gentlemen ...«

Sam Helman klappte das Buch zu, in dem er zerstreut gelesen hatte: Stephen Hawking – Eine kurze Geschichte der Zeit, verstaute es in seinem Aktenkoffer und schaute auf die Uhr. Sicher, er hätte noch die Anschlussmaschine nach Neapel erreichen können, aber die letzte Fähre nach Ischia hätte er nur mit hängender Zunge oder vielleicht gar nicht mehr erwischt, und der Gedanke, in Neapel übernachten zu müssen, hatte ihn seinen Reiseplan kurzfristig ändern lassen. Er würde über Nacht in Rom bleiben, in seinem kleinen Lieblingsrestaurant in der Vecchia Roma zu Abend essen und morgen früh mit einem Leihwagen gen Süden fahren. Zufrieden lehnte er sich zurück und schaute aus dem kleinen Fenster zu seiner Linken. Gerade verschwand der Lago di Bracciano aus seinem Blickfeld. Auf der rechten Seite würde er schon den lang gezogenen Strand nördlich von Fregene sehen, hier auf der linken tauchte das Band der Autobahn Rom – Civitàvecchia auf, verstreut lagen ein paar Bauernhöfe mit Herden schwarz-weiß gefleckter Kühe, hier und dort noch ein kleines Wäldchen. Der Schatten des Flugzeugs huschte immer größer werdend über Felder und Wiesen, Sam schätzte die Flughöhe auf gerade noch dreihundert, zweihundertfünfzig Meter, als er plötzlich eine Szene beobachtete, die ihm den Atem stocken ließ: Mitten auf einer kleinen Lichtung stand ein Mann mit erhobenen Armen, während vom Rand des Wäldchens her ein anderer auf ihn zulief, der eine Waffe auf ihn richtete, ein kurzer Feuerstoß, der Mann auf der Lichtung stolperte, stürzte, brach zusammen ... Und da war die gespenstische Szene schon hinter, unter Sam verschwunden, nur wenige Minuten später sah man schon die Straße, die nördlich am Flughafengebiet entlangläuft. Die üblichen Beobachter, Landungsvoyeure, ließen das landende Flugzeug nur wenige Meter über ihre Köpfe donnern und holten sich ihren Kick, dann setzten die Reifen kreischend auf dem schwarzen Asphalt der Landebahn auf, die Triebwerke heulten im Gegenschub auf, aus dem hinteren Teil der Passagierkabine erscholl der erleichterte Applaus einer Touristen- oder Pilgergesellschaft über die gelungene Landung, dann rollte die Maschine langsam auf das weit im Hintergrund liegende Flughafengebäude zu.

Sam saß immer noch wie gelähmt auf seinem Sitz, begann sich nun umzuschauen, ob vielleicht jemand außer ihm den Zwischenfall auf der Wiese bemerkt hatte, doch offenbar hatte keiner von jenem Geschehen etwas mitbekommen.

Im Flughafengebäude angekommen, passierte er die Passkontrolle, wartete aber nicht auf sein Gepäck, sondern trat sofort in das Zollbüro.

Die Schreibtische waren nicht besetzt. Eine grüne Traube uniformierter Zöllner stand um einen winzigen Fernseher geschart und verfolgte mit temperamentvollen Kommentaren ein Fußballspiel. Sam stand vor einem der

Schreibtische und versuchte mit lautem Husten Aufmerksamkeit zu erlangen. Schließlich bequemte sich einer der Zollbeamten, seine Sportbegeisterung zu zähmen, und wandte sich Sam zu. Als dieser sagte, er hätte einen Mord anzuzeigen, bemerkte der Beamte unbeeindruckt: »Dann sind Sie hier falsch. Wenden Sie sich an die Flughafenpolizei!« Er ließ Sam einfach stehen, und sein ganzes Interesse galt wieder dem Fußballspiel.

»Wie steht's denn?«, fragte Sam, es sollte sarkastisch klingen. »1:0 für Lazio«, sagte der Mann, ohne sich umzudrehen. Sam erfragte den Weg zur Flughafenpolizei und trat wenig später in ein ähnliches Büro wie das der Zollbehörde. Auch hier das gleiche Bild, nur dass es dunkelblau uniformierte Beamte waren, die um einen Fernseher herumstanden, und etwas weniger begeistert als die Zöllner, denn offenbar hatte die Mannschaft von Lazio gerade einen Gegentreffer kassiert. So trennte sich einer der Polizisten leichter von dem Geschehen auf dem Fernsehschirm, und Sam konnte endlich seine Anzeige erstatten. Der Beamte hob erstaunt seine dichten Brauen: einmal nicht eine gestohlene Brieftasche oder eine verloren gegangene Großmutter. »Sie haben einen Mord beobachtet?«, fragte er und setzte sich hinter den Schreibtisch. Sam schilderte, was er vom Flugzeug aus gesehen hatte, und es entging ihm nicht, dass sein Gegenüber die Geschichte nicht ernst zu nehmen schien, denn der Beamte wandte sich an seine Kollegen, die sich vom Geschehen auf dem Fernsehschirm nicht trennen mochten. »Ragazzi«, rief er hinüber, »hört euch das einmal an! Dieser Gentleman hier hat vom Flugzeug aus einen Mord beobachtet. Er hat im Anflug auf den Flughafen hier ein paar Minuten vor der Landung gesehen, wie unten auf einer Wiese ein Mann erschossen wurde.«

Das Interesse am Geschehen auf dem Fernsehschirm schien tatsächlich für Augenblicke nachzulassen und wandte sich Sam und seiner unwahrscheinlichen Geschichte zu. Der Sam gegenübersitzende Beamte genoss die Aufmerksamkeit der andern, er lehnte sich in seinem Stuhl zurück und wurde ganz Sherlock Holmes: »Haben Sie erkennen können, um was für eine Waffe es sich handelte?« »Natürlich nicht«, erwiderte Sam, »ich sah nur das Mündungsfeuer und den anderen Mann, wie er getroffen zu Boden stürzte.« »Wieso können Sie behaupten, dass es sich um einen Mord handelte? Sie können doch wohl nicht vom Flugzeug aus festgestellt haben wollen, dass der Mann tot war. Vielleicht war er nur verwundet, vielleicht war er nicht einmal getroffen und ließ sich nur zu Boden fallen.«

Sam biss sich wütend auf die Lippen. »Ich möchte meine Aussage ändern. Es kann sich natürlich auch um einen Mordversuch gehandelt haben. Ich hielt es nur für meine Pflicht, das Gesehene anzuzeigen, da es sich offensichtlich um ein Verbrechen handelte.«

»Was versprechen Sie sich denn von dieser Anzeige?«, fragte der Beamte. »Dass wir am heiligen Sonntagnachmittag eine Kompanie von Polizisten auftreiben, die den von Ihnen beschriebenen Raum nördlich des Flughafengebiets durchkämmen, um einen Leichnam zu suchen, von dessen Existenz es keinen anderen Beweis als Ihre Behauptung gibt, eine Behauptung, die sich auf nichts als eine sekundenlange Beobachtung aus einem landenden Flugzeug heraus stützt?« Er machte eine Pause und schüttete den Rest schwarzen Kaffees aus einer kleinen Espressomaschine in eine Tasse, warf zwei, drei Zuckerwürfel hinein, rührte lange mit einem kleinen Löffel darin herum und wartete wohl auf eine Antwort. Als Sam, der zu bedauern begann, dass er überhaupt irgendetwas gesagt hatte, stumm blieb, fuhr er fort: »Nun, dann wollen wir zuerst einmal Ihre Personalien aufnehmen.« Er nickte einem der anderen Beamten zu, einem sehr jungen, pickeligen Burschen mit dicken Brillengläsern, der setzte sich an die Querseite des Schreibtischs, legte pedantisch Kohlepapier zwischen Formularbögen, lud die altmodische Schreibmaschine damit und schaute seinen Vorgesetzten erwartungsvoll an. Bevor der allerdings die erste Frage stellen konnte, fiel Sam ein, dass er sein Gepäck nicht abgeholt hatte, und er erklärte, dass er sich für ein paar Minuten entschuldigen müsse, damit er seinen Koffer bei der Gepäckausgabe abholen könne. Sam fühlte die Versuchung, den beobachteten Mord Mord sein zu lassen und sich einfach davonzumachen. Als könne er Gedanken lesen, sagte der Polizeibeamte:

»Aber das kommt doch gar nicht infrage. Geben Sie mir Ihr Ticket mit dem Gepäckabschnitt, einer unserer Leute hier übernimmt das gerne, und – lassen Sie mich auch gleich Ihren Reisepass sehen, wir brauchen ja auch Ihre Personalien ...«

Sam verfluchte seinen dummen Eifer. Er hätte jetzt im Taxi nach Rom sitzen, sich Gedanken darüber machen können, was er in seinem Lieblingsrestaurant zu Abend essen würde. Im Hotel würde er seine Freunde auf Ischia anrufen, ihnen seine Ankunft mitteilen. Indessen saß er hier auf dem harten Stuhl der Flughafenpolizei, beantwortete genervt die Fragen zu seiner Person, bedauerte immer wieder seine »Mordanzeige«, gleichzeitig ging ihm aber das, was er gesehen hatte, nicht aus dem Kopf; so sehr er sich einreden wollte, dass er das, was er aus dem Flugzeug gesehen hatte, gar nicht so deutlich habe sehen können, wie es sich ihm eingeprägt hatte. Gerade kam der junge Polizist mit Sams Koffer in das Polizeibüro, und der Beamte fragte Sam, ob er den Koffer öffnen wolle. Dann wurde der Inhalt sorgfältig untersucht.

Da er nichts Verdächtiges enthielt, fragte Sam schließlich, ob man auch seinen Aktenkoffer untersuchen wolle, und rechnete insgeheim damit, dass man darauf verzichtete. Aber der Beamte zeigte keinen Humor und meinte, dass man natürlich auch einen Blick da hineinwerfen wolle. Als diese Untersuchung ebenfalls nichts Bemerkenswertes zutage förderte, wollte Sam wissen, ob dies nun alles wäre und er endlich gehen könne. So einfach sei das nicht, meinte der Beamte, es handle sich schließlich um eine Mordanzeige und dem müsse man doch nachgehen; wenn er, Sam, es schon für so wichtig gehalten hätte, Anzeige zu erstatten, dann müsse er doch an der Aufklärung der Geschichte interessiert sein. Sam scheute sich nicht zu sagen, dass sein Interesse an der ganzen Sache in der letzten Stunde erheblich abgenommen habe. Der Polizist hob den Telefonhörer ab, wählte eine Nummer, der Ton seiner Stimme und sein Gesichtsausdruck ließen darauf schließen, dass er mit einem Vorgesetzten sprach, dem er die Geschichte anhand des aufgenommenen Protokolls vortrug, dies in einem solchen Kauderwelsch, dass Sam seine eigene Beschreibung nicht wiedererkannte. Der Beamte legte den Hörer auf und sagte, dass man Sam in sein Hotel bringen würde, und welches Hotel es denn sei.

Sam nannte widerwillig das kleine Hotel im Centro Stòrico.

»Das trifft sich gut. Sie müssen vorher nämlich noch bei der Quästur vorbei, das ist ganz in der Nähe.«

Wenig später saß Sam mit zwei anderen Polizisten und dem Fahrer in einem Wagen, mit Blaulicht und hin und wieder mit Sirenengeheul ging es über die Autobahn in die römische Innenstadt.

Es war dunkel geworden, als der dunkelblaue Alfa vor der Quästur an dem Platz des Collegio Romano mit kreischenden Bremsen hielt. An diesem Sonntagabend war das Gebäude dunkel und leer bis auf ein Büro im Erdgeschoss. Sam musste die gleichen Fragen noch einmal beantworten, und als er endlich glaubte, dass man ihn nun ins Hotel bringen würde, ging die Fahrt zum Sitz des SISMI, des militärischen Geheimdienstes. Als Sam fragte, was seine Beobachtung mit dem Geheimdienst zu tun habe, erfuhr er, dass die Möglichkeit bestünde, dass das beobachtete Verbrechen sich vielleicht auf militärischem Sperrgebiet ereignet habe, das sich im Norden des Flughafengebiets befinde.

Der Beamte des SISMI unterschied sich sehr von den Carabinieri. Er war jung und recht blond für einen Italiener, sein Kinn schmückte ein rötlicher Bart. Er war in Hemdsärmeln. Er entließ die Carabinieri ziemlich schroff, lud Sam ein, in seinem bequemen Büro in einem tiefen Sessel Platz zu nehmen, und bot ihm zu trinken an: »Scotch oder Bourbon, Mr. Helman?« Sam konnte sich nicht verkneifen zu sagen: »Müsste doch auch in Ihren Akten stehen, was ich trinke«, und fügte hinzu: »Zuerst mal ein Glas Wasser bitte.« Der Blonde stand auf, ging zu einem kleinen Eisschrank in der Ecke und kam mit einer großen Flasche Mineralwasser und einem Glas zurück. Dann setzte er sich an den Schreibtisch und nahm sich Sams Akte vor, während er am Telefon nach einem Mitarbeiter suchte, der mit »Leonardo« umgehen könne. Als Sam ihn fragend ansah, erklärte er: »›Leonardo‹ ist der große Computer im Keller. Wir müssen leider noch einige Einzelheiten Ihrer Angaben überprüfen. Reine Routine. Sie waren in diesem Jahr dreimal in Israel. Warum?« »Ich schreibe an einem Buch über die industrielle Umwandlung von Meer- in Süßwasser, ein Gebiet, auf dem die Israelis führend sind, wie Sie sicher wissen.« »Nein, das wusste ich nicht, wie interessant!«, meinte der Geheimdienstler und stand auf. Er nahm seine Jacke von der Stuhllehne und fragte: »Wie wär's mit etwas zu essen, Mr. Helman? Mein Name ist übrigens Carlo. Wir haben ein gutes Lokal ganz in der Nähe.« Als sie die Straße überquerten, hakte er sich bei Sam ein und meinte wie nebenbei: »Versuchen Sie nicht, sich davonzumachen. Es würde mir Leid tun, wenn ich schießen müsste.« Sam hatte tatsächlich daran gedacht, aber er hatte natürlich schon im Büro die Waffe bemerkt und den Gedanken wieder aufgegeben. Während des Essens sprach Sams Gegenüber von harmlosen Dingen und scherzte sogar, aber als Sam auf die Toilette ging, stand sein Bewacher auf und ging wie ein Schatten mit, und als Sams Begleiter danach zum Telefon ging, nahm er ihn in die Zelle mit. Das Essen verlief ganz normal. Sie unterhielten sich, ohne ein einziges Mal über Sams Mordgeschichte zu reden. Als die Rechnung kam, wollte sich Sam beteiligen, aber Carlo winkte ab: »Vater Staat bezahlt.«

Als die beiden wieder im Büro saßen, erschien endlich der Computermensch und befragte »Leonardo«, den Geheimdienstcomputer. Wenig später las Sam ein zwei Meter langes Papierband mit Details aus seinem Leben, an die er sich selbst nicht mehr erinnerte.

Es ging auf Mitternacht zu, als ein wortkarger Fahrer Sam zu seinem Hotel in der Altstadt chauffierte. Als der Nachtportier Sams Pass verlangte, zeigte ihm dieser den Zettel, den man ihm gegeben hatte und der besagte, dass die Polizei den Pass zwecks Nachprüfung einbehalten habe. Mürrisch verlangte der Portier Vorauszahlung, gab Sam schließlich den Zimmerschlüssel und fragte, ob er geweckt werden wolle. Sam schüttelte den Kopf, murmelte ein »Buonanotte«, nahm seinen Koffer und stieg die teppichbelegte Treppe hinauf auf sein Zimmer.

Aus dem Ausschlafen wurde nichts. Das schrille Läuten des Telefons warf ihn fast aus dem Bett. Carlo war am Apparat und fragte, ob er gut geschlafen habe. Sam suchte den Schalter der Nachttischlampe, machte Licht und schaute auf die Uhr: 6:30.

Eine halbe Stunde später holte Carlo ihn ab. Sie gingen in eine Bar gegenüber und nahmen das typische Frühstück der Römer ein: Cappuccino und ein Cornetto. Dann stiegen sie in eine unauffällige Limousine, in der zwei Beamte warteten. Als Sam nicht fragte, wohin es denn ginge, sagte Carlo: »Wir fahren hinaus ins Grüne. Schau gut hin, ob dir die Gegend bekannt vorkommt.« Fast zwei Stunden lang kurvten sie in der Landschaft zwischen Flughafen und dem Lago di Bracciano herum, aber immer, wenn Sam meinte, den »Ort des Verbrechens« wiederzuerkennen, stimmte diese oder jene Einzelheit nicht, oder auf Carlos Befehl bog der Wagen um, da hier ja nicht die Einflugschneise verlaufe. Schließlich fuhren sie nach Rom zurück. Am Hotel angekommen verlangte Sam seinen Pass zurück. Carlo versprach, ihn ihm ins Hotel zu schicken.

Gegen Mittag saß Sam in der Hotelbar, als ihm ein Mann auffiel, der schon so früh am Tage recht tief ins Glas geschaut zu haben schien. Da sie die einzigen Kunden waren, stellte sich der Angetrunkene vor als Nando Simonelli, seines Zeichens Maestro d'armi, »Stuntarranger«, wie man wohl auf Englisch sagte, er habe schon in manchem Spaghettiwestern Schlägereien arrangiert. Doch es sei ja schon lange vorbei mit dem Westernfilm. Ab und zu gebe es noch Arbeit in billigen Fernsehfilmen. Sam hörte kaum hin, doch als Nando, ein grauhaariger Mittfünfziger mit ein paar Narben und einer Boxernase, erzählte, dass er erst gestern am heiligen Sonntag in der Nähe des Lago di Bracciano eine Schießerei für einen Fernsehkrimi gedreht habe, wurde Sam hellhörig. Beiläufig fragte er, warum man denn am Sonntag da draußen gefilmt habe, und bekam zur Antwort, dass am Sonntag wesentlich weniger Flugverkehr herrsche, an Werktagen könne man da ja gar nicht mehr drehen, da eine Maschine nach der anderen in ziemlicher Tiefe über das Gelände wegdonnere. Was hatte das zu bedeuten? War es wirklich ein Zufall, diesem Mann hier zu begegnen? Oder hatte man den hierher geschickt, um Sam von einer unbequemen Entdeckung abzulenken? Es kam ihm doch allzu unwahrscheinlich vor, dass der Mann, der die Szene auf der Lichtung arrangiert hatte, hier bei ihm in der Hotelbar sitzen sollte. Wenn das nicht ein Schachzug des Geheimdienstes oder der Polizei war. Was erwartete man von einer solchen Aktion? Man wollte einen eventuellen Verdacht, dass es sich um mehr als einen banalen Mord handelte, aus dem Wege räumen. Sam entschloss sich spontan, das Spiel, wenn es ein solches war, mitzuspielen. So lachte er laut und schlug Nando auf den Rücken: »Na so was! Sie werden es vielleicht nicht glauben, aber ich habe gestern vor der Landung in Rom vom Flugzeug aus Ihre Filmszene beobachtet und für einen richtigen Mord gehalten! Ist das nicht ein Zufall? Gut, dass ich Sie treffe, denn ich habe diesen ›Mord‹ angezeigt. Da habe ich mich ja richtig lächerlich gemacht. Ich bin Ihnen ja so dankbar!« Er lud den Typen zu einem Drink ein. Der war ganz gerührt und erzählte Sam ein paar alte Geschichten aus der Zeit, als in Italien noch Western gedreht wurden, die sich mit den amerikanischen Filmen dieses Genres sicher messen konnten. Dann schimpfte er auf das Fernsehen, das die Preise verdorben habe. Auf einmal schien er es doch eilig zu haben und verabschiedete sich wesentlich weniger betrunken als zu Beginn seines »Auftritts«, obwohl er inzwischen doch einige Drinks mehr reingekippt hatte; oder sollten auch diese Drinks nicht echt gewesen sein? Als Sam nach dem leeren Glas Nandos auf der Theke greifen wollte, kam ihm der Barmann mit einem schlauen Lächeln zuvor und räumte das Glas vor Sams Nase vom Tresen. Kaum war Sam wieder in seinem Zimmer, als das Telefon klingelte und Carlo vom Geheimdienst ihm verkündete, dass nun alles geklärt und sein Pass unterwegs ins Hotel sei. Er entschuldigte sich überschwänglich für die Unannehmlichkeiten, die ihm, Sam, widerfahren seien, wünschte ihm eine gute Weiterreise und einen angenehmen Ferienaufenthalt auf Ischia.

Sam packte seinen Koffer, ging dann zu Fuß zum Hertz-Büro in der Via Sallustiana, fuhr wenig später in einem kleinen Fiat am Hotel vorbei, lud sein Gepäck ein und atmete erst dann tief durch, als er Rom verlassen hatte und auf der Appia Nuova in Richtung Neapel rollte. Als er jedoch die grünen Straßenschilder sah, die nach rechts in Richtung Flughafen Fiumicino wiesen, fuhr der Wagen quasi ohne sein Zutun nach rechts hinaus, bog nach zwanzig Minuten vom Raccordo Anulare zum Flughafen ab, nahm die kleine Straße, die zwischen dem Flughafengelände und dem Meer nach Norden führte, bog bei Maccarese nach rechts ab, kurvte durch die Hügellandschaft auf Manziana beim Lago di Bracciano zu, fand wie von selbst den Feldweg, der zu jenem Waldgebiet führte, das er vom Flugzeug aus gesehen hatte und in dem die Lichtung liegen musste, auf der sich vor ziemlich genau vierundzwanzig Stunden ein Verbrechen ereignet hatte, denn nun war Sam ganz sicher, dass er sich den »Mord« nicht eingebildet hatte, dass er hier ganz in der Nähe stattgefunden haben musste. So war er nicht erstaunt, als er bald an der kleinen Kreuzung ankam, an der am Morgen die Polizisten um keinen Preis nach links abbiegen wollten, und wenig später stand er vor einem hohen Drahtzaun, hinter dem sich die Wiese, jene Lichtung, in deren Mitte der Mann zu Boden gestürzt war, erstreckte. Sam war sicher, dort noch Spuren zu finden, die sich, da es nicht geregnet hatte, noch nicht verwischt haben konnten. Um dies festzustellen, musste er aber den Zaun übersteigen, und das war, da der oben mit Stacheldraht gesichert war, sicher kein leichtes Unterfangen. Aber Sam dachte nicht lange nach, zog seine Jacke aus, warf sie über den Stacheldraht und kletterte los, spürte durch den Stoff seiner Jacke die Stacheln, die sich in seine Handfläche bohrten. Sam biss auf die Zähne, es gelang ihm, sich auf die andere Seite zu schwingen, er ließ sich hinunterfallen und landete nicht allzu unsanft im hohen Gras. Ohne zu zögern rappelte er sich hoch und lief auf die Mitte der Wiese zu. Dann suchte er nach Spuren im Gras, als er plötzlich eine Stimme hörte. »Was machen Sie denn dort? Sind Sie denn völlig wahnsinnig geworden?« Sam fuhr herum und sah einen Mann, und als er näher kam, durchfuhr ihn ein Schreck. Es war niemand anderer als sein betrunkener Bekannter aus der Hotelbar: Nando Simonelli, der Stuntman. Auf einmal hatte er eine großkalibrige Pistole in der Hand, richtete sie auf Sam und schrie: »Weißt du Idiot denn nicht, was du angerichtet hast? Begreifst du das denn nicht?« Dann verzerrte sich sein Gesicht zu einer bösen Fratze, und sein Finger am Abzug krümmte sich langsam. Sam hob die Hände und hörte ein lautes Rauschen, bevor sich ein Schuss löste. Er spürte einen Schlag an der Schulter, verlor das Gleichgewicht, und während er wie in Zeitlupe nach hinten fiel, sauste ein riesiger Schatten über die Lichtung. Das Rauschen wurde zu einem ohrenbetäubenden Geräusch von Jetmotoren, und ein großes Düsenflugzeug glitt bedrohlich niedrig über Sam hinweg. Er spürte noch einen Stoß an der Schulter, er öffnete die Augen und sah dicht über sich das große lächelnde Gesicht der Stewardess, die ihn wachgerüttelt hatte und freundlich sagte: »Würden Sie sich bitte anschnallen, wir werden gleich in Rom landen.«

Romy a Roma, Amor Amaro

Ich hatte Romy Schneider 1956 in München bei den Dreharbeiten für den Film ROBINSON SOLL NICHT STERBEN kennen gelernt, in dem sie neben Horst Buchholz und dem alten Erich Ponto eine Hauptrolle spielte, während ich zusammen mit meinem Freund Rudolf Rhomberg darin nur eine kleine Räubercharge geben durfte. Ich beobachtete Romy, die hoch auf ihrem SISSY-Ruhm schwebte, bei der Arbeit und war beeindruckt von ihrem Temperament und ihrer Konzentration. Da war viel mehr als der mollige Maderl-Charme, den man der Sissy gerade noch zugestehen mochte.

Ich war damals ein völlig unbeschriebenes Blatt, aber sie musste gehört haben, dass ich ein ehemaliger Otto-Falckenberg-Schüler war. Jedenfalls kam sie eines Tages auf mich zu und erklärte mir, dass sie gerne den Schauspielerberuf von der Pike auf lernen möchte, und fragte mich, wie sie es anstellen müsste, auf dieser Schule aufgenommen zu werden. Ich erinnere mich, dass ich zu ihr sagte:

»Romy, gehen Sie nicht hin. *Sie* können da nichts mehr lernen.«

Fünf Jahre und zehn Filme später – ich war gerade nach Rom gekommen, um dort meinen ersten italienischen Film zu drehen – saß ich draußen auf dem Bürgersteig vor dem PICCOLO MONDO, damals *dem* Esslokal der Filmleute. Zwei zarte Mädchenhände legten sich von hinten über meine Augen:

»Einen Pfennig, wenn du's rätst!« Ich riet es nicht. Es war Romy, die mit Alain Delon und einigen Freunden ein paar Tische weiter saß. Sie zog mich an der Hand zu ihrem Tisch und stellte mich vor. Man freundete sich damals in Rom leicht und schnell miteinander an, sah sich auf Partys, traf sich zum Essen oder fuhr zusammen ans Meer.

Eines Abends war der Besuch eines neuen Nachtclubs in der EUR, der modernen Satellitenstadt etwas außerhalb Roms, angesagt. Wir hatten vorher in einem Restaurant in der Altstadt zu Abend gegessen. Bei Tisch hatte es einen kleinen Disput zwischen Alain und Romy gegeben. Jedenfalls lud Alain mich ein, in seinem Ferrari mitzufahren, während ein Freund Alains mit Romy in meinem Wagen fuhr. Die Fahrt mit Alain in seinem silbergrauen Ferrari werde ich nie vergessen. Auf dem Viale Cristoforo Colombo, zwar einer Art Autobahn, aber dicht befahren und zum Stadtgebiet gehörend, fuhr Alain mit 200 Sachen stadtauswärts. Meine Mitfahrer-Angst entlud sich in hektischem Lachen. Ich schaute Alain von der Seite an und wusste plötzlich, dass nichts passieren würde. Ich hatte noch nie so einen konzentrierten, kalten Ausdruck in einem Gesicht gesehen, außer bei Bubi Scholz vielleicht, in seiner besten Zeit. Die schwarzen Haare standen vom Rückwind wie ein Mützenschirm gerade nach vorn, die Kiefermuskeln des schönen Gesichts waren angespannt, und ein kleines Lächeln umspielte die Lippen. Ich rutschte noch tiefer in den Sitz, als Alain, ohne zu bremsen, schnurgerade auf den Obelisken des EUR-Forums zusteuerte und erst in letzter Sekunde mit einem winzigen Schlenker das Hindernis umfuhr.

Im Nachtclub saß ich an einem langen Tisch des großen

Saales neben Romy. Auf der Bühne tanzte ein brasilianisches Ballett, die Tänzerinnen zeigten zu wilden Sambarhythmen kaffeebraunes Fleisch. Auf einmal war Alain verschwunden. Ich merkte, wie Romy immer nervöser wurde, ich versuchte sie abzulenken. Nach einer guten Stunde tauchte Alain wieder auf. Als Romy eine Bemerkung machte, erhob sich Alain gleich wieder und verschwand erneut, diesmal für den Rest des Abends. Romy, die stumm und mit den Tränen kämpfend dasaß, bat mich irgendwann, sie nach Hause zu begleiten. Das Haus, das Romy und Alain damals bewohnten, gehörte Renato Salvatori und seiner Frau Annie Girardot, engste Freunde Alain Delons, ein altes schmales, hohes Haus neben dem Teatro Marcello, gleich hinter den drei berühmten Säulen des Tempels des Apollo Sosiano gelegen.

Romy wollte nicht allein sein und bat mich zu einem Drink in ihre Wohnung. Wir stiegen die engen, steilen Treppen hinauf. Oben angekommen, holte Romy eine Flasche Champagner aus dem Eisschrank, und mit einem »Mach schon mal auf!« verschwand sie für eine Weile. Ich öffnete folgsam die Flasche und schaute mich in der Wohnung um. Sie war verwinkelt und romantisch, geschmackvoll eingerichtet und mit wertvollen Bildern an den Wänden. Solch eine Wohnung hätte ich mir gewünscht.

Romy kam zurück. Sie hatte sich umgezogen und trug jetzt eine Art chinesischen Hausanzug. Mir fiel auf, dass sie gar nichts Sissyhaftes mehr hatte. Sie wirkte eher damenhaft und sehr verführerisch. Sie schien jetzt ganz ruhig und sprach überhaupt nicht von dem verunglückten Abend und Alain, sondern begann ein Gespräch – über das Theater! Wir tranken, und sie erzählte mir, dass sie im Herbst in Paris mit Alain unter Luchino Viscontis Regie John Fords SCHADE, DASS SIE EINE HURE IST spielen werde.

»Du *musst* zu meiner Premiere kommen!«, rief sie plötzlich und nahm meine Hand. »Bitte, bitte, das ist ganz wichtig für mich, versprich es mir!« Am liebsten jedoch würde sie in Deutschland Theater spielen und den Deutschen zeigen, dass sie keine Sissy mehr wäre. Ich würde doch August Everding kennen von den Münchener Kammerspielen, ob ich nicht mit ihm über sie sprechen könne, sie traue sich doch nicht …

Es war sicher vier Uhr früh, als sie auf einmal aufstand und sagte:

»Mario, könntest du mich begleiten? Ich muss Alain suchen. Ich glaube, ich weiß, wo er ist.« Ich versuchte, sie davon abzuhalten. Ich konnte mir die Szene allzu gut vorstellen und wäre nicht gern dabei gewesen. Doch sie bestand darauf. So fuhren wir in meinem Austin-Healey nach Parioli im Norden der Stadt und suchten in allen möglichen Straßen und Einfahrten Alains Ferrari. Romy zitterte, ob vor Spannung oder wegen der heraufkriechenden Kälte? »Hier! Ja, hier rein, da versteckt er ihn immer. Nein, doch nicht, fahr noch einmal zurück …« Eine Stunde lang fuhren wir kreuz und quer durch die Straßen Pariolis, umsonst. Endlich gab sie auf. Ich hatte ihr meine Jacke um die Schulter gelegt, und wir fuhren zurück durch den Park der Villa Borghese. Als wir in die Piazza del Popolo einbogen, bat mich Romy anzuhalten. Der weite Platz war menschenleer.

»Hast du schon Fellinis La Dolce Vita gesehen?«, fragte sie mich. Ich nickte.

»La Dolce Vita!«, lachte sie bitter. »Komm, ich zeige dir was«, sagte sie und stieg aus dem Wagen. Sie führte mich zu der einen Ecke des großen Halbrunds der Piazza, unterhalb des Pincio.

»Bleib hier stehen!« Dann ging sie auf die andere Seite

der Rundung, das sind gute hundert Meter, und blieb mit dem Gesicht zur Mauer stehen. Plötzlich hörte ich sie flüstern: »Hörst du mich?«, und es klang so nah, als stünde sie unmittelbar neben mir. Ich flüsterte zurück:

»Ja, ganz nah, das ist ja Wahnsinn!« Dann sah ich, wie sie sich auf den Marmorvorsprung an der Ecke hinsetzte, und auf einmal drang, noch unwirklicher als zuvor, ihre Stimme leise, aber doch ganz deutlich zu mir herüber:

»Meine Ruh' ist hin,
mein Herz ist schwer;
Ich finde sie nimmer
Und nimmermehr.

Wo ich ihn nicht hab',
Ist mir das Grab,
Die ganze Welt
ist mir vergällt.

Mein armer Kopf
Ist mir verrückt,
Mein armer Sinn
Ist mir zerstückt.«

Sie sprach das ganze Gretchen-Gedicht aus dem FAUST, eine beliebte Vorsprechszene auf jeder Schauspielschule, doch sie sprach es so verzweifelt und ergreifend, wie ich es nie gehört hatte. Ich merkte, wie sie mich mit jedem Wort stärker rührte, ich kämpfte dagegen an, indem ich mir sagte: ›Sie denkt dabei natürlich an ihren Alain‹, ich spürte einen Stich von Eifersucht und dachte, dass *der* so viel verzweifelte Liebe gar nicht verdiente, während Romy-Gretchen weitersprach:

»Sein hoher Gang,
sein' edle Gestalt,
Seines Mundes Lächeln,
Seiner Augen Gewalt,

Und seiner Rede
Zauberfluß,
Sein Händedruck,
Und ach, sein Kuß!«

Ich war tief gerührt und merkte, wie mir die Tränen in die Augen stiegen. Ihre Stimme schien mir nun immer lauter und leidenschaftlicher über den leeren Platz zu hallen, als sie schluchzte:

»Ach dürft' ich fassen
Und halten ihn

Und küssen ihn,
So wie ich wollt',
An seinen Küssen
Vergehen sollt'!«

Am Ende weinte sie eine ganze Weile leise vor sich hin, doch dann, ganz ohne Übergang, lachte sie laut, fast schrill auf und fragte: »Meinst du, das könnte Herrn Everding überzeugen?« Ich wischte verstohlen meine Tränen ab und verfluchte meine Rührung. Ich sah, wie sie aufstand und schnell auf meinen Wagen zuging, der mit offenen Türen wie ein großer schwarzer Käfer auf der leeren Piazza stand.

Es war hell geworden. Auf dem Weg zu ihrer Wohnung sprachen wir kein Wort. Sie ließ mich nicht aussteigen, nahm meine Jacke von ihrer Schulter, küsste mich flüchtig und flüsterte: »Danke!« Ich sah noch, wie sie die schmale Treppe hinaufhuschte und, mir noch einmal zuwinkend, verschwand.

Auf dem Weg zu meinem Hotel fuhr ich durch die noch menschenleere Stadt. Ich kam am Quirinalspalast vorbei und sah auf der schnurgeraden langen Straße einen silbernen Punkt mit rasender Geschwindigkeit auf mich zukommen und immer größer werden: Alain, in seinem Ferrari, wer sonst! Kaum an mir vorbei, bremste er, und das Quietschen musste den armen Staatspräsidenten im Quirinal aus dem Schlaf reißen. Alain kam im Rückwärtsgang fast ebenso schnell zurück, hielt neben mir, der ich auch auf die Bremsen gestiegen war, und ich sah in Alains erstaunlich zerknittertes Gesicht. »Wo kommst du denn her?«, fragte er heiser.

»Von Romy.«

»Was habt ihr denn bis jetzt gemacht?«, fragte er und schaute auf die Uhr.

»Wir haben geredet.«

»Geredet?« Sein Gesicht bekam einen ziemlich dummen Ausdruck. Er dachte ein paar Sekunden nach, dann gab er wortlos Gas und war weg wie der Blitz.

Im folgenden Herbst flog ich kurz vor der Premiere von SCHADE, DASS SIE EINE HURE IST nach Paris. Ich rief Romy an. Eine Sekretärin antwortete. Ich wartete lange, dann sagte die gleiche Stimme, dass Madame nicht zu sprechen sei. Ich hinterließ eine Nachricht, versuchte es noch ein-, zweimal, nichts. Ich habe die Premiere und auch Romy nicht gesehen.

Wir trafen uns dann nur noch bei offiziellen Anlässen, Festspielen oder Filmbällen. Manchmal blieb es bei einer eher kühlen Begrüßung, dann wieder kam es vor, dass sie mir freudig in die Arme flog.

Irgendwann einmal hatten wir zusammen Walzer getanzt. Ich hatte mich nie für einen besonders guten Walzertänzer gehalten, doch Romy behauptete, dass sie noch mit niemandem so gut getanzt hätte und dass wir beide unbedingt einen Film drehen müssten, in dem wir beide Walzer tanzten … Von da an tanzten wir noch öfter unseren Walzer, immer gegen Ende eines Balles, wenn die Tanzfläche fast leer war, oder wir tanzten auch in Nachtclubs, in die man noch nach dem Ball ging. Romy bestellte dann beim Orchesterchef oder beim Discjockey einen Walzer, möglichst den Kaiserwalzer von Strauß, und sie tanzte, tanzte unermüdlich. Sie liebte es, sich bis zum Schwindligwerden zu drehen, zu drehen, zu drehen …

Der Commendatore

Luigi Amato war noch einer jener Filmproduzenten »di vecchio stampo«, wie die Italiener sagen, von altem Schrot und Korn, und in der Branche wussten alle, wer gemeint war, wenn von »Il Commendatore« die Rede war – im immer noch titelsüchtigen Italien ein offizieller Titel, der etwa unserem früheren Kommerzialrat entspricht –, so wie jeder in Italien weiß, dass zum Beispiel mit »l'Avvocato« der FIAT-Boss Gianni Agnelli, mit »Il Cavaliere« der Medienboss Silvio Berlusconi und mit »Il Professore« der neue Premier Romano Prodi gemeint sind.

Luigi Amato war das, was man später »engagiert« nannte, ein Wort, das er nicht geliebt hätte, er machte Kino aus Leidenschaft, dabei war es ihm nicht immer wichtig, ob seine Filme kommerziell waren, solange sie für ihn »Kintopp« darstellten, professionell gemachtes Kino. Am Premierentag eines seiner Filme stand er schon mittags an der Kinokasse, sah sich ein- oder zweimal den Film an, beobachtete die Reaktionen der Zuschauer und ging um sechs Uhr abends noch einmal in sein Büro. Er rief alle, die an dem Film in wichtigen Positionen beteiligt waren, an und gab seine Analyse, und er irrte sich nie. Er sagte genau die Besucherzahlen und den finanziellen Gewinn oder Verlust voraus, wusste immer, was richtig oder schlecht an der Arbeit jedes Einzelnen war, und viele fürchteten natürlich sein erbarmungsloses Urteil. War der Film aber so, wie er ihn sich vorgestellt hatte, lud er die Beteiligten ein und feierte dann, wie nur er feiern konnte.

»Il Commendatore« war ein leidenschaftlicher Trinker guter Weine, aber er betrank sich nie. Seine Gewinne investierte er immer gleich in neue Filme, oder – er verspielte sie. Denn Luigis heimliche und vielleicht größte Leidenschaft war das Glücksspiel. Auffallend oft spielte sich die Handlung seiner Filme an Orten ab, die ein Spielkasino besaßen oder zumindest in möglichst unmittelbarer Nähe eines solchen lagen.

Luigi Amato war als guter Kunde in allen italienischen Spielkasinos bekannt, auch in denen der Côte d'Azur ging er ein und aus, und er kannte die Vornamen aller Türsteher und Chefcroupiers. Eines Abends betrat der Commendatore allein das Casino auf Venedigs Lido. Im Laufe der ersten zwei Stunden spielte er Roulette, gewann und verlor mäßig, bis er bei einem Spiel, als der Croupier gerade ansagte: »Huit noir pair et manque« und die Chips von den Feldern der nicht gewinnenden Zahlen abräumte, auf die 8 zeigte und mit eisigem Gesicht den Croupier anfuhr:

»Ich hatte die 8 plein gesetzt! Ich warte auf meinen Gewinn!« Der Croupier stammelte bedauernd:

»Commendatore, Sie müssen sich irren. Auf der 8 gab's keinen Chip, tut mir Leid.« Doch Luigi bestand auf seinem Gewinn, der Chefcroupier wurde befragt, auch der hatte nicht gesehen, dass die 8 besetzt war. Die Stimmung wurde gespannt. Da stand Luigi auf und sagte ruhig, aber so laut, dass sich alle Augen im Saal auf ihn richteten:

»Ich werde jetzt an die Bar gehen und dort auf Kosten des Hauses eine Flasche Champagner trinken. Bevor ich sie ausgetrunken habe, erwarte ich, dass mir mein Gewinn auf einem silbernen Tablett an die Bar gebracht wird.«

Sprach's und ging nach einem freundlichen Kopfnicken zu den Croupiers zur Bar hinüber.

Es begann ein aufgeregtes Tuscheln, der Saalchef wurde gerufen, dann verschwanden Chefcroupier und Saalchef im Büro des Direktors, und während Luigi an der Bar in aller Ruhe seinen Champagner schlürfte, muss es im Direktionsbüro eine heiße Diskussion gegeben haben. Sicher bedachte man den Status des alten Kunden Amato, die Gewinnsumme war allerdings kein Pappenstiel zu jener Zeit, als die Lira noch etwas wert war, und als die beiden aus dem Büro des Direktors traten, hatten sie rote Köpfe. Einer der Kassendiener ging mit einer Zahlungsanweisung zur Kasse und trug auf beiden Händen den Gewinn, einen ansehnlichen Stapel jener damals noch überdimensional großen Banknoten, zu Luigi an die Bar.

Der hatte gerade die zur Neige gehende Flasche seines Dom Pérignon geprüft, drehte sich zu dem Angestellten um, sah den Geldstapel und schlug unter die Hände des zitternden Dieners, sodass die Geldscheine in die Luft flogen und wie betrunken auf den Parkettboden segelten.

»Auf einem silbernen Tablett, habe ich gesagt!«, zischte Luigi gefährlich ruhig.

Der arme Angestellte riss einem vorbeieilenden Kellner das Tablett vom Handteller, schob die darauf stehenden Speisen auf die Bar und machte sich daran, die Geldscheine einzusammeln und auf das Tablett zu stapeln. Als er damit fertig war, richtete er sich auf und hielt dem Commendatore das Tablett unterwürfig hin. Der fischte ein paar der großen Scheine von dem Tablett, steckte sie in die Brusttasche des Kasinodieners und sagte: »Folgen Sie mir!«

Dann durchquerte er den Saal, der Angestellte mit roten Ohren und dem Tablett hinter ihm her. Als Luigi bei dem Roulette-Tisch, an dem er gespielt hatte, ankam, wurde es vollkommen still im Saal. Jemand rückte Luigi einen Stuhl hin, doch der setzte sich nicht, sondern nahm dem Bankdiener das Tablett aus der Hand, kippte das ganze Geld auf den Spieltisch und sagte in die Stille hinein:

»Pour les employés, für die Angestellten«, tippte mit dem Zeigefinger an die Krempe eines nicht vorhandenen Hutes und spazierte mit einem fröhlichen »Buonasera!«, begleitet von einem bewundernden Raunen, das nun unter Spielern und Kiebitzen einsetzte, zur Tür, die ihm der Angestellte aufhielt. Dem fischte der Commendatore mit zwei spitzen Fingern einen der großen Geldscheine aus der Brusttasche und gab ihn dem Türsteher:

»Carlo, meinen Wagen!«

*

Als Produzent galt Luigi Amato unter seinen Untergebenen und Mitarbeitern als launisch und unberechenbar. Während die einen ihn als großzügig lobten, klagten andere über seine Zahlungsmoral. Einem Schauspieler, der für ihn einen Film im Ausland drehte, hatte er die wöchentlich anfallenden Zahlungen per Scheck zur Bank geschickt. Als der Schauspieler nach Monaten zurückkam, fand er nicht eine einzige der fälligen Raten auf seinem Konto. Der Bankangestellte präsentierte ihm lediglich fünfzehn ungedeckte Schecks mit Luigi Amatos Unterschrift. Der aufgebrachte Mime verlangte den Direktor zu sprechen und wollte Auskunft darüber, wieso man die Schecks zurückgehalten und nicht zu Protest hatte gehen lassen. Der Bankmensch gab zu bedenken, dass der Commendatore zwar ein oft schwieriger, aber doch bedeutender Kunde der Bank sei, bei dem man sich einen solchen

Schritt sehr überlegen müsse, zumal der Betrag der fünfzehn Schecks angesichts Amatos Kreditvolumens eine Bagatelle sei. »Nicht für mich!«, schrie der verzweifelte Schauspieler, nahm die ganzen Schecks und lief zu Luigis Produktionsgebäude. Als er sich endlich zum Büro des Commendatore durchgekämpft hatte und ihm gegenübersaß, tat der sehr erstaunt, rief den Buchhalter, ließ die Summe der einzelnen Schecks zusammenrechnen, zerriss diese in kleine Schnipsel und stellte einen einzigen Scheck über die *ganze* Summe aus. Den übergab er dann dem Schauspieler mit einer großzügigen Geste. Der bedankte sich besänftigt und reichte den neuen Scheck bei seiner Bank zum Inkasso ein. – Wenige Tage später stellte sich jedoch heraus, dass auch dieser Scheck nicht gedeckt war. Wütend stürmte der arme Mime erneut in Luigis Büro, den ungedeckten Scheck schwenkend, und setzte zu empörtem Protest an. Doch Luigi kam ihm zuvor: »Nicht in diesem Ton, bitte!«

Beherrscht versuchte der Schauspieler sich über den »wertlosen« Scheck zu beschweren, doch Luigi unterbrach ihn: »Nennen Sie meinen Scheck nicht wertlos! Schecks mit meiner Unterschrift sind nicht wertlos!« Der Schauspieler versuchte zu protestieren:

»Aber wenn sie nicht gedeckt sind …« Wieder fuhr ihm Luigi in die Parade:

»Wenn Sie einen Straßenbahnfahrschein lösen und nicht in die erste vorbeikommende Bahn hineinkommen, weil der Wagen hoffnungslos überbesetzt ist, dann ist das unangenehm, zugegeben. Aber laufen Sie dann auch in die Geschäftsstelle der Straßenbahngesellschaft und behaupten, der Fahrschein sei ungültig? – Natürlich nicht, mein Lieber! Sie warten auf die nächste Straßenbahn, nicht wahr?«

Der Paparazzo

In den frühen sechziger Jahren, zur Zeit des so genannten Dolce Vita, sprach mich auf der Via Veneto ein Fotograf an, den ich als einen der berüchtigsten Paparazzi kannte, ein allgegenwärtiger, rothaariger, zäher Foxterrier. Er hatte mich bisher ziemlich in Ruhe gelassen, von einer völlig erfundenen Love Story abgesehen, die er mir mit einem damals bekannten französischen Filmsternchen angedichtet hatte. Er hatte ein Foto geschossen, das mich neben der mir völlig Unbekannten an einem Zeitungsstand an der Via Veneto in dem Moment zeigte, als ich an ihrem Busen vorbei nach einer Zeitung griff, eine Geste, die durch den Blickwinkel der Aufnahme zweideutig ausgelegt werden konnte. Von mir damals zur Rede gestellt, hatte er sich entschuldigt und mir versprochen, das Unrecht irgendwann auf seine Art wieder gutzumachen.

Der günstige Augenblick für einen Scoop sei gekommen, verkündete er mir nun. »Übermorgen wirst du auf allen Titelseiten in der ganzen Welt zu sehen sein, wenn du nur das tust, was ich dir vorschlage!« Ich schaute wohl ungläubig drein und sagte: »Da müsste ich ja schon den Papst umbringen!« Er lachte und entwickelte mir seinen Plan:

»Wie du weißt, sind im Augenblick Liz Taylor und Richard Burton die am meisten publizierten Menschen der Welt, als Foto-Objekt jedenfalls gesuchter als dein Papst. Aber es ist nicht leicht, zu einem Foto der beiden zu kommen. Der CLEOPATRA-Drehort ist hermetisch abgeriegelt, und auch Vorstöße in das Hotel der beiden bringen wegen der zahlreichen Leibwächter bestenfalls blutige Nasen, aber keine Fotos. Meine Idee ist darum folgende: Heute Abend findet die Premiere des neuen Visconti-Films statt. Hier ist eine Eintrittskarte fürs Kino ARCHIMEDE, 16. Reihe Mitte, du sitzt genau vor Liz Taylor und Richard Burton …«

»Ach so«, sagte ich, »von ihnen machst du Fotos, und mich sieht man ganz zufällig im Vordergrund. Wo ist das Interesse, wenn mein Name nicht genannt wird?«

»Warte doch ab! Mein Plan kommt ja erst. Also: Sobald die Taylor und der Burton auf ihren Plätzen sitzen, wird ein Kollege von mir in deiner Sitzreihe auf sie zustürzen und wie wild fotografieren. Nun ist dieser Bursche eigentlich gar kein Fotograf, sondern ein Ex-Profiboxer und Stuntman. Wie wir alle Richard Burton kennen, wird der sich diesen vermeintlichen Paparazzo vorknöpfen wollen, um seine Cleopatra zu schützen. Und hier trittst du nun in Aktion. Ich weiß, dass du ja auch ein ganz guter Boxer bist. So wirst du, da du näher dran bist, dem Burton zuvorkommen. Mein Boxer und du, ihr beiden macht einen kurzen Schaukampf, mein Mann kennt dich, er hat mir nur gesagt, dass du nicht allzu fest zuschlagen sollst, wenn du ihn schließlich mit einem effektvollen Schwinger außer Gefecht setzt. Ich selbst«, fuhr der Paparazzo fort, »stehe mit meinem Teleobjektiv in sicherer Entfernung und schieße: Klick-klick-klick, jede Menge Fotos von dir, mit der Taylor und dem Burton dahinter. Sieh nur zu, dass du mir während des Fights und gleich nachher dein Gesicht zugewandt hältst. Wenn du nämlich meinen ›Fotografen‹ niedergestreckt hast, wird sich Burton bei dir bedanken, er wird dich der Taylor vorstellen, und während der ganzen Zeit geht's bei mir: Klick-klick-klick, verstehst du? Ich habe die Fotos, suche die besten davon aus, sodass du wirklich als der große Held dastehst. Ich verkaufe sie dann an alle Blätter, national und international, die sich darauf stürzen werden, ich kenne meine Leute, und übermorgen ist der junge Schauspieler Mario Adorf in aller Munde, und das auf der ganzen Welt! Was hältst du davon?«

Ich sagte ihm, dass ich das für einen genialen Plan hielte, der zwar durchaus filmreif, aber nicht das Richtige für mich sei. Ich gedächte als Schauspieler und nicht als Schläger Karriere zu machen.

Er versuchte, mich umzustimmen, und als er einsah, dass nichts zu machen war, stand für ihn fest, dass ich leider verrückt und blöde wäre. Andere würden Geld dafür bezahlen, wenn er ihnen eine solche Möglichkeit böte ... Ich glaubte ihm, dass er mit Leichtigkeit einen meiner jungen Kollegen als Komplizen für seinen genialen Plan finden würde, und wünschte ihm viel Glück.

Nicht ganz ohne Neugier kaufte ich am übernächsten Tag die einschlägigen Zeitungen. Es gab Fotos von der Premiere, aber kein einziges von Liz Taylor oder Richard Burton, geschweige denn von einem bis dahin unbekannten jungen Schauspieler und heldenhaften Retter – denn es stellte sich heraus, dass die beiden Weltstars zu der besagten Premiere gar nicht erschienen waren.

Hekuba

Wer den italienischen Fernsehfilm ALLEIN GEGEN DIE MAFIA *gesehen hat, findet im Folgenden die Grundgeschichte und einige Situationen des vierten Teils der Serie. Das meiste, was er hier liest, ist allerdings von mir als dem Schauspieler, der den Salvatore Frola spielte, dazuerfunden worden, sozusagen als Fingerübung, um die Rolle im Ganzen zu erfassen. Das ist eine Technik, die schon Stanislawski angewandt hat und die heute besonders am New Yorker Actors' Studio unter dem Begriff »method acting« praktiziert wird.*

Als Salvatore Frola zwölf Jahre alt war, schenkte ihm sein Pate, der Weinhändler Paolo Mangiafrati, bei dem sein Vater seit zwanzig Jahren arbeitete, ein Bianchi-Fahrrad mit sechs Gängen. Salvatore, von allen Turi genannt, war glücklich. Jetzt galt er etwas bei seinen Freunden, die ihn beneideten, da sie bestenfalls ein einfaches Fahrrad ohne Gänge hatten wie Dino und Sandro oder Piero, der überhaupt kein Fahrrad besaß und verspottet wurde, wenn er sich einmal das altmodische Damenfahrrad seiner Schwester auslieh. Mit seinem Bianchi-Rennrad war Turi natürlich gleich zum Anführer der kleinen Bande von Jungen in diesem eher armen Viertel der Stadt avanciert. Doch schon nach wenigen Tagen wurde ihm sein geliebtes Fahrrad gestohlen. Er hockte auf der Erde an der Stelle, an der er es für einige Augenblicke aus den Augen gelassen hatte. Er weinte, schlug mit seinen kleinen Fäusten auf die Erde, und in ohnmächtiger Wut stammelte er: »Den bring ich um, ich bring ihn um!«

Da legte sich eine schwere Männerhand auf seine schwarzen Locken, und eine Stimme fragte: »Aber, aber, wen willst du denn umbringen? Was hat man dir getan?« Der Junge wischte sich die Tränen ab und schaute hoch. Er sah in das dunkle Gesicht von Don Vito Vitale, dem großen, mächtigen Capo, der ihn ermutigend anlächelte:

»Sprich, mein Junge, was hat man dir getan, dass du gleich jemanden dafür umbringen willst?« Der Junge verspürte Angst und gleichzeitig ein merkwürdiges Vertrauen zu Don Vito. Schluchzend sagte er: »Jemand hat mir mein neues Fahrrad gestohlen.« »Wie heißt du denn, mein Kleiner?«, fragte Don Vito. »Turi Frola.« »So, so, Turi Frola? Dann bist du doch der Sohn von Enzo Frola, oder?« Turi nickte: »Und Ihr seid Don Vito, nicht wahr?« Don Vitos Gesicht beugte sich ganz nahe über den Jungen: »Dann hör mir einmal gut zu, Turi, du hörst jetzt auf zu weinen und gehst nach Hause. Dort sagst du nichts von dem gestohlenen Fahrrad, sonst setzt es sicher Prügel von deinem Vater, aber morgen früh schaust du aus dem Fenster, und gegenüber eurem Haus, vor dem Laden von Zia Caridda, wird dein Fahrrad stehen. – Nein, nein, bedanke dich nicht. Ein Mann bedankt sich nicht, er weiß, wenn er etwas schuldet, und er zahlt zurück, wann er es kann. Frag auch nie, wer es dir weggenommen hat. Und spar dir deine Wut auf für den Tag, an dem du alt genug für deine Rache sein wirst, hast du mich verstanden?« Turi nickte wieder und schaute dankbar in Don Vitos ernstes Gesicht. Der nahm nun die Hand von Turis Kopf und strich ihm leicht über die Wange. Da ergriff Turi die Hand, küsste sie und murmelte: »Bacio la mano, Don Vito!« Turi trabte los. Er schaute sich nicht um.

Als er am nächsten Morgen, es war kaum hell, aus seinem Fenster sah, stand tatsächlich sein Fahrrad gegenüber an der Hauswand neben der Tür des Obstladens der Zia Rosalía Caridda, die schon auf war und Äpfel und Apfelsinen in die Kästen vor ihrem Ladenfenster legte. Turi schlich sich leise aus dem Haus, ergriff mit einem fröhlichen »Buongiorno, Zìa Rosalí!« die glänzende Lenkstange seines Fahrrads, schwang sich auf den Sattel und fuhr los, ohne zu wissen, wohin.

Fünfzehn Jahre waren ins Land gegangen. Turi hatte erfolgreich eine Lehre als Kraftfahrzeugmechaniker abgeschlossen, anderthalb Jahre lang gemeinsam mit seinen alten Schulfreunden Dino und Piero Militärdienst in Südtirol und in Orvieto abgeleistet, hatte inzwischen ein Mädchen, Carmela Marcuso, aus einer wohlhabenden Familie aus einer kleinen Stadt im Westen Siziliens geheiratet, hatte schon eine dreijährige Tochter und arbeitete in der Werkstatt eines Verwandten, den er Zù Gino nannte. Es ging ihm gut, er war glücklich und fuhr obendrein ein dunkelgrünes, für ihn etwas zu großes Lancia-Coupé, das er als Unfallwagen billig erstanden und eigenhändig wieder instand gesetzt hatte.

Es war an einem heißen Sommernachmittag. Turi arbeitete schwitzend an einem ausgebauten Motor, der an einer Kette hing, als eine schwarze Mercedes-Limousine in den Hof vor der Werkstatt rollte. Zwei schwarz gekleidete Männer stiegen aus, kamen langsam auf Turi zu, standen eine Weile stumm da, bis Turi schließlich fragte: »Ist etwas mit Ihrem Wagen?« Die beiden antworteten nicht, schauten sich an, wie um zu entscheiden, wer sprechen sollte, und der ältere der beiden fragte: »Turi Frola, bist du das?«

Turi nickte freundlich. Jetzt sagte der andere: »Komm mit!«, und beide wandten sich um und gingen zu ihrem Wagen, ohne Turis Antwort abzuwarten. Der sagte denn auch: »Wie stellen Sie sich das vor? Ich bin allein hier und habe zu arbeiten! Und wohin soll ich überhaupt kommen?« Die beiden standen bei ihrem Wagen und ließen Turi reden. Der eine hatte die hintere Tür aufgemacht, der Ältere sagte dann: »Don Vito Vitale will dich sehen!« Turi fühlte sein Herz schlagen, er wusste, es gab keine Wahl. Er wischte sich die Hände, so sauber es ging, an einem Lappen ab, nahm seine Jacke vom Haken, schob die Werkstatt-Türe zu und stieg zu den beiden, die schon vorne Platz genommen hatten, in den Wagen.

Die beiden Picciotti führten Turi in die Halle von Don Vitos Haus. Die Fensterläden waren geschlossen, und so war es fast nachtdunkel in dem riesigen Raum, nur schmale Lichtstreifen drangen durch die Fensterläden und malten ein Muster auf die gebohnerten Kacheln des Fußbodens. Es war angenehm kühl, und Turi roch Zigarrenrauch, bevor er in einem schweren Sessel Don Vito erraten konnte. Er näherte sich ihm und konnte allmählich mehr als seine Umrisse erkennen. Eine karierte Wolldecke lag über seinen Knien. Die linke Hand hielt einen knorrigen Stock, zwischen den gelblichen schmalen Fingern glänzte ein silberner Knauf. Don Vito hob kaum die rechte Hand, die Turi sich herunterbeugend nahm und mit dem üblichen »Bacio la mano« küsste.

»Setz dich, Turi!«, sagte Don Vito, »ich höre, dir geht es gut. Du bist verheiratet, dein Schwiegervater, Elio Marcuso, war mein Freund. Du hast eine kleine Tochter und ein großes Auto?« »Ich kann nicht klagen«, erwiderte Turi. »Turi, ich nehme an, du weißt, warum ich dich rufen ließ?«, erkundigte sich Don Vito freundlich. »Eigentlich nicht«, stotterte Turi und wagte nicht zu denken, was er dachte. »Nein?« Don Vitos Stimme blieb leise, doch das eine lang gezogene Wort klang verwundert und beleidigt.

»Da muss ich mich aber wundern, Turi! Ein braver junger Mann wie du sollte doch die Regeln kennen.« Turis Augen hatten sich an die Dunkelheit gewöhnt, und er konnte jetzt deutlich Don Vitos Gesicht sehen, konnte feststellen, dass Don Vito viel älter aussah, als er ihn in Erinnerung hatte, denn Turi hatte ihn seit damals nicht wiedergesehen.

Don Vito machte eine lange Pause, setzte seine Zigarre wieder in Brand und sagte dann leise, wobei er jedes Wort betonte: »Dann muss ich dich daran erinnern, dass du mir einen Dienst schuldest!« – »Das Fahrrad!«, flüsterte Turi. »Ja, das Fahrrad! Heute ist der Tag gekommen, an dem du dich rächen kannst für den Diebstahl an demjenigen, der dein Fahrrad damals gestohlen hat!« Gerne hätte Turi jetzt gesagt: »Mir ist es doch gleichgültig, wer das getan hat. Das war doch ein Jungenstreich!«

Doch Turi wusste, dass Don Vito es todernst meinte, denn er fuhr fort: »Ich weiß, dass du mir sagen willst, dieser kleine Diebstahl verdiente keine Strafe, aber ich kann dir sagen, einmal ein Dieb, immer ein Dieb. Jetzt hat dieser Dieb deines Fahrrads es gewagt, mich, Don Vito Vitale, zu bestehlen, und dafür, das wirst du zugeben, hat er die schwerste Strafe verdient. Ich bin ein alter, kranker Mann, und darum, Turi, wirst du sie für mich vollziehen, das schuldest du mir!«

Auf einmal lag ein silbern glänzender Revolver auf dem Tisch. »Das kann ich nicht«, stammelte Turi. »Dann wirst du es lernen!«, sagte Don Vito hart. Nach einer langen Pause hörte sich Turi leise fragen: »Don Vito, wer ist der

Mann, den ich …?« Don Vito antwortete nicht. Er schlug das Plaid zur Seite, erhob sich schwer und hinkte zur Tür. Dort drehte er sich um und zeigte mit dem Stock auf jemand, der unbemerkt eingetreten war und hinter Turi stand. »Alvaro wird dir alles andere genau erklären«, sagte Don Vito und verschwand.

Der Mann, den Don Vito Alvaro genannt hatte, war ganz in Schwarz gekleidet. Er gab Turi die Hand, an der ein protziger goldener Ring glänzte. Alvaro legte den Arm um Turis Schulter und ging mit ihm im Zimmer auf und ab, während er sprach. »Turi, du bist dir doch darüber klar, welche Chance dir Don Vito bietet. Ich soll dir sagen, dass du noch in diesem Jahr der Besitzer von Zù Ginos Autowerkstatt sein wirst, im nächsten Jahr wird eine Tankstelle dazugehören! – Und nun zu morgen. Präge dir genau ein, was ich dir jetzt sage!«

In Turis Kopf taumelten die Gedanken durcheinander: ›Das alles soll ich so bald besitzen? Aber was ist der Preis? Ich soll einen Mord begehen! Das kann nicht! Aber ich kann auch nicht Don Vitos Befehl missachten. Das ist genauso unvorstellbar …‹

Er hatte bisher Alvaro kaum zugehört, bis er ihn sagen hörte: »Den Namen deines und unseres Feindes werde ich dir nicht sagen. Du wirst ihn sehen und ohne Zögern schießen. Morgen Mittag um zwei Uhr wird er in der Bar Dello Sport auf der Piazza della Resistenza sein. Er wird dort telefonieren. Du wirst morgen früh mit einem Auto aus deiner Werkstatt in die Nähe der Piazza fahren. Dann wirst du zu Fuß zur Polizei gehen und den Diebstahl dieses Wagens anzeigen. Kurz vor zwei fährst du mit dem Wagen langsam auf die Piazza. Achte darauf, dass das rechte vordere Fenster deines Wagens auf ist. Wenn unser Feind aus der Bar kommt, wirst du bei ihm anhalten. Da er dich kennt, wird er auf dich zukommen. In diesem Augenblick wirst du schießen, mindestens drei Schüsse. Dann gibst du Gas und fährst höchstens zwei Kilometer auf der Straße nach Monreale. Dort lässt du den Wagen stehen. Mach dir keine Sorgen um Fingerabdrücke. Du hast den Wagen ja in deiner Werkstatt gehabt. Dann gehst du durch die Weinberge zu deinem Vater. Der wird dir dein Alibi nicht verweigern.«

Am folgenden Mittag, es war ein Samstag, wartete Turi in einem alten Alfa Romeo in einer Seitenstraße im Schatten. Er trug eine Sonnenbrille und eine Mütze, die er tief in die Stirn gezogen hatte. Er beobachtete die Piazza, die fast menschenleer im hellen Sonnenlicht lag. Auf dem Sitz neben ihm lag unter einer Zeitung verborgen der Revolver. Vor der BAR DELLO SPORT, im Schatten eines Sonnenschirms, saßen nur zwei alte Männer über einem Brettspiel. Turis Herz klopfte zum Zerspringen. Doch als kurz nach zwei ein Mann aus der Bar ins Sonnenlicht trat, traute Turi seinen Augen nicht. Es war sein Freund Piero.

Der Schweiß floß in Turis Augen, während er langsam losfuhr, die rechte Hand suchte unter der Zeitung den Griff des Revolvers. Als er den Wagen auf Pieros Höhe anhielt, hörte er Piero rufen: »Turi!«, und er sah ihn heiter lachend auf den Wagen zukommen. Turis Hand lag unter der Zeitung auf dem Revolver, Bilderfetzen rasten durch sein Gehirn: Don Vitos hartes Gesicht, die Werkstatt mit Turis Namen, die Tankstelle, das Fahrrad von damals, und jetzt sah er Pieros freundliches Lächeln. Turi hörte sich heiser rufen: »Steig ein!«, während er den Revolver ins Handschuhfach warf. Piero öffnete die Wagentür und setzte sich neben Turi, der mit quietschenden Reifen losfuhr. Auf der anderen Seite des Platzes fluchte Alvaro und trat seine Zigarette mit seinem spitzen, eleganten Schuh aus.

Turi erzählte Piero wie im Fieber die ganze Geschichte. Es war klar: Sie waren beide in Lebensgefahr. Don Vitos Arm war lang. Sie dachten darum nur an Flucht, Flucht, so weit wie möglich. Sie trauten sich nicht einmal, ihre Familien anzurufen. Die Freunde fuhren ein paar Stunden auf der Küstenstraße nach Osten, in Messina nahmen sie eine Fähre zum Festland, fuhren ohne zu essen und nur zum Tanken anhaltend bis nach Neapel. Dort fanden sie Unterschlupf bei einem Freund, mit dem sie gemeinsam beim Militär waren.

Eine Woche lang warteten zwei Männer in der Nähe von Turis Wohnung darauf, dass er versuchen würde, seine Frau Carmela zu sehen. Sie suchten ihn auch bei seinem Vater und schlugen den alten Mann.

Turi blieb verschwunden. Er hatte Carmela nur einmal angerufen und sie beschworen, sofort und ohne es einem Menschen zu sagen, mit ihrer Tochter zu ihrer Mutter nach Trapani zu fahren. Schon drei Tage später tauchte ein schwarz gekleideter Mann dort auf. Die Mutter log tapfer, dass ihre Tochter nicht da sei, sie wüsste auch nicht, wo sie sich befände. Alvara lobte sie für ihre Vorsicht, riet ihr, in Zukunft die Wäsche der kleinen Concettina nicht im Garten auf der Leine zu trocknen, und zog eine Puppe aus einem Plastikbeutel, die Turi ihm für die Kleine mitgegeben habe. Dann erzählte er, dass Turi sich bei Freunden versteckt halte und Carmela und seine kleine Tochter unbedingt sehen wollte. Er, Alvaro, habe als Beweis Turis Lancia dabei, in dem er beide zu Turi bringen sollte.

Carmela hatte draußen gelauscht und kam nun, von der Vertrauenswürdigkeit des Besuchers überzeugt, mit ihrem Töchterchen auf dem Arm ins Zimmer. Alvaro begrüßte Carmela und gab dem Kind die Puppe. Er erzählte, dass Turi wegen Mordverdachts von der Polizei gesucht werde, aber er sei überzeugt, dass Turi unschuldig sei und dass sich die Sache sicher bald aufkläre. Er schlug vor, bis zum Einbruch der Dunkelheit zu warten. Er wurde von der Familie zum Abendessen eingeladen, er bedankte sich und spielte mit der kleinen Concettina, bis es dunkel genug war, um ohne Aufsehen abzufahren. Carmela tappte in die Falle und stieg mit ihrer kleinen Tochter zu Alvaro in Turis Lancia-Coupé.

Zwei Tage später stand es in allen Zeitungen Italiens: Man fand den völlig ausgebrannten Wagen Turis, die verkohlten Reste zumindest einer identifizierbaren Leiche, der Frau Salvatore Frolas, Carmela Frola, geborene Marcuso. Die Polizei schloss einen Unfall aus, denn Carmela besaß keinen Führerschein, und Zeugen wollten kurz vor dem Tatzeitpunkt einen Mann am Steuer des Wagens gesehen haben, dessen Beschreibung auf Alvaro zutraf. Im Wagen war wahrscheinlich auch die dreijährige Tochter, Concettina Frola, ums Leben gekommen.

Der Tat verdächtigt wurde Salvatore Frola. Die Polizei schloss ein »delitto d'onore«, eine Eifersuchtstat, nicht aus. Turi las die Nachricht in der Zeitung und brach zusammen. Er wollte sich der Polizei stellen und die wahren Schuldigen, denn das waren ohne Zweifel Don Vito Vitale und Alvaro Caruso, anzeigen. Doch Piero riet ihm davon ab. Das wäre sein sicherer Tod. Zu sterben wäre für Turi eine Erlösung gewesen. So fuhr er nach Sizilien und ging geradewegs in die Höhle des Löwen.

Don Vito zeigte auch Wirkung wegen Turis Mut, zu ihm zu kommen. »Turi«, sagte er, »du weißt, ich könnte dich jetzt der Polizei übergeben. In einem Prozess würdest du wegen des Mordes an deiner Frau und deiner Tochter wahrscheinlich zu lebenslänglichem Zuchthaus verurteilt werden. Obwohl du mich schwer beleidigt hast, gebe ich dir einen guten Rat. Mit Hilfe meines Anwalts, der in dem Prozess, dem du nicht entgehen kannst, auf Geistesgestörtheit und Unzurechnungsfähigkeit plädieren wird, musst du nicht ins Zuchthaus, sondern kommst mit ein paar Monaten in einer Anstalt davon.«

Während des Prozesses aber sagte Turi auf Fragen des Staatsanwalts aus, dass er Don Vito und Alvaro Caruso am Tod seiner Familie für schuldig halte. Aus jener Zeit stammt der Spitzname Turis, der auf dessen »Singen« während des Prozesses gemünzt war: ACCIDUZZO, das Vögelchen.

So kam Turi ins Irrenhaus, aber nicht für ein paar Monate, denn Don Vitos Anwalt sorgte dafür, dass Turis Entlassung immer wieder hinausgeschoben wurde, nicht zuletzt, weil er der Staatsanwaltschaft Zettel, die von Turi stammen sollten und wilde Morddrohungen enthielten, zuspielte. So kam es, dass Turi fünfzehn Jahre in der Irrenanstalt von Palermo zubrachte.

Während all der Jahre in der Anstalt kreisten Turis Gedanken tatsächlich um nichts anderes als die Rache für den Mord an seiner Frau und seiner Tochter. Nach fünfzehn Jahren gelang es ihm, durch den Entlüftungsschacht des Anstaltsgebäudes zu entkommen. Er holte den Revolver, den ihm Don Vito für den Mord an Piero damals gegeben hatte, aus seinem Versteck und begab sich zu der Bank, an der Alvaro es mit Hilfe der Mafia zum Posten des Bankdirektors gebracht hatte. Dort fand er Alvaro während einer öffentlichen Feier im großen Saal der Bank. Er ging auf ihn zu, die rechte Hand hielt den Revolvergriff in der Manteltasche. Als er vor Alvaro stehen blieb, sah der den alten Mann mit dem zerrütteten Gesicht zuerst verständnislos an, erkannte ihn auf einmal und flüsterte: »Acciduzzo!« – »Ja, Acciduzzo«, sagte der bitter und gab mit unbewegter Miene sechs Schüsse auf Alvaro ab. Als Kommissar Cattani eintraf und mit gezogener Pistole auf Turi zuging, richtete der seinen Revolver auf den Kommissar, vielleicht in der Erwartung, dass er schießen würde, aber Cattani blickte in Turis Augen und senkte die Waffe. Turi ließ sich ohne Gegenwehr festnehmen.

In seiner Gefängniszelle erzählte er dem Kommissar, warum er damals seinen Freund nicht hatte töten können.

»Ich habe einmal in einem Buch gelesen, wie schnell der Wind in einer Sekunde weht. Bei drei Metern ist es nur ein Atem, bei zehn ein Windhauch, der die Zweige bewegt, bei dreißig ist es ein Sturmwind und bei vierzig ein Orkan. Aber um den Abzug einer Pistole zu drücken, muss der Wind stärker wehen, sehr viel stärker. Ich war stark wie ein Stier damals, aber diese Kraft, die hatte ich nicht.«

*

Ich liege in der Rolle des Salvatore Frola den dritten Tag im Bett der »Intensivstation«, die man in einer alten, leer stehenden Schule gleich neben dem römischen Großmarkt am Viale Ostiense für die Filmaufnahmen von ALLEIN GEGEN DIE MAFIA aufgebaut hat. Salvatore, den ich spiele, ist nach seiner Rache am Mörder seiner Familie wieder ins Visier der Mafia geraten und hat sich entschlossen, als Kronzeuge mit den Behörden zusammenzuarbeiten, falls es der Mafia nicht vorher gelingt, den Abtrünnigen mit Gewalt an seiner Aussage zu hindern. Beim Transport vom Gefängnis zur Gerichtsverhandlung wird der Konvoi der Polizei auf der Autobahn an einer raffiniert gelegten Umleitung in einen Hinterhalt gelockt und beschossen. Mehrere Polizisten werden getötet, Frola lebensgefährlich verletzt.

Da liegt er also, Salvatore Frola, von der Mafia verfolgt, weil er als junger Mann nicht töten konnte; zum Krüppel geschossen und »Acciduzzo«, das Vögelchen, genannt, weil er »gesungen« hat, ein Feind, ein Ankläger der Mafia geworden war. Er ist völlig gelähmt, nicht des Sprechens, nicht einer Bewegung fähig. Nur die Augen sind noch lebendig geblieben in diesem sonst toten Körper.

Man hat mich an einige wirklich funktionierende Apparate angeschlossen, hörbar ist der Bip-Ton des Kontrollgeräts für die Herztöne: für einen Kranken vielleicht allzu gesunde, ruhige 55 Schläge pro Minute. Ich gebe zu, ich neigte damals noch dazu, das Herz nur als eine Pumpe zu sehen, die Emotionen lagen für mich im Sonnengeflecht oder im zentralen Nervensystem, in der Zirbeldrüse. Und als Schauspieler sah ich mich lieber als »Kopfschauspieler«, der die Emotionen nicht hat, sondern spielt.

Doch hier, in der Szene IV;75,1 geschieht etwas Erstaunliches: Acciduzzo bittet den zu seinem Freund gewordenen Kommissar Corrado Cattani durch Zeichen um Stift und Papier. Er kann inzwischen den Finger, der ihm einst das Schießen verweigerte, wieder so weit bewegen, dass er mühsam schreiben kann, und er schreibt kaum leserlich: »Lass mich sterben!«, und da schnellen auf einmal meine wirklichen Herztöne auf 60, 80, 100, 150, 180 Schläge in der Minute! Und als wir am nächsten Morgen die Szene drehten, in der Cattani dem armen Acciduzzo die seit dem Verbrechen damals tot geglaubte, nun erwachsene Tochter ins Krankenzimmer bringt, spielte mein Herz noch mehr verrückt: In dem Moment, als das Mädchen hereinkommt, das ich noch nie gesehen hatte – auch die junge Schauspielerin, die es spielte, kannte ich nicht –, steigerte es sich zu Hochleistungsfrequenzen von 220 Schlägen in der Minute, bei völlig ruhiger Körperhaltung! Seither weiß ich: Das Herz ist nicht nur eine Pumpe!

Was sagt Hamlet über den ersten Schauspieler, dem bei der Beschreibung von Hekubas Schmerzen über Priamus' Tod die Tränen die Wangen herabfließen?

»Ist's nicht erstaunlich, daß der Spieler hier
Bei einer bloßen Dichtung, einem Traum
Der Leidenschaft, vermochte seine Seele
Nach eignen Vorstellungen so zu zwingen,
Daß sein Gesicht von ihrer Regung blaßte,
Sein Auge naß, Bestürzung in den Mienen,
Gebrochne Stimm' und seine ganze Haltung
Gefügt nach seinem Sinn.
Und das alles um nichts! Um Hekuba!
Was ist ihm Hekuba, was ist er ihr,
Daß er um sie soll weinen?«

Der römische Schneeball

Als die Römer am Morgen des 21. Februar 1986 aufwachten und aus dem Fenster schauten oder aus ihrer Haustür traten, überraschte sie ein seltener Anblick: Ganz Rom lag unter einer dicken Schneedecke. Auf den Hügeln wurden zwölf, ja fünfzehn Zentimeter Schnee gemessen. An den meisten Orten Europas wäre dies mitten im Winter, wenn überhaupt, nur im Wetterbericht erwähnt worden.

Aber nicht so in Rom. Da prangten am nächsten Tag Fotos von der schneebedeckten Kuppel des Petersdoms und von anderen berühmten Monumenten und Plätzen der Ewigen Stadt auf den Titelseiten der Zeitungen, und auch an den verschiedensten Meldungen fehlte es nicht, denn für die Stadt war es nicht nur ein freudiges, weil seltenes Ereignis – wann gab es in Rom schon Kinder, die Schlitten fahren, zu bestaunen oder Schüler und Seminaristen, die sich Schneeballschlachten liefern? –, der Schneefall hatte auch seine dramatische Seite.

Für Stunden war der Verkehr in der Innenstadt völlig zusammengebrochen. Fast pausenlos heulten die Sirenen von Feuerwehrautos, Ambulanzen und Einsatzwagen der Polizei, die zu Wasserrohrbrüchen, Autounfällen und Passanten, die ausgerutscht waren und sich verletzt hatten, gerufen wurden. Was anderswo kaum schlimmere Folgen gehabt hätte, entwickelte sich in Rom zu einer Katastrophe. Unter dem Ponte S. Angelo, der Engelsbrücke, wurden die Leichen von zwei erfrorenen »barboni«, wie die Clochards in Italien wegen ihrer Bärte heißen, gefunden.

So hielten sich in den Zeitungen Bilder von kitschigen Postkarten-Ansichten einerseits und von umgestürzten Autobussen, Blechleichen unzähliger Auffahrunfälle und den Bettenreihen in überfüllten Krankenhausfluren andererseits die Waage.

Auch für Carlo Kroll sollte der Schneefall dramatische Folgen haben, doch nicht an jenem Tag, sondern erst Monate später.

Carlo lebte zu der Zeit schon seit über zwanzig Jahren in Rom. Als er die Ewige Stadt als Wohnsitz wählte, war dies nicht ganz freiwillig geschehen. Davor hatte er in München gelebt, sich noch Karl Kroll genannt und in Filmkreisen selbstbewusst als K. K. firmiert. Er hatte sich im so genannten jungen deutschen Film der Nach-68er-Jahre als Produzent versucht. Seinem Erstlingsfilm »Schwabinger Nächte«, den er fast ohne Geld gedreht hatte, war ein künstlerischer Erfolg beschieden, und dadurch ermutigt, hatte er für sein nächstes Filmprojekt ohne jede finanzielle Substanz, nur mit seinem schlitzohrigen Charme und einer beachtlichen Chuzpe, eine ganze Schar von mehr oder weniger filmbegeisterten Ärzten, Anwälten und Geschäftsleuten in ein Profit versprechendes Abschreibungsunternehmen gelockt.

Aber die Dreharbeiten stellten sich als noch waghalsiger und teurer heraus als ein »Todesroulett in Monte Carlo«, so der reißerische Titel des Films. Carlo war es damals gelungen, für seinen Film die Drehgenehmigung im ehrwürdigen monegassischen Spielkasino zu erhalten, und die Mitglieder seines vielköpfigen Filmteams wohnten während der ganzen Drehzeit im Hôtel de Paris, das, gleich neben dem Casino gelegen, zu den elegantesten und teuersten Hotels der Côte d'Azur zählt.

Mitten in den Dreharbeiten fiel einer der wichtigsten Geldgeber aus, die Aufnahmen mussten unterbrochen werden, und so fehlte auch das Geld, um die beträchtliche Hotelrechnung zu bezahlen, sodass Carlo eines Nachts zum peinvollen Rückzug blies: Alle Mitglieder seines Produktionsstabs und die Schauspieler verließen heimlich und ohne Koffer, mit mehreren Lagen Wäsche und drei oder vier Anzügen auf dem Leibe, das Hotel. Der Film wurde nach wütenden Streitigkeiten im Team und der beleidigten Abreise des Regisseurs mit reduzierter Crew, drastisch gekürztem Drehbuch und mit Carlo als Regisseur in den Schweizer Bergen fertig gedreht, wo die Eltern eines Freundes ein Hotel besaßen. Der Film erntete zwar in der Presse und auf einigen kleineren Festivals Anerkennung, erlebte aber in den Kinos eine Totalpleite. Schulden blieben unbezahlt, und als die Gläubiger ungemütlich wurden, als gar die Steuerfahndung ihm auf die Pelle rückte, war Carlo schon über alle Berge, genauer gesagt auf dem Weg über die Alpen, um schließlich abgebrannt, aber glücklich und erleichtert in Rom zu landen.

Dort, im aufregenden Rom der Dolce-Vita-Zeit, hielt er sich mit kleinen Filmrollen in italienischen Western- oder amerikanischen Kolossalfilmen über Wasser, denn er war dank seiner zunehmenden Korpulenz und dem eindrucksvollen Cäsarenkopf ein fotogener Typ. Früh schon strebte er seinem filmischen Vorbild Orson Welles nach, dem er, wenn auch nicht in der Qualität als Filmemacher, so aber in der Körpermasse bald ebenbürtig wurde.

Er war schon fünfzig, als er sein Talent fürs Romanschreiben entdeckte. Vorher hatte er für eine deutsche

Filmzeitschrift hin und wieder kleinere Artikel und Berichte über die italienisch-deutsche Filmarbeit in Rom geschrieben. Er hatte in einem italienischen Bibelschinken, der im Kielwasser der damals gängigen amerikanischen Großproduktionen wie CLEOPATRA oder SPARTACUS schwamm, eine winzig kleine Rolle als Pharisäer gespielt, als der Pressechef des deutschen Co-Produzenten ihn bat, die Geschichte des Films als begleitendes Buch für den deutschen Markt nachzuerzählen. Carlo kupferte das Drehbuch hemmungslos ab, setzte es in Prosa, und siehe da, die kleine Rolle des von ihm gespielten Pharisäers avancierte in seiner Buchfassung zur absoluten Hauptrolle, während die ursprünglichen Hauptpersonen des Films, Pilatus und Jesus samt Aposteln, zu Statisten degradiert wurden.

Beim Schreiben halfen ihm sein Interesse an Frühgeschichte und sein durchaus beachtliches Wissen auf diesem Gebiet. Das Buch hatte zwar dann nichts mehr mit dem Film zu tun, machte aber auf dem Buchmarkt eine kleine Karriere, und der in Berlin geborene Romanautor Charles Berliner war geboren.

Unter diesem griffigen Pseudonym produziert Carlo seither pseudohistorische Goodseller am Fließband, in denen er die Geschichte mesopotamischer Kulturen, die Rollsiegeltechnik der Sumerer und das Liebesleben der Babylonier zu abenteuerlichen, dickleibigen Schmökern zusammenrührt. Mit kühnen Details über die Entstehung der Keilschrift ruft er dabei selbst ernsthafte Archäologen, Altertums- und Schriftforscher auf den Plan, die von dem »verehrten Kollegen« die sensationellen Schriftplatten erklärt wissen wollen, die Carlo, ohne Skrupel raffiniert gefälscht, im irakischen Wüstensand zuerst vergraben hatte, um sich bei der anschließenden Ausgrabung in verstaubtem Kakizeug und in Triumphpose fotografieren zu lassen.

Über seine Bücher ist immer noch selten in den Feuilletons ernsthafter Zeitungen zu lesen, doch in den Buchabteilungen von Kaufhäusern und in den Bücherständen an Bahnhöfen und Flughäfen stehen seine reißerisch aufgemachten Wälzer raumgreifend neben Ken Follett, Stephen King und Heinz G. Konsalik und erscheinen mittlerweile in einem Dutzend fremder Sprachen.

Dennoch ist Carlo bescheiden geblieben. Er wohnt nach wie vor in einer winzigen Wohnung in Trastevere im obersten Stock, den man in Italien einen »Attico« nennt, was immerhin besser klingt als Dachwohnung oder Mansarde. Anfangs wohnte er dort zur Miete, daher investierte er nichts in seine Behausung. Der Regen drang durch das undichte Dach ein und lief an den Wänden herunter, und wenn die unter ihm liegenden Wohnungen schon mal unter Wasser standen, kümmerte er sich nicht um die wütenden Proteste der Mitbewohner.

Nachdem er sich als Autor einen Namen gemacht hatte, hätte er sich eine bequemere, größere Wohnung durchaus leisten können. Wenn ihm ein Freund Sparsamkeit vorwirft und Geiz meint, pflegt Carlo zu antworten, dass er die Wohnung nicht nur liebe, sondern dass, nach Ansicht seines Arztes, das tägliche Treppensteigen für ihn durchaus *lebensrettend* sei.

Es gelang ihm, die Wohnungsinhaberin zu bezirzen und seine Wohnung käuflich zu erwerben, und endlich ließ er sich auch die Reparatur etwas kosten. Nach wie vor bestimmen Bücher, Papiere und alte Zeitschriften das Bild, die sich nicht nur an allen Wänden hochstapeln, sondern auch einen großen Teil des Fußbodens bedecken, ja sogar aus der Wohnung heraus in das Treppenhaus quellen. Mitten im »salotto«, wie er das kleine Wohnzimmer nennt, stehen auf dem Arbeitstisch zwischen sich babylonisch auftürmenden Papiersäulen eine Schreibmaschine und ein Computer, beide völlig unbenutzt, da Carlo seine Romane mit der Hand schreibt.

Das tut er meistens nachts, oft bis in die frühen Morgenstunden hinein. Dann schläft er bis zur Mittagszeit in seiner von dem großen Bett völlig ausgefüllten Schlafnische. Nach eigenem Bekunden hat er, vor die Entscheidung gestellt, zwecks Gewichtabnahme das Essen einzuschränken oder auf anstrengenden Normalsex zu verzichten, sich für das Schlemmen entschieden. Dieser Entschluss sei ihm umso leichter gefallen, erzählt er humorvoll, als er seinen ehemals »besten Freund« wegen des respektablen Bauches seit Jahren ohnehin nicht mehr zu Gesicht bekommen habe.

Carlo verschläft mit Vorliebe den Vormittag, erst das Angelusläuten der umliegenden Campaniles animiert ihn, seinen schweren Körper vom Bett hochzustemmen, ans Fenster zu treten, die Vorhänge zurückzuziehen, einen rituellen Blick auf den römischen Himmel zu werfen, um nach ein paar angedeuteten gymnastischen Armbewegungen und Kniebeugen in die geräumige Dusche zu einem kurzen kalten Abguss zu treten. Dann knotet er das Badetuch über dem Bauch fest und schlurft in die winzige Küche, um dort sein ganz spezielles Frühstück zuzubereiten, das gleichzeitig sein Mittagessen ist. Denn das karge Frühstück der Italiener, das nur aus einem Cappuccino und einem Cornetto, der italienischen Version des Croissants, besteht, behagt ihm nicht, während er bei seiner Hauptmahlzeit, dem Abendessen, die italienische Küche geradezu anbetet.

Während auf der Gasflamme der Kessel mit dem Teewasser zum Sieden kommt, füllt er eine Gießkanne und wässert draußen auf der Terrasse liebevoll die Pflanzen. In die Küche zurückgekehrt, gießt er den Tee auf, stellt die englische Teekanne, die große Porzellantasse, einen kleinen Brotkorb mit einigen Scheiben deutschen Bauernbrots – eigens für ihn durch ein Lebensmittelgeschäft in der Nachbarschaft geliefert – auf ein Tablett, dazu Honig, Butter, Quark, und balanciert das Ganze, zumindest bei schönem Wetter, hinaus zu dem Rohrtisch auf der Terrasse. Dann sinkt er in den tiefen Korbsessel und genießt, mit immer gleichem Ritual, sein Frühstück. Zwischendurch überwältigt ihn häufig nochmals der Schlaf, sein eigenes Schnarchen oder ein Telefonanruf schreckt ihn auf, schließlich schüttelt er sich wach, steht gähnend auf und ist endlich bereit, den Tag anzugehen.

Nach Wetter und Laune wählt er eines seiner unzähligen farbigen Hemden, die in Übergröße seit Jahren für ihn in Hongkong genäht werden, stimmt darauf die übrige Kleidung ab, weite flatternde Leinenhosen im Sommer, schwere Segeltuchbeinkleider im Winter, dazu passende breite, geblümte Hosenträger, Manschettenknöpfe, von denen er eine einmalige Sammlung besitzt: in Silber gefasste, gestreifte oder gefleckte, talergroße Achate und Bergkristalle, Ovale aus seltenem Marmor, aus Onyx, Pophyr und anderen Steinen in allen Farben und Schattierungen. Nur die Kette mit dem schweren silbernen Anhänger, die arabische Fatima-Hand darstellend, trägt er quasi als Markenzeichen zu allen Kleidungsstücken, seien es elegante oder sportliche, helle oder dunkle, Sommer- oder Winteranzüge, sie ersetzt Krawatten und Smokingfliegen.

Nach einem letzten prüfenden Blick in den Spiegel eines pompösen Jugendstilschranks, dem einzigen nennenswerten Möbelstück in der Wohnung, einem bedauernden

Bürstenstrich über das zu seinem Leidwesen schüttere Haar, das er nun immer häufiger unter breitrandigen Panamahüten oder Borsalinos versteckt, tappt er wenig später vorsichtig die steilen Treppen hinunter, betritt die Piazza, wo er am Zeitungsstand eine deutsche und eine italienische Tageszeitung, montags dazu noch den SPIEGEL kauft, lässt sich vor der Bar in einem der weißen gusseisernen Stühle nieder und trinkt einen Digestivo, mal einen Fernet Branca, mal einen sizilianischen Amaro. Er flippt seine erste Zigarette des Tages, »Gitanes« ohne Filter, aus der blauen Schachtel und zündet sie an. Er raucht, blättert die Zeitungen durch, Politik, Kultur, Sport, Lokalchronik und Wirtschaft, immer in dieser Reihenfolge. Dann macht er sich zu einem kleinen Spaziergang auf, den er sich zum Ankurbeln des Blutkreislaufs verordnet hat.

An einem Frühsommertag jenes Jahres, das zu Anfang den seltenen Schneefall erlebt hatte, sollte sich jedoch Carlos regelmäßiges Leben ganz plötzlich ändern, nachdem er eine kurze Meldung im römischen »Messaggero« gelesen hatte, die zwar gleich seine Aufmerksamkeit weckte, deren dramatischer Einfluss auf sein Leben ihm aber noch verborgen blieb. In der »Cronaca di Roma«, dem Lokalteil der Zeitung, den Carlo stets aufmerksam las, weil er dort häufig auf interessante Ereignisse stößt, die er dann »historisiert« in seine Bücher einfließen lässt, entdeckte er an jenem 30. Juni folgenden kleinen Artikel:

> **Kein krimineller Hintergrund bei Selbstmord in der Gefängniszelle**
> Der Mann, der während des Schnees in Rom, nachdem er am gleichen Morgen seine Arbeit sowie seine Braut verloren hatte, mit Schneebällen geworfen und zufällig einen Passanten

getroffen hatte, sodann wegen Beamtenbeleidigung eingesperrt worden war, hat sich nach vier Monaten, ohne dass es zu einem Prozess gekommen wäre, in seiner Zelle erhängt. Der Staatsanwalt teilte mit, der Mann habe, zwar als gesund geschildert, aber offensichtlich deprimiert, bevor man über seine Freilassung verhandeln konnte, Selbstmord verübt, womit man nicht rechnen konnte. Für einen so geringfügigen Fall habe bis zu diesem Zeitpunkt kein Richter zur Verfügung gestanden.

Ganz entfernt erinnerte sich Carlo, der übrigens ein hervorragendes Gedächtnis besitzt, im Winter in derselben Zeitung eine noch kleinere Notiz gelesen zu haben, die besagte, dass ein erwachsener Mann wegen Schneeballwerfens festgenommen worden war, wobei Carlo sich schon damals gefragt hatte, wieso diese kindliche Tätigkeit eine Straftat sein konnte, die eine Festnahme rechtfertigte. Ungleich größer aufgemacht war an jenem 22. Februar 1986 aber die Berichterstattung über den ungewöhnlichen Schneefall des Vortages. Und nun also, über vier Monate später, dieser unglaubliche Artikel.

Carlo war entsetzt und enttäuscht. Welcher Journalist oder Redakteur konnte eine solche Meldung so unterschätzen? Die kleine Geschichte strotzte doch nur so von haarsträubender Ungerechtigkeit, von Unmenschlichkeit, doch auch von Erstaunlichem, von Melodram und Tragikomik.

Eine Fülle von Fragen wollte den ganzen Tag nicht aus Carlos Kopf weichen: Warum wurde diese Geschichte so lieblos in den Lokalteil verbannt? Wieso um Himmels willen wirft ein Mann, der am gleichen Morgen seinen Job verliert und von seiner Braut verlassen wird, mit Schneebällen? Kindliches Vergnügen konnte es wohl kaum sein. Welche Menschenverachtung muss sich im Kopf eines Staatsanwalts entwickelt haben, dass er einen Mann, weil er mit einem Schneeball zufällig einen Passanten getroffen hat, vier Monate lang in einer Gefängniszelle schmachten lässt, wahrscheinlich ohne Anwalt oder familiären Beistand? Welcher Zynismus gehört dazu, lakonisch zu erklären, für einen so »geringfügigen Fall« habe kein Richter zur Verfügung gestanden? Wenn der Fall so geringfügig war, warum dann überhaupt einen Menschen vier Monate lang im Gefängnis festhalten?

Aber vor allem konnte Carlo den Journalisten nicht verstehen, der die Meldung auf seinen Schreibtisch bekommen hatte, dann zwar in der Lage war, den kleistisch anmutenden ersten Satz zu formulieren, dessen explosiven Inhalt aber nicht zu durchschauen. Oder dessen vorgesetzten Redakteur, der den vielleicht jungen Schreiber nicht sogleich losgeschickt hat, um die Hintergründe der Geschichte zu recherchieren. Niemand erfuhr so, ob der Selbstmörder eine Familie hatte, die sich um sein Begräbnis hätte kümmern können, ob die Braut, die sich von ihm getrennt hatte, schließlich nicht doch weinend am Grab stand, oder ob er Freunde oder Arbeitskollegen hatte, die sich über den Selbstmord eigene Gedanken machten.

Carlo hatte gerade einen Roman zu Ende gebracht und bei seinem Verlag abgeliefert. Wie immer fühlte er sich dann ausgelaugt, und weit und breit war noch keine Idee für ein neues Buch in Sicht. So setzte dieser winzige Artikel seinen Jagdinstinkt in Aktion, auf den er sich nicht wenig einbildete. Schon witterte er in dieser offenbar unterschätzten Geschichte einen neuen Stoff. Denn selbst heutige Ereignisse hatten ihm nicht selten die Idee für einen seiner historischen Romane geliefert. Schmunzelnd dachte er daran, wie er in seinem letzten Buch, »Der Löwe von Hattusa«, die viel kommentierte Episode der Fußball-Weltmeisterschaft verwurstet hatte, als Diego Maradona das entscheidende Tor mit der Hand erzielt und diese Regelwidrigkeit mit der »Hand Gottes« gerechtfertigt hatte. Ohne Hemmungen hatte Carlo daraufhin den Hethitern die Erfindung einer Frühform des Fußballspiels zugeschrieben, und in dem Kapitel »Die Hand Scharummas« lenkte der hethitische Gott persönlich die Hand des Königs Tudhalia zum damals kriegsentscheidenden Treffer ins Tor.

In seinem zweiten Roman, »Das Orakel Ischtars«, hatte Carlo, durch den Erfolg des ersten beflügelt und ermutigt, eine Geschichte benützt, die vor einigen Jahren durch die Blätter gegangen war. Ein Rentner in Neapel, mit einer wesentlich jüngeren und sehr schönen Frau verheiratet, die ihn offenbar nach Strich und Faden betrog, hatte die Dampfdüse der typischen italienischen Espressomaschine und die kleine Röhre, durch die der Kaffee nach außen läuft, mit Zement verstopft. Arglos wartete die verhasste Ehefrau bei der nächsten Kaffeezubereitung über der Gasflamme auf den Austritt der wohlriechenden, schwärzlichen Flüssigkeit, als der Wasserdampfdruck die Maschine zur Explosion brachte und der Schönheit der Frau ein schreckliches Ende setzte.

In Carlos Roman wurde die Kaffeemaschine zu einer verstopften Nargileh, durch die Explosion der Wasserpfeife erblindete der letzte Assyrerkönig Assurbarnipal und starb, wodurch der Fall Assyriens eingeleitet wurde.

Während diese Erinnerungen Carlo warm durchfluteten, trennte er geübt den kleinen Zeitungsartikel aus der Zeitung, las ihn nochmals und überlegte: Wie Informationen über den Fall bekommen? Wo anfangen? An wen sich wenden? Er kannte ja nicht einmal den Namen des unglücklichen Schneeballwerfers. Carlo faltete die Zeitung zusammen, hievte seine Körpermasse aus dem Eisenstuhl und ging ins Innere der Bar, wo sich an der Wand neben der Kasse das Münztelefon befand. Er suchte in dem zerfledderten Telefonbuch und entdeckte tatsächlich unter Barracca F. Dott. die Nummer von Fausto Barracca, einem ihm bekannten Filmkritiker des Messaggero. Carlo hatte ihn vor Jahren beim Filmfestival von Locarno kennen gelernt, als er noch der junge Filmproduzent K. K. war und Barracca als Volontär seine ersten begeisterten Kritiken über Fassbinder & Co. schrieb. Er war auch zufällig zu Hause, und so verabredete sich Carlo mit ihm in Faustos Wohnung direkt an der Fontana di Trevi.

Selbst für Carlo, an Treppensteigen gewöhnt, waren die steilen Stiegen zum vierten Stock eine atemberaubende Erstbesteigung. Als er durch die offen stehende Tür die Wohnung Faustos betrat, waren an diesem sonnenhellen Nachmittag die Fenster mit schweren Vorhängen abgedunkelt. Der inzwischen wegen seiner geistreichen und häufig ätzend bösen Filmbesprechungen eher berüchtigte Kritikaster saß in Hosen und mit nacktem Oberkörper vor einem enormen Fernsehschirm, auf dem eine Szene mit Vittorio Gassman ablief, und tippte mit beiden Zeigefingern auf einer altmodischen Schreibmaschine herum. »Ich brauche noch eine Minute. Geh, schau mal raus auf die Terrasse, wenn dir nicht zu heiß ist.«

Carlo zog einen der Vorhänge auf, öffnete das Fenster, und wie eine Flutwelle schwappten die Hitze, das Rauschen des Brunnens und das Stimmengewirr der Touristen von der Piazza herauf. Er trat ins gleißende Licht der Terrasse und war überwältigt von dem Schauspiel, das sich ihm bot. Zum Greifen nah erschienen ihm die weißen Marmorfiguren des Brunnens, und ganz unten klatschten die schäumenden Kaskaden in das Wasser des geschwungenen Beckens. Auf das Kommando ihres Reiseleiters warf eine ganze Busladung japanischer Touristen die obligate Münze über die Schulter in den Brunnen, eine Gruppe fetter Amerikaner sprang in voller Kleidung ins Wasser, ließ sich von den gackernden und kreischenden Ehefrauen mit flieder- und himbeerfarben getönten Haaren fotografieren, der weiß uniformierte Vigile stieß in seine Trillerpfeife und scheuchte die prustenden Touristen aus dem Wasser.

Fausto kam auf die Terrasse und schaute mit einer angeekelten Grimasse auf das ganze Treiben: »Ich war schon seit einem Monat nicht mehr hier draußen, und die Pflanzen sind sowieso vertrocknet. Du siehst gut aus, Carlo«, log er ohne Übergang, »komm, gehn wir rein, was trinkst du?«

Drinnen saßen sie auf dem niedrigen Sofa. »Gassman macht zu viel, findest du nicht? Was verschafft mir die Ehre deines Besuchs?« Carlo zeigte Fausto den Artikel im Messaggero. »Wer kann das geschrieben haben?« – »Cronaca di Roma, Seite 27. Da fragst du mich ein bisschen viel, mein Freund. Was interessiert dich das?«

»Ich will nur wissen, wer das geschrieben hat«, sagte Carlo und erklärte Fausto, warum er den Zeitungsartikel über den rätselhaften Selbstmord im Gefängnis für so außerordentlich hielt. Fausto dachte nach und sagte schließlich: »In einer halben Stunde muss ich sowieso ins Büro. Komm einfach mit, und ich stelle dich Pistilli, einem der Redakteure, vor, der sicher mehr über die verschiedenen Ressorts weiß als ich. Ich muss nur noch den Gassman fertig machen, ich meine, zu Ende schreiben. Übrigens gratuliere ich dir zu deinem Buch über die Pharaonen, ich hab's noch nicht ganz zu Ende gelesen, aber ...« – »Über die Hethiter«, verbesserte ihn Carlo leicht beleidigt. »Natürlich, die Hethiter, entschuldige.«

Von der Fontana di Trevi waren es nur ein paar Schritte zum Messaggero, der größten römischen Tageszeitung in dem imponierenden Eckhaus an der Via del Tritone. Nach einem endlosen Gang durch das Labyrinth der Redaktionsräume trat Fausto mit Carlo in ein Büro, nickte der blondierten Sekretärin zu, durchquerte den kleinen Raum, klopfte an den Rahmen einer gepolsterten Tür, öffnete sie, behielt die Türklinke in der Hand, beugte sich, auf einem Bein balancierend, ins Zimmer und schob mit der anderen Carlo an sich vorbei. »Angelo, hier bringe ich dir Carlo Kroll, einen Freund und bedeutenden deutschen Schriftsteller«, stellte Fausto ihn vor.

»Und das ist Angelo Pistilli. Sei nett zu ihm, Angelo!« Damit ließ er Carlo mit einem Klaps auf die Schulter mit dem Redakteur allein. Pistilli, ein hagerer Mittfünfziger mit flinken Augen hinter einer großen Hornbrille, kam lächelnd hinter seinem Schreibtisch hervor und lud Carlo zum Sitzen ein. Seine Freundlichkeit verflog jedoch schlagartig, als Carlo herausließ, weshalb er gekommen war, und ihm den Artikel über den Selbstmord in der Gefängniszelle zeigte. Er wollte den Verfasser des Artikels kennen lernen, doch Pistilli blieb wortkarg, schützte Vielbeschäftigung vor, ließ verstehen, dass der Schreiber des Artikels, ein junger Journalist, der für ihn, Pistilli, leider eine große Enttäuschung gewesen sei, inzwischen in einem anderen Ressort arbeite, und verabschiedete Carlo mit einer eiligen Entschuldigung.

Im Vorzimmer Pistillis war der Platz der Sekretärin leer. Carlo trat in den langen Flur hinaus. Dort stöckelte ihm die üppige Blondine entgegen, lächelte ihm im Vorbeigehen zu, er roch Seife und notierte die hübschen, leider unrasierten Beine, die im Vorzimmer verschwanden. Carlo überlegte, machte kehrt, öffnete die Tür und sah gerade noch, wie die Sekretärin ihren Rock weit über die Knie hochzog und sich in ihren Drehstuhl setzte.

»Scusi, Signorina! Ich habe gerade mit Ihrem Chef über den jungen Journalisten gesprochen, der bis vorgestern hier in Ihrem Ressort arbeitete und versetzt wurde, leider ist mir der Name entfallen. Erinnern Sie sich noch an ihn?« Sie überlegte nur kurz und sagte:

»Sie meinen sicher Gianni, Gianni Rubelli.« »Wissen Sie auch, wo ich ihn hier im Hause finden könnte?«, fragte Carlo. Sie schaute erstaunt auf: »Hier im Hause? Meines Wissens ist er entlassen worden!« – »Ach«, murmelte Carlo, »ich hätte ihn so gern gesprochen.« Dabei schaute er die Blonde mit seinem charmantesten Lächeln an. Sie überlegte kurz und griff mit der Rechten routiniert in eine Kartei. »Ich könnte Ihnen seine Adresse geben oder seine Telefonnummer …« »Beides, bitte!«, flötete Carlo unwiderstehlich.

Er trat aus dem protzigen Gebäude in das schmerzend helle Sonnenlicht und flüchtete in die dunkle Via degli Avignonesi. Wenig später klingelte er an der Tür Rubellis. Lange kam keine Antwort, dann öffnete sich die Tür. Ein noch junger Mann mit zerknittertem Gesicht, nur mit Unterhemd und -hose bekleidet, blinzelte Carlo unwirsch an, setzte dazu an, die Tür zuzuschlagen – vielleicht war es Carlos beindruckende Figur, die ihn aufgeben ließ –, drehte sich um, schlurfte in die dunkle Wohnung zurück, warf sich auf das Bett, von dem er sich offenbar gerade erhoben hatte, und wandte Carlo den Rücken zu.

In dem einzigen Wohnraum herrschte selbst für Carlos laxen Ordnungsbegriff ein unbeschreibliches Durcheinander. Carlo schob einen Haufen Wäsche und Kleider von einem Stuhl und rückte ihn zum Bett. Er erzählte dem jungen Journalisten, von dem er nicht wusste, ob er ihm überhaupt zuhörte, von seinem Interesse an der Geschichte und machte ihm Komplimente über seinen ausgezeichneten Schreibstil. Er verstehe überhaupt nicht, wieso Pistilli offenbar keine gute Meinung von ihm habe. Auf den Namen des Redakteurs reagierte Rubelli endlich. Er drehte sich um, musterte Carlo und versuchte seinen Rausch unter Kontrolle zu bringen. Schließlich schob er die Beine über den Bettrand, setzte sich auf, stützte den Kopf auf beide Hände und begann unzusammenhängend zu reden.

Carlo verstand schließlich so viel, dass der Artikel samt einem Foto ursprünglich groß aufgemacht hätte erscheinen sollen, dann ohne jede Erklärung durch das Raster gefallen sei. Im Laufe einer Diskussion darüber, bei der Pistilli ihn schließlich der Unfähigkeit geziehen habe, seien sie sich in die Haare geraten, er sei Pistilli an den Kragen gegangen, eigentlich sei nichts passiert, aber der Ressortleiter habe beim Chefredakteur der Zeitung seine sofortige Beurlaubung erreicht, was einem Hinauswurf gleichkomme. Sein Artikel sei dann auch nicht gedruckt worden. Carlo zog seinen Zeitungsausschnitt aus der Tasche und zeigte ihn dem jungen Mann, der ihn verwundert fragte:

»Wo ist der erschienen?«

»Im Messaggero, Cronaca di Roma, im Lokalteil.« Rubelli las den Artikel und sagte grinsend, dass diesen eigentlich nur einer geschrieben beziehungsweise umgeschrieben haben konnte: Der Chef selbst! Pistilli! Jetzt war es an Carlo, erstaunt zu sein.

Er verließ Rubellis Wohnung und fragte sich: Warum schob Pistilli die Autorenschaft einem anderen Journalisten zu und verdammte seinen eigenen Artikel in den Lokalteil? Wenig später versuchte Carlo noch einmal zu Pistilli durchzukommen, doch der hatte sich in seiner Redaktion verschanzt und blieb unerreichbar.

Am nächsten Tag saß Carlo wie immer auf seinem Stuhl und beachtete kaum das übliche Treiben auf der Piazza. Statt Neues über den Selbstmord erfahren zu haben, war er in ein journalistisches Intrigenspiel geraten und nicht weitergekommen. Es war wieder ein sehr schöner Sommertag, etwas zu heiß zwar für Carlos Geschmack und seinen Blutdruck, dennoch begab er sich auf seinen täglichen Spaziergang und bemerkte anfangs selbst nicht, wohin ihn heute seine Beine trugen: ausgerechnet zu einem Ort nämlich, um den Passanten im Allgemeinen einen großen Bogen machen, zum Gefängnis Regina Coeli, in dem sich unser Selbstmörder, so nahm er an, erhängt hatte und das nur einen Steinwurf entfernt von Carlos Wohnung lag.

Ein paar Polizisten im grün-braun gefleckten Battle-Dress standen plaudernd vor dem sonst unauffälligen Gefängnisportal. Als Carlo seine Schritte verlangsamte, was ungewöhnlich war, da im Allgemeinen die wenigen Spaziergänger in der Via della Lungara, ohne auch nur zum Eingang zu schielen, weitereilten, wurde er von einem der Beamten gar nicht unfreundlich angesprochen, ob er ihm helfen könne, ob er vielleicht jemanden erwarte. Carlo hob abwehrend die Hände, nützte aber das begonnene Gespräch, um zu fragen, ob jemand von ihnen über den Selbstmord in der Zelle gehört habe. Ja, einem von ihnen war der Fall zu Ohren gekommen. Was ihn denn an der Sache interessiere? Carlo dachte sich als Antwort schnell aus, dass er sein nächstes Buch über einen Selbstmörder schreiben wolle, dessen Geschichte dieser Begebenheit merkwürdig nahe komme. Daher hätte er gerne mehr über den unglücklichen Menschen gewusst. Er erzählte das wenige, was er aus der Zeitungsnotiz wusste, malte es aus, die Beamten horchten nun auf und fanden die Geschichte in der Tat unglaublich und wirklich »triste«.

Wenig später durfte Carlo sogar in die kleine Pforte treten, die, im großen Gefängnisportal eingelassen, so klein war, dass er seinen schweren Körper kaum hindurchzwängen konnte, und ihm war etwas ungemütlich dabei zumute. Zur rechten Hand befand sich hinter großen Scheiben ein Büro mit mehreren Schalterfenstern, er wurde zum Sitzen aufgefordert, und der Beamte, der dort wohl Dienst tat, wenn er sich nicht gerade mit Kollegen unterhielt, griff zum Telefon. Carlo hörte, wie er sich beim Gefängnisspital nach dem Selbstmordfall erkundigte. Bald hörte er ihn auch zum ersten Mal den Namen des Selbstmörders aussprechen: Pietro de Felice. Ein nicht ungewöhnlicher Name in Rom, doch da Felice nichts anderes als der Glückliche bedeutet, wollte er gar nicht zu dem Unglücksraben passen, der sich da so verzweifelt das Leben genommen hatte. Nach einigem Nachfragen bekam der Beamte sogar die Adresse heraus: Via del Quadraro 74, in einem sehr volkstümlichen Viertel bei der Via Tuscolana im römischen Südosten gelegen.

Das war immerhin ein Anfang. Carlo überlegte, wie er weiter zu Werke gehen sollte. Die Idee, den Staatsanwalt direkt anzugehen, verwarf er gleich. Der Mann hatte sich zu offensichtlich bedeckt gehalten, wie aus dem kleinen Zeitungsartikel zu ersehen war.

Am folgenden Tag rief Carlo seinen Freund Todo, einen redelustigen Taxifahrer aus der Nachbarschaft, an. Carlo hatte vor langer Zeit, wohl aus reiner Bequemlichkeit, das Autofahren aufgegeben. Sein weißes VW-Cabrio stand noch zwei, drei Jahre, bei offenem Verdeck langsam vor sich hin rostend, vor seiner Haustür, wurde auch schon mal gestohlen, war dank Carlos Beziehungen zur trasteverinischen Diebesmafia prompt wieder aufgetaucht, diente eine Zeit lang der Nachbarschaft als Abfalltonne, bis das zur attraktiven Skulptur gereifte Gefährt im Automuseum eines Freundes in der Toskana seinen letzten Standort fand. Seitdem bediente er sich Todos, um sich zu preiswerten Bedingungen durch Rom fahren, zum Flughafen bringen oder dort abholen zu lassen. Während dieser Fahrten erzählte ihm Todo jeweils die neuesten Vorkommnisse seines Taxifahrerlebens und weitere Quellen für Carlos Zettelkasten.

Todo fuhr ihn zur Adresse des Selbstmörders und erzählte ihm während der Fahrt wieder einmal eine unglaubliche Geschichte über einen befreundeten Kollegen, der ein Liebespärchen durch die Nacht kutschierte. Die beiden hätten es auf der Rückbank ziemlich toll getrieben, sodass er vorgezogen habe, nicht mehr in den Rückspiegel zu schauen. Schließlich seien die beiden ausgestiegen. So habe es sich jedenfalls angehört. Er sei weitergefahren. Als der nächste Fahrgast einsteigen wollte, sagte der, dass da ja jemand im Taxi sei. Der Taxifahrer sei ausgestiegen, und da habe hinten auf dem Boden des Wagens die Frau gelegen, tot. »Morta«, lachte Todo, »morta!«

»Sehr witzig«, keuchte Carlo, als Todo ihm mit gewohnten Griffen beim mühseligen Aussteigen half.

An der Tür des grauen Mietshauses gab es auf der langen Klingelleiste keinen de Felice. Er versuchte auf gut Glück bei einigen Bewohnern zu läuten, aber entweder gab es nur Achselzucken, oder seine Frage nach Pietro de

Felice wurde kurzerhand mit einem Tür-vor-der-Nase-Zuschlagen beantwortet. Auf der anderen Straßenseite entdeckte Carlo eine Bar. In Gedanken überquerte er die Fahrbahn, wobei er fast von einem jungen Vespafahrer gerammt worden wäre, hätte er sich nicht mit einem für sein Gewicht erstaunlich behenden Sprung auf den Gehsteig gerettet.

Nach diesem unverhofften Adrenalinstoß betrat er das lang gestreckte Lokal, eine typisch römische Bar mit dem langen Schanktisch ohne Hocker und Tische. Der schmucke junge Mann mit den geölten schwarzen Locken, der hinter der Theke an einer altmodischen Espressomaschine hantierte, Geschirr wusch und einen gerade populären Schlager trällerte, kannte nicht nur Pietro de Felice, sondern auch dessen Braut. Pietro habe fast regelmäßig seinen morgendlichen Cappuccino bei ihm getrunken. Er sei ein lustiger Bursche gewesen, der gern politische Reden schwang, in denen er sich über Italiens Politiker lustig machte. Der Barkeeper deutete mit dem Daumen hinter sich, wo über der Kaffeemaschine eine Menge Fotos hingen.

»Die meisten davon hat Pietro gemacht«, erklärte er. »Ich wusste gar nicht, dass er Fotograf war«, wunderte sich Carlo. Ob er für eine bestimmte Zeitung gearbeitet habe, wollte er wissen. Das aber schloss der Barmann aus. »Er war ein unsteter Bursche, ging oft auf Reisen in andere Länder, er liebte seine Freiheit und wechselte laufend seine Stellung. Chiara, seine Braut, die nur ein paar Straßen weiter wohnt und in einem Atelier für Brautkleider arbeitet, hatte es nicht leicht mit ihm, so viel kann ich Ihnen sagen.« Sie sei ein hübsches Mädchen, mit einer bemerkenswerten Figur, fügte er hinzu und begleitete deren Beschreibung mit einer sicher übertriebenen Geste. Die

Aktfotos, die Pietro von ihr gemacht habe, hätte er gerne sehen mögen.

Carlo trank seinen Eiskaffee aus, stieg in Todos wartenden Wagen und machte sich auf die Suche nach der ehemaligen Braut Pietros, die allerdings nicht mehr in der Schneiderei arbeitete, deren Adresse Carlo aber dort erfuhr. Das offenbar von wohlhabenderen Leuten bewohnte Haus lag ganz in der Nähe, Carlo fragte sich nach Chiaras Wohnung durch, aber als die Wohnungstür sich schließlich öffnete, blickte er hinter der Türkette in das griesgrämige Gesicht einer älteren Frau, die sich als Chiaras Mutter zu erkennen gab. Nein, Chiara sei nicht zu Hause, nein, auch nicht in Rom.

Als Carlo dann den Namen Pietro de Felice aussprach und dabei hoffte, dass das Mitgefühl am Tode des Schwiegersohns in spe die Frau freundlicher stimmen würde, erlebte er genau das Gegenteil: Sie wurde geradezu bösartig und schimpfte über den »mascalzone«, den Schuft, der ihre Tochter entehrt habe. Sie fragte Carlo, wer er denn sei und was er von ihrer Tochter wolle. Carlo versuchte ihr zu erklären, dass sein Interesse eher Pietro gelte und er gerne den Grund für den Bruch ihrer Tochter mit ihrem Verlobten an jenem verschneiten Morgen erfahren hätte. Jetzt wurde die Alte rabiat: Wenn er damit vielleicht sagen wolle, dass ihre Tochter an dem Selbstmord schuld gewesen sei, dann solle er sich auf der Stelle aus dem Staub machen, bevor sie die Polizei rufe.

Auf dem Heimweg war Carlo enttäuscht und so schläfrig, dass er kaum die haarsträubende Geschichte mitbekam, deren Wahrhaftigkeit Todo mit einem Schwur aufs Leben seiner Kinder bekräftigte, von einem Freund nämlich, einem besonders guten Schwimmer, der vor einigen Wochen an einem Sonntag beim Baden im Lago di Bracciano nur kurz um Hilfe rufen konnte, bevor er in dem tiefgrünen Wasser verschwand. Seinen Freunden sei es gelungen, ihn herauszuziehen und wieder zu beleben. Eine Woche später sei dieser Freund zu Hause in seiner Badewanne ertrunken …

Carlo war nicht viel weitergekommen. Das Bild, das er sich von Pietro de Felice gemacht hatte, schien ihm nun im Licht der Beschreibung, die ihm der Barmann gegeben hatte, nicht mehr übereinzustimmen mit seinem Bild von dem Pechvogel, der am Morgen des Schneetages zur Arbeit fahren wollte und wie Tausende anderer Römer, durch die Schneeverhältnisse aufgehalten, beträchtlich verspätet zu seinem Arbeitsplatz gekommen war, was mit dem fristlosen Hinauswurf geendet hatte. Auch der von der Mutter der Braut beschriebene Schuft wollte nicht zu dem gewieften Fotografen passen, den der Barmann beschrieben hatte. Und erst recht schien Pietro nicht der einfältige Mensch gewesen zu sein, dessen Enttäuschung und Wut sich in verzweifeltem Schneeballwerfen entladen und der sich schließlich deprimiert in seiner Zelle erhängt hätte.

Hier zerbröckelte das Bild des Pietro de Felice, das Pistilli sich wohl in seinem Artikel zurechtgemacht hatte. Vielleicht verbarg sich dahinter nur eine banale Geschichte, zu verworren und undurchsichtig, um einen spannenden Stoff abzugeben. Carlo ging auch der Gedanke durch den Kopf, dass es in Mesopotamien, dem Spielort seiner Romane, keinen Schnee gab, und ohne Schnee gab es in diesem Fall auch keine Geschichte. So dachte er bereits daran, den vielleicht doch zu Recht als »geringfügig« bezeichneten Fall nun seinerseits ad acta zu legen.

Nicht ungern versank Carlo nach einer abgeschlossenen Arbeit in wohltuende Phasen des Dolcefarniente, um sich den konkreteren Genüssen des italienischen Lebens hinzugeben. Und die bestanden für ihn in erster Linie im guten, allzu üppigen Essen. Er hielt sich dann viel länger an der Tafel auf, dem für ihn stets reservierten Ecktisch auf der Terrasse seines Stammlokals gleich unterhalb seiner Wohnung.

Auch an diesem schwülwarmen Juliabend scheuchte er mit seinem stark deutsch gefärbten Akzent die Kellner herum, bellte Befehle in Richtung Küche, bestellte Leo, den Besitzer des Lokals, zu Beschwerden über zu klein geratene Portionen an seinen Tisch, schickte Teller hemmungslos zwei-, dreimal in die Küche zurück, aß unglaubliche Mengen in sich hinein und trank dabei seinen sardischen Wein, dessen letzter guter Jahrgang nur für ihn reserviert war. Zwischen den Gängen wanderte sein Blick über die Nachbartische, definierte die Speisen auf den Tellern der anderen, seine Augen stimmten zu, beneideten, belächelten, genossen mit und bedauerten, dass er dies nicht alles auch noch genießen konnte.

Trotz seiner Launen und des herrischen Gebarens, das Italiener eigentlich abstoßen musste, war er ein beliebter und gern gesehener Gast, vor allem seitdem er, wohlhabend geworden, größere Gesellschaften einlud, Verleger, Journalisten, Fernseh-Teams, Mitarbeiterinnen, Lektorinnen und vor allem das kleine Heer der Sekretärinnen, die seine handgeschriebenen Texte kopierten.

Diesen netten jungen Damen spendierte Carlo gegen Ende des Abendessens auch schon einmal Rosen, die in den Restaurants von Schwärmen der den römischen Blumenmarkt kontrollierenden dunkelhäutigen Verkäufer aus Sri Lanka angeboten werden. Dies tat er aber wohlweislich nicht am früheren Abend, wenn eine einsame Rose fünftausend Lire kostete, auch nicht, wenn man gegen Mitternacht für zwanzigtausend Lire zehn Rosen bekam, sondern nach ein Uhr nachts, wenn einem Riesensträuße von dreißig, vierzig, fünfzig Rosen für lumpige zehntausend Lire nachgeworfen wurden. Carlo wies also, sich immer nach dem gegenwärtigen Preisniveau der Blumen erkundigend, die aufdringlichen Rosenverkäufer so lange ab, bis er den niedrigsten Preis – kurz vor dem allmählichen Unansehnlichwerden der kurzlebigen Rosen – erzielt hatte. Wenn sich dieser Augenblick näherte, sinnierte er auch schon mal über die Vergänglichkeit aller Dinge, für welche die Schnittblumen das beste Beispiel, ja ein Symbol seien.

Carlo bezahlte seine sicher beträchtlichen Restaurantrechnungen jeweils am Monatsende, gab nie Trinkgeld, bestand vielmehr auf dem »sconto«, einem Abschlag, wie er in italienischen Restaurants häufig gewährt wird, wenn der Kunde keine offizielle, steuerlich gültige Rechnung verlangt. An solchen Abenden, wie auch an diesem, wenn die Arbeit ihn nicht zurück an seinen Schreibtisch drängte, war er der letzte Gast, trank immer wieder noch ein Gläschen von dem offerierten Digestivo, bis er sich schließlich aus seinem speziellen Stuhl ächzend hochwuchtete und breitbeinig davonwankte, während die Kellner ihm im Chor »Buonanotte, Signor Carlo!« nachriefen. Nach wenigen Schritten kam er an seiner Haustür an, schloss umständlich auf und zog sich an den Geländerstangen des steilen Treppenhauses hoch, legte auf jedem Stockwerk eine Atempause ein, bis er in seiner Wohnung ankam, sich nachlässig auszog und ins Bett fiel.

Am nächsten Morgen wurde er zu ziemlich ungewohnter Stunde aus dem Schlaf und dem Bett geläutet. Vor der Wohnungstür stand schwer atmend ein korpulenter Polizeibeamter, der ihm stumm einen Zettel reichte und sich den Erhalt mit Carlos Unterschrift bestätigen ließ. Der staunte nicht wenig, als er das Schreiben las. Es war eine Vorladung, sich am nächsten Vormittag bei Herrn Kommissar Bellini in der Präfektur, Piazza del Collegio Romano 3, zu melden. Carlos notorisch schlechtes Gewissen meldete sich. Was konnte dies bedeuten? Er hatte seit Jahren keine Aufenthaltsgenehmigung in Rom beantragt. Sich alle drei Monate stunden-, wenn nicht tagelang bei der Ausländerstelle für die Verlängerung des »soggiorno«, der Aufenthaltsbescheinigung, anzustellen war nicht nach seinem Geschmack. So hatte er eines Tages durch einen findigen Bekannten einen viel einfacheren Weg zur Aufenthaltserlaubnis gefunden, die vor allem unbefristet war. Wer in Rom die Müllabfuhr bezahlt, bekommt anstandslos die »residenza«, das offizielle Wohnrecht bei der »anágrafe«, wie in Rom das Einwohnermeldeamt heißt.

Carlos zutiefst anarchische Seele witterte seit eh und je bei jedem drohenden Kontakt mit einer staatlichen Behörde Gefahr. Deswegen ärgerte er sich, dass er die Vorladung quittiert hatte, doch nun war es wohl besser, hinzugehen und eine langwierige amtliche Prozedur zu vermeiden, denn er hatte früh die Erfahrung gemacht, dass die italienische Bürokratie zwar laxer und korrupter, auf der anderen Seite aber auch verkrusteter und hartnäckiger ist als die deutsche oder gar französische.

Er ging also am nächsten Tag, kurz vor der Mittagszeit, zur Präfektur, auch das ein kleiner Trick, denn kein italienischer Beamter liebt es, in die Mittagspause hinein zu arbeiten, das Essen zu Hause kommt pünktlich auf den Tisch.

Als Carlo vor dem Schreibtisch des Kommissars stand, telefonierte der gerade, wahrscheinlich um seiner Frau das Kommando »Butta!« zu geben, zu dieser Tageszeit das meistgebrauchte Wort in Italiens Äther, das etwa so viel heißt wie »Schmeiß rein«, die Frau oder Mutter zu Hause möge die Pasta ins siedende Wasser werfen. Auf diese Weise nutzt der heimkehrende Gatte oder Sohn die Kochzeit der Nudeln zum Nachhausefahren und kann sich dort ohne Wartezeit an den Esstisch setzen.

Der Beamte riss mit einer ungeduldigen Bewegung die Vorladung aus Carlos Hand, las und schoss mit spitzem Zeigefinger seine erste Frage auf Carlos Brust ab:

»Wissen Sie, warum ich Sie hierher kommen ließ?« Carlo versuchte so freundlich wie möglich zu antworten:

»Ich hatte die Hoffnung, dass Sie mir das erklären können.« Der Beamte schlug einen Aktendeckel auf, warf einen Blick auf das oberste Blatt und zischte:

»Was hatten Sie am 2. Juli um vierzehn Uhr zehn vor dem Gefängnis Regina Coeli zu suchen?« Carlo versuchte, beiläufig zu klingen:

»Ich wohne in der Nähe und kam bei einem Spaziergang zufällig dort vorbei. Ein Dienst tuender Carabiniere erkannte mich und sprach mich an.«

»Worüber sprachen Sie?«

»Ich glaube«, wich Carlo aus, »wir unterhielten uns darüber, wie deprimierend für manch einen Gefangenen der Aufenthalt in einer Einzelzelle sein muss, besonders wenn er sich für unschuldig hält.«

»Sie glauben also, dass der Mann, von dem Sie sprechen, unschuldig war?«

»Ich habe nicht von einem bestimmten Mann gesprochen«

»Ach nein??«, bellte der Kommissar, »Sie behaupten also, dass Sie Pietro de Felice nicht gekannt haben? Was wollten Sie von den Beamten, wer hat Sie geschickt?« Carlo hatte eine Gegenfrage bereit:

»Was kann Sie der Fall de Felice noch interessieren, da

der arme Mensch doch tot ist und sein Tod nach Aussage des Staatsanwalts keinen kriminellen ...?«

»Hier stelle ich die Fragen, Herr Kroll!«, unterbrach ihn der Beamte – er benützte das deutsche Wort ›Herr‹! –, »und wenn Sie schon eine so unbedachte Frage stellen: Darf ich Sie darauf aufmerksam machen, dass die Polizei sich grundsätzlich für Tote interessiert?«

»Dann ist es allerdings meistens zu spät«, versuchte Carlo zu scherzen, doch der Beamte ging nicht darauf ein, fuhr vielmehr leise fort, und es sollte gewiss besonders gefährlich klingen:

»Natürlich für Tote, die nicht im Bett gestorben sind! Und die Mörder dieser Toten zu finden, ist das nicht eine edle polizeiliche Aufgabe? Eine Aufgabe allerdings, die nur der Polizei obliegt, und es gefällt mir nicht, wenn Laien wie Sie, Herr Kroll, ihre Nase in unsere Nachforschungen stecken!« Carlo versuchte abzuwiegeln:

»Es liegt mir fern, mich in Ihre Arbeit einzumischen, ich bin Schriftsteller, und so ist mir eine Neugier zu Eigen, die der Ihren ähnlich ist, aber keine realen Folgen hat und nur einen Anlass braucht, die Phantasie anzuspornen, um eine interessante Geschichte daraus zu machen.«

»Dann bleiben Sie gefälligst bei Ihrer Phantasie, und stören Sie die Realität nicht mit Ihrer Neugier!« Carlo lagen ein paar böse Worte auf der Zunge, aber er wusste, dass mit dieser vielen Beamten eigenen Mischung von Beschränktheit und Machtbewusstsein nicht erfolgreich zu argumentieren war. So schwieg er lieber.

»Sie sind Deutscher«, fuhr der Kommissar fort, »Sie sind also Gast in diesem Lande und sollten sich nicht in Fragen einmischen, die mit polizeilichen Ermittlungen zu tun haben. Ist Ihnen das klar?« Carlo deutete ein gelangweiltes Kopfnicken an.

»Und jetzt hören Sie mir genau zu: Ich erwarte von Ihnen, dass Sie nicht Privatdetektiv spielen, dieses Spiel könnte verdammt ernst für Sie enden! Sie können gehen!« Dabei blickte er auf seine Uhr, stand auf, während er zum Telefonhörer griff, und Carlo war schon durch die Tür in den langen Flur getreten, als er noch mitbekam, wie der genervte Kommissar in den Hörer schrie: »Butta!«

Zu Hause dachte Carlo über sein Gespräch mit dem Kommissar nach. Hinter dem so »geringfügigen« Fall musste also doch irgendeine weit wichtigere Sache verborgen sein, warum sonst hätte sich die Polizei so schnell eingeschaltet, nur weil er, Carlo Kroll, gewagt hatte, sich nach dem Selbstmörder zu erkundigen. Er kramte den Messaggero-Artikel wieder hervor und starrte auf die Überschrift:

»Kein krimineller Hintergrund bei Selbstmord in der Gefängniszelle«.

Sollte es tatsächlich keinen kriminellen Hintergrund für den Selbstmord gegeben haben, so musste zumindest der Verdacht hierfür doch einmal bestanden haben, und wenn sich die Polizei offenbar immer noch dafür interessierte, war der Fall aus irgendeinem Grunde doch nicht so abgeschlossen, wie der Staatsanwalt glauben machen wollte. Jemand musste an der Vertuschung des Falles sehr interessiert sein. Aber wer? Plötzlich begriff Carlo: Aber ja, das Opfer des Schneeballwerfers! Das Opfer musste die Antwort sein. Der arme Pietro de Felice hatte vielleicht zu seinem Unglück einen Passanten getroffen, der so bedeutend war, dass man ihn kurzerhand eingesperrt hatte. Wer war dieser Fußgänger? Zwar dachte Carlo an die Warnung des Kommissars, die er jetzt erst richtig zu verstehen begann, doch seine Neugier und seine Lust, Licht in diesen Fall zu bringen, entzündeten sich stärker als je zuvor.

Wie konnte er die Identität des Schneeballopfers feststellen? Dazu brauchte er zuerst den Tatort. Wo hatte sich der Schneeballwurf ereignet? Rom war zwar groß, aber der Ort des »Verbrechens« konnte nur das Zentrum der Ewigen Stadt sein, schloss Carlo, wo sonst ging ein bedeutender und berühmter Mensch zu Fuß durch die Straßen? Und wer oder was konnte nun dieser Prominente sein? Wenn sich die Polizei mit der Sache befasste, wenn darüber in der Presse außer mit einigen harmlosen und vertuschenden Meldungen nicht berichtet werden durfte, wenn das Interesse eines einfachen Bürgers höchst unwillkommen war, dann kam nur eine Klasse infrage: die politische! Es musste ein Politiker sein! Ein prominenter Politiker! Wieso aber war dieser nicht im Wagen zu seiner Behörde, zur Parteizentrale, zum Ministerium oder zum Parlament gefahren? Besonders an jenem ungewöhnlichen Tage des schneebedeckten Roms. Klar, er musste im Zentrum sein Haus, seine Wohnung haben oder ein Hotel bewohnen.

In Hotels logieren aber nur Provinzabgeordnete, kombinierte Carlo weiter, und das auch nur anfangs, denn sobald der Volksvertreter einmal etabliert ist, nimmt er sich eine Wohnung oder zumindest eine Garçonnière. Wenn jener geheimnisvolle Politiker nun an jenem Schneemorgen zu Fuß zu seiner Wirkungsstätte gegangen war, dann sicher auf eigenen Wunsch, wohl um in den seltenen Genuss zu kommen, im Schnee herumzustapfen. Natürlich konnte dies nur ein relativ kurzer Fußmarsch gewesen sein. Und dann verkleinerte sich die Lagemöglichkeit des Tatorts auf einen winzigen Teil des Stadtzentrums. Wahrscheinlich war es auch keine der engen Straßen gewesen, dachte Carlo, sondern ein Platz, denn nur ein Platz fordert so richtig zum Schneeballwerfen heraus. Carlo nahm einen Stadtplan zu Hilfe und markierte alle infrage kommenden Plätze des Zentrums. Er kam immerhin auf siebenundvierzig. Engte er aber die Zone auf jenen Teil der Innenstadt ein, der mehr oder weniger um das Parlament, den Senat oder die Parteizentralen herum lag, so blieben nur mehr zehn oder zwölf Plätze übrig. Sehr zufrieden mit sich und seiner Kombinationsgabe, machte Carlo sich am Nachmittag auf, die einzelnen Plätze zu besuchen. Diesmal zu Fuß, denn Todo, dem Taxifahrer, konnte er die kurzen Strecken und langen Wartezeiten nicht zumuten.

Er begann ohne irgendwelche Erwartungen mit der Piazza di Montecitorio, an der das Parlamentsgebäude liegt. Er betrat eine Bar und stellte vorsichtige Fragen an den Barista. Es war natürlich nicht leicht, an einem heißen Sommernachmittag auf den Schneefall im Februar zu sprechen zu kommen. »Wissen Sie«, begann er das Gespräch, »dass ich draußen beinahe auf einer Portion Speiseeis ausgerutscht und hingeschlagen wäre?« Der Barkeeper tat entsetzt und wollte gleich nach draußen, um das Corpus delicti zu beseitigen.

»Aber nein, nicht nötig«, sagte Carlo schnell, »ich habe das schon mit einer Zeitung besorgt. Entsinnen Sie sich noch«, fuhr er fort, »des Schneefalls im Februar?« »Erinnern Sie mich nicht daran, ich bin damals frühmorgens aus der Haustür meines Hauses in Frascati getreten und sofort ausgerutscht. Dabei bin ich mit dem Hinterkopf aufgeschlagen, hatte eine Gehirnerschütterung und war eine Woche lang außer Gefecht!«

Der Gute war also an jenem Tag gar nicht hier in der Stadt gewesen!

›Nun ja‹, sagte sich Carlo, ›wäre ja auch ein Wunder gewesen‹, und er ging hinüber zum angrenzenden Platz, der Piazza Colonna, wo sich der Palazzo Chigi, der Sitz der Regierung, befindet. An dem großen internationalen Zeitungskiosk auf der einen Seite des Platzes, an der Via del Corso, studierte Carlo die ausliegenden Zeitungen und sagte sich, dass er diesmal nicht gut über Speiseeis auf den Februarschnee zu sprechen kommen konnte. Er versuchte es mit einer Frage nach der Februarnummer des Journals »Ski-Welt«.

Der Zeitungshändler teilte ihm kopfschüttelnd mit, dass dieses im Sommer gar nicht erscheine. Für so ein Exemplar müsse er sich an den Verlag wenden oder auf den nächsten Winter warten. Da ihm nichts mehr einfiel, fragte Carlo nun ohne Umschweife, ob er sich des Schneefalls im Februar erinnere und ob er damals hier bei seiner Arbeit gewesen sei. Der Mann bejahte. Ob denn das Zeltdach über seinem Stand den Schnee ausgehalten hätte.

»Als ich am Morgen hier aufgebaut habe, hatte es schon zu schneien aufgehört, und mittags war der Schnee schon wieder geschmolzen. Aber jetzt sagen Sie mir doch geradeheraus, was Sie wissen wollen.« Erleichtert fragte Carlo nun direkt, ob er sich vielleicht an einen Unfall auf dem Platz erinnerte, der eventuell durch einen Schneeballwerfer verursacht worden war und dessen Opfer ein Politiker, wahrscheinlich ein prominenter Politiker, gewesen war. Der Mann lachte: »Nein, den Schneeball hätte ich aber selber gern geworfen. Und ein Ziel hätte ich auch schon gehabt, aber der Kerl da drüben, anders als Mussolini seinerzeit, lässt sich ja nie auf dem Balkon blicken!«

Dabei zeigte er auf den schmalen Balkon, der auf dem ersten Stock des Palazzo Chigi um die Ecke zum Largo Chigi läuft und hinter dem sich das Büro des Premierministers befindet. Carlo wollte den Mann noch darüber aufklären, dass der berühmte Mussolini-Balkon nicht dieser sei, sondern sich auf der Piazza Venezia befände, aber der Zeitungsverkäufer hatte sich schon wieder einem Kunden zugewandt. ›Piazza Venezia‹, dachte Carlo daraufhin, ›warum eigentlich nicht?‹, und er machte sich auf den Weg die Via del Corso hinunter, an deren Ende das Marmordenkmal Vittorio Emmanueles II., von deutschen Touristen auch »Schreibmaschine«, von Amerikanern »Wedding-cake« genannt, weiß in der Sonne schimmerte.

Auf dem Weg dorthin bog er nach rechts ab zur Piazza della Pietra, hatte auch dort nicht mehr Glück und versuchte es auf einem seiner Lieblingsplätze, der Piazza di S. Ignazio, mit ihren geschwungenen Häuserfassaden die einzige Rokokopiazza Roms. Er setzte sich unter einen der Sonnenschirme vor dem Ristorante »Le Cave di Sant' Ignazio«, dessen Wirt Sabadino ihn erfreut begrüßte. Carlo ließ sich von ihm zu einem Teller Pasta alla matriciana überreden, trank eine ganze Flasche Ferrarelle-Mineralwasser und fragte den Wirt mutlos und ohne Umschweife nach einem prominenten Schneeballopfer aus. Sabadino erkundigte sich verwundert und besorgt nach Carlos Gesundheitszustand. Ja, ja, die Hitze. Carlo wollte zahlen, doch Sabadino winkte großzügig ab.

Carlo bedankte sich, stand tief durchatmend auf und ging mit müden Beinen weiter zur Piazza Venezia. Als er in den Platz einbog, sah er zur Linken, gleich neben dem Polizeirevier, eine winzige Bar und sank erschöpft in einen der zu engen Plastikstühle. Er schüttelte den Kopf über sich selbst und seinen naiven Glauben, mit diesem Prinzip des Zufalls weiterzukommen. Das war doch sonst nicht seine Art. Er musste die Sache methodisch angehen oder aufgeben. Aber das passte eben nicht zu ihm, zu Carlo Kroll!

Neben ihm, an einem der kleinen runden Tische, saß ein älterer Mann, der dabei war, Kreuzworträtsel zu lösen. Carlo schaute ihm so auffällig über die Schulter, dass der

Mann ihn, wie ein Kartenspieler einen Kiebitz, irritiert und unwirsch über die Schulter anblickte. »Entschuldigen Sie, kommen Sie oft hierher?«, fragte Carlo freundlich. »Jeden Tag seit meiner Pensionierung.« – »Ich sehe, Sie lösen Kreuzworträtsel«, und ohne seinem Gegenüber Gelegenheit zu geben, sich wieder seinem Rätsel zuzuwenden, fragte Carlo in einer tollkühnen Anwandlung:

»Ich wette, Sie wissen nicht, welcher Politiker auf diesem Platz im Februar dieses Jahres von einem Schneeball getroffen wurde!?«

»Antonutti!«, kam es wie aus der Pistole geschossen zurück, »aber das war nicht auf diesem Platz, sondern auf der Piazza Navona!«

Carlo blieb der Mund offen stehen. Antonutti! Die große graue Eminenz der italienischen Politik schlechthin, einige Male Premierminister und unzählige Male Minister in den oft wechselnden Regierungen der italienischen Republik. Seit ein paar Jahren Senator auf Lebenszeit, ein politisches Stehaufmännchen, gescheit, gewitzt und anscheinend unangreifbar.

Nun wusste jeder Römer, dass Antonutti ein fürstliches Appartement am Corso Vittorio Emmanuele II. besaß. Und jedermann wusste auch, dass der Christdemokrat ein sehr religiöser Mensch war, was ihm unter Freunden und Gegnern den spöttischen und doch respektvollen Spitznamen »Der Kardinal« eingetragen hatte, denn jeden Morgen vor der Arbeit wohnte er in der nahe liegenden Kirche S. Giovanni dei Fiorentini dem Gottesdienst bei, bevor er in sein Büro im Palazzo Montecitorio, dem Sitz des Parlaments, fuhr oder den Weg dorthin tatsächlich häufig zu Fuß ging, von seinen Leibwächtern in einiger Distanz gefolgt. Und die lang gestreckte Piazza Navona musste er, wenn er vom Corso Vittorio hinüber zum Palazzo Madama oder zum Parlament wollte, auf jeden Fall überqueren.

Der Mann hatte Carlos Staunen gar nicht mitbekommen und sich wieder in sein Rätsel vertieft. Vorsichtig klopfte ihm Carlo auf die Schulter:

»Wieso wissen Sie das? Das stand doch gar nicht in der Zeitung.«

»Es gehört eben zu meinem Beruf, das heißt zu meinem ehemaligen Beruf.«

»Was war denn Ihr Beruf?«

»Ich war 35 Jahre lang bei der Polizei!«

Am folgenden Mittag saß Carlo auf seinem angestammten Stuhl vor der Bar der Piazza Santa Maria in Trastevere. Er hatte kaum geschlafen. Den ganzen Tag hatte er nachgedacht. Gut, als Antonutti stürzte, hatten die zwei Leibwächter im ersten Augenblick vielleicht geglaubt, dass es sich um ein Attentat handelte und dass ihr Dienstherr von einem gefährlicheren Geschoss als einem Schneeball getroffen worden war, Antonutti war vielleicht selbst von einem lebensgefährlichen Geschoss ausgegangen, während er dramatisch in den schon etwas schmutzigen Schnee der Piazza Navona sank.

Aber wo war des Pudels Kern? War es nur Übereifer der Leibwächter, die den flüchtigen Pietro de Felice dingfest machten und durch eine herbeigerufene Funkstreife ins Gefängnis bringen ließen? – Aber in vier Monaten hätte sich die Harmlosigkeit des Vorfalls doch herausstellen müssen. Wieso war überhaupt ein Prozess ins Auge gefasst worden, auf den Pietro dann verzweifelt warten musste? Die offenen Fragen in Carlos Kopf wollten kein Ende nehmen.

In diesem Augenblick sah er, wie zwei auffällig in seine Richtung schauende Männer, die er gleich als »Bullen in Zivil« erkannte, auf seinen Tisch zusteuerten.

»Signor Carlo Kroll?«, fragte der eine von ihnen höflich. Carlo nickte. »Würden Sie uns unauffällig folgen?«, sagte der andere.

»Wohin und warum?«, fragte Carlo aufreizend ruhig zurück.

»Wenn Sie es wünschen, kann es auch auffällig geschehen«, meinte der Erste, leicht, aber gefährlich lächelnd, während er den Jackenschoß so weit zurückstreifte, dass ein paar am Gürtel baumelnde Handschellen sichtbar wurden. Carlo griff langsam in seine Hosentasche, und prompt gingen die Hände der Polizisten zu den versteckten Pistolen. Carlo zeigte beschwichtigend eine Hand voll Münzen auf der flachen Hand, zählte den geschuldeten Betrag für sein Getränk ab, kippte ihn auf die Aluminiumplatte des Tischchens und hievte seine hundertvierzig Kilo vom Stuhl hoch. Der dunkelblaue Wagen der Beamten stand am schmalen Zugang zur Piazza. Fast geschmeichelt nahm Carlo wahr, dass dahinter noch eine olivgrüne »Pantera«, der Streifenwagen der Carabinieri, wartete.

Die beiden Polizisten in Zivil wollten Carlo partout auf der Hinterbank in ihre Mitte nehmen, gaben den Versuch angesichts der Körpermasse Carlos aber auf. Der plumpste in den Fond, sodass das Fahrzeug Schlagseite bekam, und los ging die Fahrt mit Blaulicht und Sirene durch die engen Gassen Trasteveres. Carlo gelang es dabei, geschmeichelt dreinzuschauen. Das hatte er sich immer schon einmal gewünscht: Sirene und Blaulicht, aber keine Ambulanz, Gott bewahre!

Er stellte fest, dass die Fahrt in die Richtung des Piazzale Clodio ging. Der Wagen hielt schließlich im Hof des lang gestreckten, hässlichen Klinkerbaus, der seit ein paar Jahren an Stelle des baufälligen, am Tiberufer protzenden Palazzaccio als Justizpalast dient. In dem endlos langen Flur saßen Carlo und seine Begleiter wortlos fast eine halbe Stunde lang auf einer harten Holzbank. Schließlich erschien der Beamte, auf den man offenbar gewartet hatte, grüßte kurz angebunden und verschwand, in eine Wolke von Eau de Cologne gehüllt, in einem der Büros.

Nach einer weiteren Viertelstunde stand Carlo vor dem Schreibtisch, auf dem ein glänzendes Messingschild den Beamten als »Dottore F. Ricciardi, Sostituto Procuratore della Repubblica« auswies.

Der Unterstaatsanwalt (so übersetzte Carlo für sich den langen italienischen Titel), der Carlo viel zu jung für ein solches Amt erschien und eher wie ein eleganter Filmbeau wirkte, studierte seelenruhig Akten, während er von Zeit zu Zeit an einer Zigarette zog, die auf einer etwas zu langen silbernen Zigarettenspitze steckte. ›Wahrscheinlich hat ihm seine Mutter das Rauchen verboten, und mit dem Zigarettenhalter verhindert er braune Fingerspitzen!‹, dachte Carlo bei sich.

Nach einer kleinen Ewigkeit schaute der Justizbeamte auf, riss dabei mit einer theatralischen Geste seine modische Brille von der Nase, beugte sich vor und fragte: »Wissen Sie, warum ich Sie herbringen ließ?« So ähnlich hatte ihn auch schon der Kommissar gefragt.

»Ich nehme an, Sie werden es mir sagen«, entgegnete er doch schon ziemlich genervt.

»Ich darf Sie daran erinnern, dass Kommissar Bellini Sie gewarnt hat, auf eigene Faust die Arbeit der Polizei zu tun. Warum haben Sie sich nicht an seine Warnung gehalten?« Carlo zog es vor zu schweigen.

Der Staatsanwalt stand auf und ging, bei jeder Frage mit

einem metallenen Lineal auf seine Handfläche schlagend, hinter seinem Stuhl auf und ab.

»Woher kannten Sie Pietro de Felice?«

»Ich habe ihn nicht gekannt!«

»Wissen Sie, dass Pietro de Felice ein linksextremistischer Terrorist war?«

»Nein, das habe ich nicht gewusst«, sagte Carlo erschrocken und versuchte glaubhaft zu klingen.

»Waren Sie in der Bundesrepublik Deutschland Mitglied einer verbotenen linksextremistischen Vereinigung?«

»Nein«, versicherte Carlo. »Ich war nie in irgendeiner politischen Organisation.«

»Gehörten Sie zu den in Deutschland so genannten ›Sympathisanten‹ der RAF, der Baader-Meinhof-Bande?«

»Nein.«

»Nein? Haben Sie nicht einen Aufruf unterschrieben, der dafür warb, dem Andenken an einen in der Haft verstorbenen Terroristen einen Spielfilm zu widmen?« Carlo versuchte tief durchzuatmen. Er fühlte, wie seine Fußzehen ihr Gefühl verloren, er wollte aufstehen.

»Bleiben Sie sitzen!«, fuhr ihn der Schnösel an. »Haben Sie diesen Aufruf unterschrieben, ja oder nein?«

»Ja. Aber das war eine Gefälligkeit, die ich dem Regisseur des Films …«

»Das war eine offenkundige Sympathieerklärung für den Terrorismus. Und doch sagten Sie eben, Sie seien kein Sympathisant der Roten-Armee-Fraktion. Ich frage Sie jetzt: Hatten Sie in Italien jemals Verbindung mit den Brigate Rosse, den Roten Brigaden?«

»Nein.«

»Was wussten Sie vom geplanten Attentat de Felices auf einen hohen italienischen Staatsbeamten?«

»Attentat? Was für ein Attentat?«

»Stellen Sie sich nicht dümmer, als Sie sind! Wie lange kannten Sie Pietro de Felice?«

»Ich habe ihn nicht gekannt!«

»In einem Ihrer Bücher nennen Sie einen assyrischen Umstürzler Felice!«

»Felisar, nicht Felice!«, schrie Carlo, sich in seinem Stuhl krümmend. Er merkte, wie ihm der Schweiß in die Augen lief. Es war unerträglich heiß in dem kleinen Raum. In einer Ecke seines gemarterten Hirns fragte er sich, wieso dieser Dandy seine Bücher kannte.

»Darf ich ein Glas Wasser haben?«, fragte er schwer atmend.

»Etwas Besseres, fürchte ich, werden Sie in der nächsten Zeit auch nicht zu trinken bekommen.«

Carlo wollte etwas sagen, aber sein Hirn war leer, er spürte eine saure Übelkeit aus seinem Magen heraufkriechen. Der Staatsanwalt hatte sich wieder an seinen Schreibtisch gesetzt und füllte ein rosafarbenes Formular aus.

»Dies ist ein Haftbefehl«, sagte er, als wäre es ein Rezept für eine Arznei.

»Kann ich einen Anwalt anrufen?«, fragte Carlo leise. Der Beamte stand auf, ging zur Tür, und gleich darauf erschienen die beiden Männer, die ihn hergebracht hatten, bedrohlich hinter ihm.

»Bringt ihn weg!«, befahl er und gab einem der beiden den Zettel.

»Ich möchte mit einem Anwalt telefonieren! Ich habe das Recht auf einen Anwalt!«, wiederholte Carlo und wischte sich den Schweiß von Stirn und Hals. Der Staatsanwalt hatte sich schon wieder an seinen Schreibtisch gesetzt und sagte mit einem letzten Blick über seine Brillengläser:

»Die Botschaft der Bundesrepublik Deutschland wird von uns verständigt.«

Eine Stunde später bezog Carlo Kroll eine Einzelzelle im Gefängnis Regina Coeli. Das ist eines der ältesten Gefängnisse Italiens, in jeder Beziehung veraltet, und sollte schon zu Mussolinis Zeiten abgerissen werden, nicht wegen der schlimmen Verhältnisse im Innern, sondern weil der Diktator eine breite Treppe unterhalb des Garibaldi-Reiterstandbildes vom Gianicolo hinunter bis zum Tiber geplant hatte. Dieser Anlage sollte der weitläufige Gefängniskomplex weichen.

Wie man weiß, kam es nicht dazu, und so hockte Carlo nun in der brüllenden Hitze dieser ersten Julitage in einer engen Zelle. Anstelle des Fensters gab es schräg gemauerte Schlitze, die keinen Ausblick nach draußen gewährten und auch kaum Licht und Luft hereinließen. Am Abend hörte man die Rufe der Insassen und deren Angehöriger, wie sie vom Gianicolo herab und vom Gefängnis hinauf Namen riefen und Botschaften austauschten.

Am nächsten Morgen beim Hofgang traf Carlo einen alten Bekannten aus Trastevere wieder. Nazareno de Angelis war ein noch junger, hübscher Kerl aus der trasteverinischen Diebesmafia. Offiziell war er Automechaniker, trieb aber, das wusste jeder, lebhaften Handel mit gestohlenen Autos und kam daher unvermeidlich immer wieder mit dem Gesetz in Konflikt.

Nazareno begrüßte Carlo recht heiter und war offenbar gar nicht erstaunt, ihn in dieser Umgebung wiederzusehen. Er lag auf dem Zementboden des Gefängnishofes so locker, als befände er sich am Strand von Ostia. Jacke und Unterhemd hatte er zusammengerollt unter seinen Kopf geschoben. Sein nackter, athletischer Oberkörper war sonnengebräunt. Offenbar ging es ihm gut. Carlo zog seine Jacke aus und setzte sich neben ihn.

»Was haben sie dir denn angehängt? Warum bist du hier?«, fragte Nazareno. In kurzen Worten erzählte Carlo die Schneeballgeschichte. Als er zu dem Selbstmord de Felices in der Zelle kam, schüttelte Nazareno ungläubig den Kopf.

»Wenn das ein Selbstmord war, lass ich sie mir abschneiden!«, lachte er und unterstrich seine Worte mit einer sehr italienischen Geste.

»Es ist ja erst ein paar Tage her, und ich erinnere mich sehr gut an diesen de Felice. Er war alles andere als ein deprimiertes Würstchen. Er war voller Energie und agitierte hier im Hof für seine politischen Ideen.«

»Wer könnte ihn denn umgebracht haben?«, fragte Carlo, und Nazareno erwiderte:

»Schau dich einmal hier um. Ich sehe auf Anhieb drei oder vier Typen, die mit Handkuss einen Mord begehen würden.« Der Handkuss, so viel verstand Carlo, war eine Anspielung auf die Mafia.

In der Zelle zurück, verwünschte Carlo zum ersten Male seine Neugier. Der Schneeball, den Pietro de Felice geworfen hatte, war größer und größer geworden und drohte nun ihn, Carlo Kroll, zu erdrücken, und er selbst hatte ihn ins Rollen gebracht!

Am nächsten Morgen wurde er in den Besucherraum gebracht, wo ihn ein Herr Füssel begrüßte, der sich als Attaché der deutschen Botschaft vorstellte.

»Da sind Sie aber in eine böse Geschichte hineingetappt Herr Kroll. Und das ganz durch Ihre eigene Schuld.«

Carlo gab sich zerknirscht. Es tue ihm ja Leid, seine Nase in diese Geschichte hineingesteckt zu haben, es sei aber nur aus schriftstellerischer Neugier geschehen, und er sehe immer noch nicht ein, wieso aus so einer augenscheinlich harmlosen Begebenheit ein politischer Fall werden konnte. Schließlich ginge es doch anfänglich nur um einen Schneeball, von dem, zugegeben, anscheinend ein prominenter Politiker getroffen worden, dabei aber keineswegs zu Tode gekommen war, sodass es schwer falle, die ganze Aufregung zu verstehen. Dann habe es sogar einen Toten gegeben, und er, Carlo, sei im Gefängnis gelandet, ohne eine erkennbare Straftat begangen zu haben. Und das alles nur, weil ein Politiker wegen eines Schneeballs, den ein ehemaliger Terrorist nach ihm geworfen hat, Amok zu laufen beginne. Außerdem habe er nach zwei Tagen Haft noch immer keinen Anwalt.

Füssel hatte geduldig zugehört. Er war ein etwas rundlicher, gemütlicher Endvierziger. Er setzte sich Carlo gegenüber an den langen Tisch, bot ihm eine dünne Filterzigarette an, die der jedoch ablehnte, und zündete sich selbst eine an.

»Sie haben Recht, wenn Sie an dem Schneeball zweifeln. Der Schneeballwurf de Felices war keiner, er war etwas ganz anderes. Der Exterrorist hatte immer noch eine alte Rechnung mit Antonutti offen, aus Zeiten, als dieser Verteidigungsminister gewesen war und die Polizei unter sich hatte. Nicht dass er Antonutti nach dem Leben getrachtet hätte, die Zeiten waren vorbei. Er arbeitete seit Jahren als erfolgreicher Pressefotograf, stellte Antonutti seit langem nach und lauerte darauf, ihn einmal in einer kompromittierenden Situation ›abzuschießen‹, um ihn mit einem solchen Foto möglicherweise zu erledigen.

Nun nehmen wir an, dass er an jenem Morgen auf der Piazza Navona den Augenblick gekommen sah. Wer sich da in Gesellschaft des Senators befand, wissen wir nicht.

In der Tat hatten Kinder auf der Piazza Navona sich mit Schneebällen beworfen, und das hatte den alten Fuchs Antonutti während der rutschigen Fahrt in sein Büro auf die Idee gebracht, sich als anonymes Schneeballopfer hinzustellen, falls es nicht gelingen sollte, den besagten Vorfall vor der Öffentlichkeit und vor allem der Presse ganz geheim zu halten, und so blieb sein Name unerwähnt, und aus de Felice wurde ein von der Braut verlassener arbeitsloser armer Teufel, der mit Schneebällen um sich warf. Man hatte den ›Attentäter‹ dingfest gemacht, und als man ihn identifiziert hatte, wurde er ins Gefängnis gesteckt. Damit glaubte man erst einmal, dass die Sache wie so oft unter den Teppich gekehrt sei.

Der Selbstmord de Felices brachte die Angelegenheit wieder ans Tageslicht und in die Zeitung, und hier ging es nun darum, den Vorfall so weit wie möglich herunterzuspielen und vor allem den Politiker herauszuhalten.

Dass dies nicht ganz funktionierte, sieht man daran, dass Sie anfingen nachzufragen. Ihr allzu auffälliges Interesse an dem Fall kam den Leuten um den Senator sehr ungelegen zu einer Zeit, als man mit der Meldung von de Felices Selbstmord geglaubt hatte, der Fall sei endgültig abgeschlossen.

Jetzt kann ich Ihnen auch den Vorfall schildern, wie er sich uns darstellt. Das tue ich allerdings nur unter der Bedingung, dass Sie mir Ihr Ehrenwort geben, es gleich wieder zu vergessen. Also: Kein Wort über die ganze Sache, und das gilt für jede Äußerung, schriftlich oder mündlich und für alle Zeiten.«

Carlo nickte nur, was Füssel als Ausdruck seines Ehrenwortes zu genügen schien. Er blickte zu dem Gefängniswärter, der in der Nähe der Tür stand, ab und zu mit seinem schweren Schlüsselbund klapperte und kaum an der Unterhaltung interessiert war, die ja auf Deutsch geführt wurde, und es war nicht anzunehmen, dass der Wärter auch nur ein Wort verstand. Füssels Stimme sank dennoch zum Flüstern herab, als er sein Geheimnis lüftete:

»Die Sache ist eigentlich ganz einfach, wäre auch kaum die ganze Aufregung wert, wenn Antonutti nicht den Ruf eines treuen, erzkatholischen Ehemanns hätte. Aber an jenem Morgen, als er nicht in Begleitung seiner Frau, die krank in einer römischen Klinik darnieder lag, aus der Kirche, sondern gut vermummt aus einem Haus in der Via Monserrato trat, war er in Begleitung, ebenfalls mit Hut und Schal unkenntlich gemacht. Wir nehmen an, dass es sich um eine Dame handelte, deren Existenz und Identität Antonutti auf keinen Fall der Öffentlichkeit preisgeben wollte und von der er sich mit einem Kuss auf der Piazza verabschiedete. In diesem Augenblick muss de Felice den Politiker fotografiert haben und hatte, bevor Antonuttis Leibwächter eingreifen konnten, die Flucht ergriffen. Nach einer längeren Jagd wurde er schließlich gestellt, jedoch ohne seine Kamera mit dem kompromittierenden Film. Es war nicht ganz einfach, das Geschehene unter Kontrolle zu halten und dafür zu sorgen, dass der Vorfall nicht öffentlich wurde. Wir glauben auch, dass de Felice massiv unter Druck gesetzt wurde, um herauszubekommen, wo der Film geblieben war, denn man musste befürchten, dass die Fotos einer Zeitung oder einer Agentur zugespielt würden. Wie es gelang, den Vorfall zu bagatellisieren, wissen wir nicht, aber sicher war es der Schnee, der dabei die größte Hilfe leistete, denn nur ein so ungewöhnliches Phänomen wie Rom unter einer dicken Schneedecke machte es möglich, die ganze Angelegenheit zu vertuschen. Auf Kosten einiger Leidtragender, des Fotografen Pietro de Felice und auf – Ihre, lieber Kroll!«

Carlo hatte ungläubig zugehört. Das alles konnte doch nicht wahr sein. Schließlich saß er, Carlo Kroll, in dieser unrealen, völlig undurchsichtigen Geschichte ganz real im Kittchen. Darum platzte ihm beinahe der Kragen.

»Sie erzählen mir hier Klatschgeschichten, Herr Füssel, geben mir zu verstehen, dass ich in eine heikle politische Intrige verwickelt bin – sagen Sie mir lieber, wie ich hier rauskomme!« Füssel machte ein nachdenkliches Gesicht.

»Ich fürchte, Sie verstehen Ihre Lage immer noch nicht. Sie werden durch uns einen Vertrauensanwalt bekommen, aber die Italiener stehen auf dem Standpunkt, dass staatsgefährdende Vergehen, ja schon der Verdacht auf terroristische Machenschaften, die demokratischen Bürgerrechte weitgehend außer Kraft setzen. Wie viel mehr bei einem Ausländer. Sie kommen sicher bald auf freien Fuß, wenn Sie die eine Bedingung erfüllen, die man Ihnen stellt. Sie dürfen diese Geschichte unter keinen Umständen benützen oder in irgendeiner Form veröffentlichen. Man hat Ihnen gegenüber auch Mittel, dieser Forderung Nachdruck zu verleihen, Sie könnten als Persona non grata des Landes verwiesen werden.

Der Senator hat seinen guten alten Freund, den deutschen Außenminister Genscher, angerufen, der übrigens Ihre Bücher mag, und der hat dann meinen Vorgesetzten, den deutschen Botschafter in Rom, in diese Angelegenheit eingeschaltet. Sie sehen, Ihr Schneeball, der keiner war, droht eine Lawine zu werden, und wir müssen sehen, dass wir den Schaden begrenzen, und deshalb bin ich hier.«

Während der Darstellung Füssels war Carlo nur eine Frage durch den Kopf gegangen: ›Wenn das Ganze verschwiegen werden sollte, warum dann überhaupt eine Zeitungsnotiz?‹ Vielleicht gab es einen anderen Grund, die Angelegenheit geheim zu halten. An die Sache mit der

Frau, die in Begleitung Antonuttis war, konnte Carlo nun gar nicht glauben. Denn man konnte Antonutti für raffiniert, hinterhältig, korrupt und was auch immer halten, aber eines war er gewiss nicht: ein ›Homme à femmes‹. Es musste irgendeine andere Geschichte dahinter stecken, und Carlo fragte sich, ob Füssel die ganze Wahrheit zurückhielt oder sie vielleicht selbst nicht einmal kannte. So versuchte Carlo in einem Anfall von Tollkühnheit in das Wespennest hineinzustechen:

»Ich muss mich wundern, dass Sie, und damit die Bundesrepublik Deutschland, sich vor diesen schmutzigen Karren spannen lassen.«

Füssel wurde schlagartig ernst und ungemütlich.

»Was reden Sie da, Mann?« Carlo legte nach:

»Sie glauben doch nicht im Ernst, dass de Felice sich deprimiert in seiner Zelle erhängt hat? Er wurde schlicht und einfach umgebracht! Sie wissen selbst, hier sitzen so viele Mafiosi, die kein Problem haben, einen solchen von draußen kommenden Auftrag auszuführen, mehr brauche ich Ihnen doch nicht zu sagen.« Jetzt war es an Füssel, betroffen dreinzuschauen.

»Haben Sie dafür Beweise?«, fragte er sich räuspernd.

»Natürlich nicht! Aber hier drinnen gilt das als sonnenklar. Fragen Sie einmal herum.« Es entstand eine lange Pause. Füssel rauchte und dachte nach. Dann stand er abrupt auf, drückte den Zigarettenstummel in einer mit Sand gefüllten Blechdose aus und sagte leise, jedes Wort betonend:

»Was Sie da sagen, ich meine, wenn Sie Recht hätten, würde das natürlich die ganze Sachlage ändern. Wenn es nicht um eine kleine Gefälligkeit in einer harmlosen Weiberaffäre geht, sondern um einen schmutzigen politischen Mord, dann kann unsere Seite, ich meine die Botschaft der

Bundesrepublik Deutschland, nichts mehr für Sie tun. Ich werde höchstens dafür sorgen können, dass Sie einen Anwalt bekommen. Dann muss der den Karren aus dem Dreck ziehen, in den Sie ihn gefahren haben. Haben Sie selbst keinen Anwalt?«

Carlo hatte es in all den Jahren vermieden, mit dem Gesetz in Berührung zu kommen, und schüttelte den Kopf.

»Soll es ein deutscher oder ein italienischer Anwalt sein?«, fragte Füssel. Carlo überlegte nicht lange und sagte:

»Keinen deutschen.«

»Ich werde sehen, was ich für Sie machen kann.« Damit gab er dem Wärter ein Zeichen aufzuschließen und verließ grußlos den Raum. Carlo wurde in seine Zelle geführt. Er schwitzte und zog sich bis auf die Unterhose aus. Aber diesmal war es nicht die Hitze. Er hatte plötzlich Angst. Angst, wegen dieser blöden Geschichte vielleicht sogar umgebracht zu werden. Als es Zeit für den Hofgang wurde, weigerte er sich, daran teilzunehmen. Er dachte an die finsteren Typen, auf die Nazareno de Angelis ihn aufmerksam gemacht hatte und von denen einer vielleicht Pietro de Felices Mörder war. Am nächsten Morgen sehr früh wurde Carlos Zelle aufgeschlossen, und ein sehr veränderter, aufgeräumter Füssel trat in die Zelle. Er warf eine Hand voll Zeitungen, La Repubblica, Il Messaggero, Il Tempo und l'Unità auf Carlos Pritsche: »Schauen Sie sich das an!«

Auf den Titelseiten der Blätter prangte, wenn auch in verschiedenen Größen, das gleiche Foto, das zwei Männer auf einer schneebedeckten Piazza zeigt. Beide tragen dicke Schals und Hüte. Der eine Mann war leicht als Antonutti zu erkennen, mit seiner dicken Brille, den schmalen Schultern unter dem kurzen Hals und den trotz Hut erkennbaren, grotesk abstehenden Ohren. Man sah, wie er sich zu dem etwas kleineren, untersetzten Mann beugte, als küsse er ihn. Carlo las die Schlagzeilen: »Der Senator und der Mafiaboss«, »Der Kuss des Kardinals!«, »Antonutti ein Mafioso?«. Und unter den Schlagzeilen, etwas kleiner gedruckt: »Antonutti mit dem Boss der Bosse«, »Der Politiker enger Verbindungen mit der sizilianischen Mafia angeklagt«, »Opposition fordert Aufhebung der Immunität«.

Carlo nahm den Messaggero zur Hand. Das Foto zeigte unverkennbar die Piazza Navona unter einer Schneedecke. Es konnte sich nur um ein Foto handeln, das an jenem Schneetag auf der Piazza Navona entstanden war und das Antonutti jetzt doch noch zum Verhängnis geworden war. Bei seiner Flucht vor den Leibwächtern musste es de Felice mit Hilfe eines Freundes gelungen sein, sich der Kamera mit dem explosiven Film zu entledigen und diesen einer Presseagentur zukommen zu lassen.

Jetzt wurde Carlo auch klar, dass man Pistilli offenbar gezwungen hatte, das Foto verschwinden zu lassen, den Artikel zu verfälschen und von der ersten Seite in den Lokalteil zu verbannen. Ganz konnte man das Ereignis offensichtlich nicht mehr verschweigen, da es zu einer Menge Gerüchte, und nicht nur in den römischen Bars, geführt hatte.

Unter dem Zeitungsbild las Carlo, sehr klein gedruckt: Foto: de Felice.

»Sie sind ein Glückspilz«, lachte Füssel gemütlich, »wir nehmen an, dass Antonutti jetzt andere Sorgen hat, als Ihre Geschichte mit Pietro de Felice weiter zu verfolgen!«

Carlo saß am gleichen Abend wieder vor seiner Stammkneipe in Trastevere und erholte sich von der Gefängnisküche. Selbst Leo, sein sardischer Wirt, staunte über Carlos Appetit, aber der verriet ihm nicht den Grund für die Diät der letzten Tage. Er hat über den Schneeball niemals ein Buch geschrieben, nicht einmal raffiniert verschlüsselt in einem seiner mesopotamischen Wälzer. Auch hat er darüber mit (fast) keinem Menschen gesprochen …

Girotondo

Römischer Ringelreihen

Wenn man am östlichen, dem Zentrum Roms zugewandten Ufer des Tibers entlangwandert, bemerkt man kaum die in größerem Abstand voneinander am Wasser gelegenen flachen Gebäude, die neben den unzähligen prächtigen Fassaden der Ewigen Stadt recht unauffällig wirken. Nur die glänzenden Messingschilder neben dem Eingang verraten, dass wir es mit Tennis- oder Ruderklubs zu tun haben, Vereine ehemals feiner Sportarten, die zwar in den letzten Jahrzehnten seit der aufkommenden Mode des Golfspiels etwas ins Hintertreffen geraten sind, doch wenn man durch die Vorräume auf die dem Fluss zugewandte Terrasse gelangt, sieht man beeindruckt, wie dem Tiber in den sanften Flussbiegungen das Terrain für Tennisplätze, Swimmingpools und lang gezogene Klubräume abgerungen wurde.

Hier hat so mancher Römer, der auf sich hält, seinen Circolo, das italienische Wort für Klub. Diese Circoli nennen sich »Circolo Canottieri Lazio«, »Circolo di Tennis Roma«, »Circolo Nautico Romolo e Remo« oder so ähnlich.

Man könnte fragen, warum man diese Klubs so zentral an dem räumlich so begrenzten Tiberufer angelegt hat, und die Antwort wäre in der vergangenen Zeit zu suchen, als die wohlhabenden Römer, vor allem nach dem Krieg, das ziemlich verkommene Zentrum verlassen hatten, um in neuen eleganten Vierteln zu wohnen. Ihr Arbeitsplatz war dabei häufig im Zentrum geblieben, es war die Zeit, als Anwälte, Ärzte oder hohe Beamte sich ihren Arbeitstag noch so einteilten, dass sie vormittags in ihren Kanzleien, Praxen oder Ministerien arbeiteten, dann die Mittagspause, die von zwölf bis vier oder fünf dauern konnte, nicht zu Hause, sondern im Klub verbrachten: zum Mittagessen, bei der Siesta am Swimmingpool oder im Schatten der Sonnenschirme auf den Terrassen, auf dem Tennisplatz oder sogar im Ruderboot auf dem meist schmutzig gelben Wasser des Tibers, um danach wieder ohne lange Wege an ihren Arbeitsplatz zurückzukehren.

Heute ist es längst nicht mehr so schwierig, in einen solchen Circolo aufgenommen zu werden wie in der Vorkriegszeit und noch in den 60er oder 70er Jahren. Man musste damals zu den Familien des römischen Großbürgertums gehören oder ein nicht unbeträchtliches Vermögen, einen tadellosen Leumund und zwei Mitglieder als Bürgen nachweisen. Und selbst dann wurde erst noch in einer Mitgliederversammlung abgestimmt, ob der Anwärter der Aufnahme würdig war. Es war ein offenes Geheimnis, dass selbst der berühmte Schauspieler Vittorio Gassman dreimal scheiterte, bevor er in einem solchen Circolo aufgenommen wurde. In der heißen Debatte darüber gaben nicht seine Prominenz, sein gutes Aussehen oder sein hervorragendes Tennisspiel den Ausschlag, sondern dass er seinen wegen zu vieler Affären angeschlagenen Leumund durch seine dritte Ehe zufriedenstellend reparieren konnte.

In diesen Circoli wurde im Sommer sicher viel Tennis gespielt, die ganz jungen Burschen ruderten auch im Winter, die Hauptbeschäftigung vor allem an den grauen Wintertagen war aber das feine Bridgespiel oder für die Jüngeren das populäre Tresette, verbunden mit dem Austausch der letzten Klatschgeschichten. Das Mittagessen in den meist ausgezeichneten Klubrestaurants blieb hingegen für die weniger sportlichen, älteren Mitglieder hauptsächlich den geschäftlichen Begegnungen mit interessanten Gästen vorbehalten.

Der Circolo, in dem unsere Geschichte ihren Ausgang nimmt, nennen wir ihn »Circolo Flaminio«, war damals, in den frühen 70er Jahren, noch einer der exklusivsten Circoli der Stadt.

Gabriella Savelli entstammte einer der alten römischen Familien, die allerdings im Gegensatz zu den Borgheses, Orsinis und Collonas seit Generationen verarmt war und nicht mehr in dem verschuldeten, an eine Textilfirma vermieteten Familienpalast der Innenstadt wohnte. So war Gabriella im feinen Parioli aufgewachsen. Der Name Savelli und wohl auch ihre außergewöhnliche Schönheit genügten aber, ihr als junger Studentin die Tür zum Circolo Flaminio zu öffnen.

Nach einem abgebrochenen Studium an der Akademie der Schönen Künste trat sie in die Immobilienagentur einer Freundin ein, die reichen Italienern und Ausländern exklusive Wohnungen vermittelte. Nach ihrer Heirat mit Fausto Ferreri, einem jungen, Erfolg versprechenden Anwalt, gab sie diese Beschäftigung auf und führte danach – ihre Ehe blieb kinderlos – das nicht allzu aufregende Leben vieler Ehefrauen der besseren römischen Gesellschaft. Gabriella begann sich zu langweilen.

Nach ihrer Heirat hatten sie und ihr Mann Fausto eine Wohnung im Zentrum, dem so genannten Centro Storico bezogen. Dort haben die Nachbarn sie, zumindest anfangs, als ›La Straniera‹, die Ausländerin, bezeichnet – wegen ihres fremden Akzents der ›Pariolina‹, der sich vom

›Romanaccio‹ der innerhalb der aurelianischen Stadtmauer lebenden Römer unterscheidet. Ja, die waschechten Nachfahren der Plebejer haben feine Ohren!

Die Wohnung der Ferreris, ein romantischer Attico, so nennt man in Rom die oberste Etage, mit einer Terrasse darüber, dem Superattico, lag in einer engen Straße unweit der Piazza Navona. Gabriella hatte die Wohnung ganz nach ihrem guten Geschmack eingerichtet.

Von der Terrasse aus hatte man über die Dächer der Vecchia Roma, des alten Rom, wie das Zentrum im Gegensatz zur Roma Antica, dem antiken Rom, auch genannt wird, einen beneidenswerten Blick über die Dächer der Stadt, auf die Uhrtürme und die Kuppel von Sant'Agnese, der schönen Kirche Borrominis auf der Piazza Navona, auf die spiralförmige Spitze der Torre della Sapienza, ebenfalls von Borromini, dann weiter über die flache Kuppel des Pantheons bis weit hinauf zur Villa Medici.

Damals war es für wohlhabende Bürger bis in die frühen 70er hinein ein Wagnis, im Zentrum zu wohnen, als noch die römischen Diebe in den dunklen Vierteln der Vecchia Roma hausten, bevor sie allmählich vor den Ausländern und Künstlern gegen gesalzene Abfindung das Feld räumten. Nur Trastevere, auf der Westseite des Tibers gelegen, blieb fest in der Hand der Diebe und ist es zum Teil auch heute noch.

Gabriella hatte gerade zum dritten Mal ihren vierzigsten Geburtstag verschwiegen, war aber immer noch eine sehr schöne, jugendliche Frau, sportlich, aber auch mit vielen anderen Interessen. Vor über zehn Jahren hatte sie Fausto Ferreri als ihren Bräutigam in den Circolo eingeführt, er glich mit seinen kurz gelockten Haaren und den ungewöhnlich blauen Augen dem jungen Paul Newman und war ein passabler Tennisspieler. Aber er schien sich im

Circolo nicht wirklich wohl zu fühlen, das Tennisspielen hatte er wegen eines Bandscheibenvorfalls früh aufgeben müssen. Neben seiner Tätigkeit als Anwalt hatte er sich eine Zeit lang politisch engagiert, sich dann aber enttäuscht aus der korrupten italienischen Politik zurückgezogen, um sich ganz auf seine Anwaltstätigkeit zu beschränken und als außergewöhnliches Hobby das Esperanto, jene etwas antiquierte Hilfssprache Zamenhofs, zu studieren.

Fausto war ein vielseitig gebildeter Mann, doch über welches Thema man sich mit ihm auch unterhielt, es gelang ihm, jedes Gespräch früher oder später unweigerlich auf die Vorzüge des Esperanto zu lenken, und so hielten manche ihn für etwas humorlos und skurril, um nicht zu sagen langweilig.

Der Eindruck täuschte. Fausto war im Grunde ein ganz normaler italienischer Ehemann, einer von Millionen, die sich nach früher Ehe und Erreichen eines gehobenen Lebensstandards eine Garçonniére und eine Geliebte zulegen.

Denn auch Fausto pflegte schon seit seinem fünften Ehejahr eine galante und etwas ungewöhnliche Beziehung zu einer gar nicht mehr so jungen Schwedin, die ihm seinerzeit das Esperanto nahe gebracht hatte. Sie sahen sich zwar nur sporadisch anlässlich realer oder angeblicher Esperantotagungen, schrieben einander aber in der Zwischenzeit durch die Wortarmut des Esperanto zwar beschränkte, doch nicht weniger glühende Liebesbriefe. Die Botschaften der Geliebten erreichten Fausto natürlich in seiner Kanzlei. Nach drei Jahren etwa wurden ihm aber von dort, zusammen mit Berufspost, irrtümlich einige dieser Briefe in den Urlaub nachgeschickt. In diese warf, durch das ungeschäftsmäßig elegante Briefpapier aufmerksam geworden, Gabriella, was eigentlich nicht ihre Art war, einen Blick. Da das Esperanto aus Wortstämmen hauptsächlich romanischer Sprachen besteht, musste sie nicht Esperanto studiert haben, um den Inhalt zu begreifen. Erst Monate später hatte sie bei einem Ehestreit dem verblüfften Ehemann die sehr persönliche Anrede auf Esperanto aus den Briefen der Geliebten an den Kopf geworfen und damit für einen dauerhaften Waffenstillstand gesorgt.

Für Gabriella hatte Fausto aber vor allem den Fehler, dass er sich nicht genügend um sie kümmerte. So hatte sie aus Trotz und Langeweile wenig später dem Werben Ricky Riccis, ihres wesentlich jüngeren, blendend aussehenden Tennispartners nachgegeben.

Ricky war damals einer von diesen italienischen »figli di papà«, den Vatersöhnchen, diese Spezies der sorglosen Söhne eines reichen Papas, und genoss in der römischen Gesellschaft den Ruf eines Latin Lover, wie man damals sagte. Er pflegte seinen schönen Körper am Swimmingpool des Klubs von den ersten Märzsonnenstrahlen an zu bräunen und den bewundernden Blicken der Klubdamen auszusetzen.

Sein Großvater war einer der Gründer des Circolo Flaminio, und so war Ricky der Platzhirsch, ein in allen im Circolo gefragten Disziplinen ausgezeichneter Partner, und für Gabriella war es anfangs durchaus ein beneidenswerter Erfolg, sich die besondere Zuneigung Rickys zu erobern. Er hatte sie in einer besonders lauen Sommernacht – ihr Mann war zu einem Esperanto-Kongress nach Genf gefahren – zu einer nächtlichen Ruderpartie auf dem Tiber eingeladen, die allerdings bald an einer Péniche, dem Hausboot eines guten Freundes, endete. An Bord war ein Souper bei Kerzenlicht vorbereitet. Ricky mochte als oberflächlich gelten, aber er besaß Stil.

Sein Fehler in Gabriellas Augen war, dass er, anders als

ihr Ehemann, zu viel Zeit hatte, um mit zu vielen Damen innerhalb und außerhalb des Klubs zu flirten. Ricky hingegen wurde das zunehmende Gemunkel über sein Verhältnis mit Gabriella ungemütlich und etwas peinlich, sodass insgeheim beide sich ein Ende ihrer Beziehung wünschten. Ricky beschloss, dies auf altmodische Weise mit einem Abschiedsgeschenk zu versuchen. Wie gesagt: Er hatte Stil. Er schenkte Gabriella ein Schmuckstück, einen eleganten, dennoch sportlichen, auffallenden, jedoch nicht protzigen Ring. Die Fassung in Weißgold war geschmackvoll, der Stein ein nicht zu blasser Saphir, an dessen Seiten je drei Reihen kleiner Baguettes von gelben Saphiren liefen. Das traf ganz Gabriellas Geschmack. Sie war gerührt, die endgültige Trennung wurde auf eine weniger sentimentale Gelegenheit verschoben.

Was nun den Ring betraf, gab es allerdings eine Schwierigkeit. Gabriella konnte ihn leider nicht in aller Öffentlichkeit tragen, vor allem natürlich nicht in Gegenwart ihres Mannes. Sie wollte aber den Ring offen genießen, dazu gehörte auch, dass ihre Freundinnen ihn bewundern konnten.

Eines Tages kam ihr eine verrückte Idee: Während eines Abendessens mit ihrem Mann im »Bolognese«, einem bekannten und recht eleganten Restaurant an der Piazza del Popolo, nahm sie vor dem Verlassen der Toilette den Ring aus ihrer Handtasche. Als sie an ihren Tisch zurückkam, sagte sie zu Fausto:

»Schau mal, was ich auf der Toilette gefunden habe. Sicher ist er nicht echt, aber es ist ein schöner Ring. Wenn sich die Eigentümerin nicht meldet, glaube ich, werde ich ihn behalten.« Doch Fausto erwiderte streng:

»Das wirst du nicht tun! Echt oder nicht, du hast ihn gefunden und wirst ihn zurückgeben.«

Er rief den Oberkellner Giovanni an den Tisch und sagte ihm, dass seine Frau einen Ring in der Toilette gefunden habe. Man wisse nicht, ob er echt oder unecht sei, aber falls er echt sei, werde sich die Besitzerin sicher bald melden. Er ließ sich den Ring von Gabriella geben und reichte ihn mit spitzen Fingern an Giovanni weiter. Der könne sich ja schon einmal bei den Damen an den Tischen des Lokals erkundigen, ob keine einen Ring auf der Toilette vergessen hätte.

Eigentlich hätte sich Gabriella die Reaktion ihres Mannes denken können. Sein Rechtsbewusstsein war sprichwörtlich. Sie war wieder einmal zu leichtsinnig gewesen, und nun – zu dumm! – hatte Giovanni den Ring. Jetzt hieß es schnell handeln, um den Ring wieder zurückzubekommen.

Sie könnte morgen wieder hierher kommen und den Ring zurückverlangen. Dazu müsste sie allerdings Giovanni die Wahrheit sagen. Das wäre zu gefährlich. Giovanni war als Klatschtante bekannt, und es wäre doch sehr peinlich, wenn eine solche Geschichte über sie in Umlauf käme. Nein, nicht sie selbst konnte den Ring zurückfordern. Aber wer? –

Eine Freundin von ihr könnte sich bei Giovanni melden und den Ring als den ihren zurückverlangen. Aber welche Freundin oder Bekannte? Es durfte ja niemand sein, den ihr Mann kannte. Wer also? –

Da fiel ihr Valeria ein, eine Freundin, eine sehr hübsche und amüsante Freundin aus jüngerer Zeit, die sie ihrem Mann lieber nicht vorgestellt hat, man weiß ja nie.

Gabriella hatte sie als Reisebegleiterin auf einer Safari in Kenia kennen gelernt, die sie im Frühjahr mit einer ganzen Gruppe junger Frauen unternommen hatte. Valeria Zanin war mit kaum dreißig die jüngste und attraktivste ihrer Reisegesellschaft und hatte mit ihrem Witz und ihren Einfällen die ganze Truppe immer wieder zum Lachen gebracht.

Valeria stammte aus Venedig und hatte ihren sympathischen, melodiösen Dialekt der Lagunenstadt beibehalten. Als sie achtzehn war, hatte sie an Venedigs Lido bei einem Masken-Wettbewerb ein preisgekröntes Karnevalskostüm vorgeführt. Der Preis für die Trägerin war ein Kursus auf einer Mailänder Mannequin-Schule, und danach bot ihr der Modeschöpfer Emilio Schuberth einen gut dotierten Fünfjahresvertrag in der hochgewachsenen, schlanken Schar seiner Mannequins an. Anfangs genoss Valeria ihren Beruf, der mit Reisen nach Paris, Berlin, New York, ja sogar Moskau verbunden war. Doch die Arbeit in den Fotostudios war hart, die strenge Diät, die ihr vertraglich auferlegt war, machte der lebenslustigen Valeria immer mehr zu schaffen.

Eines Tages stürzte Ennio Flaiano, der große Autor und Journalist, in der Via Condotti aus der Tür des Café Greco, warf sich vor Valeria dramatisch auf die Knie und rief: »Signorina, ich flehe Sie an: Essen Sie!!!« Diese viel belachte Szene wurde für Valeria zu einem Schlüsselerlebnis. Sie warf ihre Diät über Bord und aß. In kurzer Zeit hatte sie einige Kilos zugelegt, und als sie bei der nächsten Modenschau nicht mehr in die Kleider der Sommerkollektion passte, kündigte Emilio Schuberth ihren Vertrag. Sie arbeitete nun in einem Reisebüro, und die gelegentliche Tätigkeit als Reisebegleiterin bot ihr ausgiebige Möglichkeiten zu Reisen in ferne Länder, die sie über alles liebte.

›Ja, Valeria wäre genau die Richtige‹, dachte Gabriella. Sie rief noch einmal Giovanni an den Tisch:

»Wissen Sie was, Giovanni, ich lasse Ihnen meine Adresse da. Falls die Besitzerin des Rings sich meldet, ist ja alles in Ordnung. Wenn er echt ist, möchte sie sich vielleicht bei mir bedanken. Wenn er nicht echt ist und nicht reklamiert wird, hätte ich ja als Finderin einen gewissen Anspruch darauf, nicht wahr?«

Damit reichte sie Giovanni mit einer eleganten Geste ihre Karte. Fausto verlangte ungeduldig die Rechnung, und zu Gabriella gewandt sagte er:

»Jetzt mach doch nicht so viel Aufhebens von diesem Ring, ich versteh' dich gar nicht!«

»Ich möchte ja nur sichergehen, dass der Ring an die Eigentümerin gelangt. Ich stelle mir eben vor, wie mir ums Herz sein würde, hätte ich einen Ring verloren.«

Kaum zu Hause angekommen, rief sie Valeria an und bat sie dringend, so bald wie möglich in das Restaurant »Il Bolognese« zu gehen, um dort den Ring mit der Erklärung, ihn in der Toilette vergessen zu haben, vom Oberkellner Giovanni zurückzufordern.

Gabriella beschrieb den Ring und gab ihr auch den Tipp, Giovanni zu sagen, dass sie oben im ersten Stock in der Bar gewesen war, sodass Giovanni, der sich hauptsächlich im darunter gelegenen Restaurant um die Gäste kümmere, keinen Verdacht schöpfen konnte.

Valeria ging tatsächlich noch am gleichen Abend zum »Bolognese«. Sie freute sich auf die Szene, die sie diesem Giovanni vorspielen würde. Aufgeregt stürmte sie in das Lokal, erriet in dem Kellner in der weißen Jacke Giovanni, wandte sich aber nicht gleich an ihn, sondern ging erst einmal zur Toilette, als suchte sie dort nach dem verlorenen Ring, und probierte ihre Geschichte an der Toilettenfrau aus. Erst dann peilte sie Giovanni an, schlängelte sich zwischen den Tischen hindurch zu ihm hin und klopfte ihm auf die Schulter.

Als er sich Valeria zuwandte, holte sie tief Atem und schilderte dem um einen guten Kopf kleineren Giovanni aufgeregt den Verlust ihres kostbaren Ringes, beschrieb ihn liebevoll, und es gelang ihr sogar, eine dicke Träne der Verzweiflung über ihre hübsche Wange rollen zu lassen. Giovanni hatte Mühe, sie zu beruhigen, er hob beschwörend beide Hände:

»Aber, Signorina, beruhigen Sie sich, der Ring ist gefunden worden. Von einer guten Kundin. Was denken Sie, in unserem Lokal wird doch nicht gestohlen! Kommen Sie bitte mit.«

In dem winzigen Büro des Lokals schloss er eine Schublade auf und reichte Valeria den verlorenen Ring. Die bedankte sich mit einem Kuss bei Giovanni, doch der wehrte geniert ab:

»Danken Sie nicht mir, eher wohl der ehrlichen Finderin«, und damit gab er ihr auch die Karte, die Gabriella ihm mit ihrer Adresse gelassen hatte.

Am nächsten Morgen rief Valeria an und berichtete Gabriella, dass der Ring zurückerobert sei. Sie verabredeten, sich vor Mittag in der Bar des Hotels Inghilterra in der Nähe der Piazza di Spagna zu treffen.

Wohl oder übel musste Gabriella ihrer jungen, staunenden Freundin die Vorgeschichte des Rings und ihr inzwischen beendetes Verhältnis mit Ricky Ricci beichten.

»Du hast, ich meine, du hattest … mit Ricky Ricci? *Dem* Ricky Ricci –« Valeria war beeindruckt.

Nun hatte Gabriella zwar den Ring wieder, war aber nicht weitergekommen, sie konnte ihn immer noch nicht öffentlich tragen. Was könnte man tun? Da hatte Valeria eine Idee:

»Das ist doch ganz einfach. Ich werde dich zu Hause anrufen, wenn dein Mann da ist, und mich als Besitzerin des Rings vorstellen. Dann werde ich mich mit dir und deinem Mann treffen, um mich bei dir zu bedanken, euch beiden aber erzählen, dass der Ring falsch ist und ich ihn dir, der ehrlichen Finderin, gerne schenken möchte.«

Beide lachten, ja, so könnte es gehen. Gabriella gab Valeria den Ring wieder zurück, die brauchte ihn ja, um diese Szene spielen zu können. Gabriella wechselte das Thema, sie tauschten Erinnerungen an ihre Afrikareise aus, Gabriella hatte noch einige gelungene Fotos davon mitgebracht. Schließlich trennten sich die Freundinnen.

Auf dem Weg die Via die Condotti hinunter fiel Valeria im Schaufenster des Imitationsschmuckgeschäfts »Burma« ein Ring ins Auge, der, kaum zu glauben, dem ihrer Freundin aufs Haar glich. Sie fischte Gabriellas Ring aus ihrer Handtasche und verglich:

Also da bestand schon eine erstaunliche Ähnlichkeit. Sie wusste, dass »Burma« zwar falschen Schmuck herstellte, dass dieser aber häufig Modellen von Cartier etwa, Bulgari oder van Cleef nachempfunden und nicht einmal ganz billig war, denn die Fassungen waren manchmal sogar aus Gold, nur die Steine waren falsch, das heißt, zu schön, um echt zu sein.

Valeria betrat den Laden, ließ sich den so ähnlichen Ring zeigen, erklärte der Verkäuferin, dass sie aus Sicherheitsgründen eine Kopie ihres Originals suche, und kaufte den Ring. Draußen auf der Straße nahm sie aus dem kleinen Etui den gerade gekauften Ring, steckte ihn an die andere Hand, betrachtete beide Ringe abwechselnd, ließ schließlich Gabriellas Ring in ihre Tasche fallen und steckte den gerade gekauften mit leichtem Herzklopfen an ihre rechte Hand. Valeria hatte zwar ein schlechtes Gewissen, aber schließlich konnte man den kleinen Betrug immer noch als einen Scherz auflösen. Denn wenn sie den Ring als falschen Ring schenkte, wäre das ja nicht einmal gelogen.

Als Fausto zur Mittagszeit zufällig beim »Bolognese« vorbeikam, fragte er aus purer Neugierde Giovanni, der draußen auf der Terrasse Dienst tat, ob sich die Besitzerin des Rings gemeldet habe. Giovanni bestätigte Fausto, dass noch spät am Abend eine junge Dame ganz aufgeregt erschienen sei und er ihr den Ring, nachdem diese ihn genau beschrieben hatte, samt der Karte mit Namen und Adresse seiner Frau zurückgegeben habe.

Zur verabredeten Zeit rief Valeria bei Gabriella an. Zuerst bedankte sie sich für den Ring, den ihr Gabriella gerettet hätte.

»Wo findet man so etwas noch? Vielleicht werden wir uns einmal kennen lernen …«

Gabriella sagte dann, dass sie am Samstag mit ihrem Mann in ihrem Circolo Flaminio zum Mittagessen sein würden.

»Ach, wie schön, da bin ich zufällig in der Nähe. Können wir uns nicht treffen?«

So geschah's dann auch. Am Samstagmittag saßen Gabriella und Fausto auf der Terrasse des Circolo beim Essen. Valeria, in einem hübschen, geblümten Kleid und mit einem breitkrempigen Strohhut, wurde vom Portier des Klubs an Gabriellas und Faustos Tisch begleitet.

Sie stellte sich als die Besitzerin des verlorenen und wieder gefundenen Ringes vor, und Fausto bat sie höflich an den Tisch. Sie akzeptierte die Einladung zu einem kühlen Glas Roséweins und erzählte munter drauflos.

Natürlich bedanke sie sich dafür, dass man ihr den in der Toilette des »Bolognese« vergessenen Ring bei Giovanni hinterlassen habe, dass der Ring aber – und das sei das Lustigste an der ganzen Geschichte – leider falsch sei.

Sie habe ihn seinerzeit als Kopie eines echten Ringes anfertigen lassen, allerdings später das Original verloren. Gabriella lachte, Fausto lächelte amüsiert über diese übrigens von Valeria gut gespielte Szene, man fand sie sympathisch, und Valeria schenkte am Ende wie verabredet Gabriella den ›falschen‹ Ring, sozusagen als Finderlohn.

Als Valeria gegangen war, äußerte Fausto leise Zweifel: Wieso hat Valeria sich sofort ganz aufgeregt, wie Giovanni gesagt hatte, ins Restaurant begeben, um den Ring zurückzubekommen, wenn dieser Ring falsch war und sie ihn jetzt einfach Gabriella schenkte?

Gabriella dagegen meinte, dass die Geste, ihr einen praktisch wertlosen Ring zu schenken, doch sehr sympathisch sei. Auch Fausto fand schließlich, dass Valeria sehr charmant und eine recht gut aussehende Frau sei. »Und jung!«, fügte Gabriella hinzu.

Sie konnte nun den Ring nach Belieben und zu allen Gelegenheiten tragen. Doch Fausto war frustriert. Seine Frau trug kaum mehr einen ihrer echten Ringe, sie war ganz vernarrt in ihren »falschen« Ring. Sollte das etwa ein Wink mit dem Zaunpfahl sein?

Fausto hatte Gabriella kürzlich zum Geburtstag ein Geschenk machen wollen, hatte aber zuerst den Tag vergessen und dann keine Zeit mehr gefunden. Hatte sie, als er sie schließlich fragte, nicht abgewunken: ›Aber nein, ist doch nicht nötig‹?

Fausto beschloss, sein Versäumnis nachzuholen. Als sie an einem regnerischen Nachmittag beide aus dem Café Greco kamen, zog er die kokett widerstrebende Gabriella quer über die Via dei Condotti in das luxuriöse Juweliergeschäft Bulgari hinein und ließ sie einige Ringe probieren. Gabriella zog dabei ihren Lieblingsring ab, die Verkaufsdame nahm unvermittelt den Ring, um ihn zu säubern, natürlich unentgeltlich, wie sie sagte. Als sie zurückkam, sagte Fausto zu ihr, das wäre doch nicht nötig gewesen, sie hätte sicher festgestellt, dass der Ring eine Imitation wäre. Die Verkaufsdame lächelte fein: Ja, natürlich hätte sie dies bemerkt. Gabriella wurde blass: Der Ring falsch? Wieso? Hatte Ricky, ihr Liebhaber, ihr einen falschen Schmuck angedreht? Sie entschloss sich zerstreut für einen Ring, den Fausto ihr ansteckte, und auch der Dankeskuss fiel nicht gerade überschwänglich aus.

Gabriella verabredete sich mit Ricky. Sie ließ ihn kühl wissen, was sie alles angestellt hatte, um den Ring erst einmal öffentlich tragen zu können. Sie erzählte von dem Theater, das sie im »Bolognese« veranstaltet hatte, von ihrer Freundin Valeria und ihrer Rolle, den fast verlorenen Ring wiederzubekommen. Doch habe sein Geschenk ihr nicht gerade Glück gebracht, wie es eben für einen zwar hübschen, aber, nun ja, nicht gerade wertvollen Ring angemessen war. Er möge sich vorstellen, was für eine »brutta figura«, was für einen blamablen Eindruck sie bei Bulgari hinterlassen habe, wo der Ring als nicht echt erkannt worden sei.

Zudem habe ihr Mann Verdacht geschöpft, und das Ganze sei ihr auch deswegen peinlich, weil Fausto sich verpflichtet gefühlt habe, ihr einen wertvollen Ring zu schenken.

Ricky entgegnete pikiert, dass er den Ring zwar vergleichsweise günstig bei Christie's ersteigert habe, schwor aber auf seine Echtheit, soweit man das bei einer Versteigerung beschwören konnte. Davon abgesehen fände er es allerdings nicht gerade elegant, einen geschenkten

Schmuck bei Bulgari schätzen zu lassen. Sie habe ihn nicht schätzen lassen, entgegnete Gabriella, sondern die Verkäuferin hätte die Falschheit des Rings auf Anhieb erkannt. Die Diskussion wurde immer unerfreulicher und endete damit, dass Gabriella Ricky den Ring dramatisch vor die Füße warf.

Ricky versuchte, Gabriella zu besänftigen, ihre Beziehung sei doch schließlich eine für beide schöne Zeit gewesen, die es nicht verdient hätte, ein so hässliches Ende zu nehmen. Doch Gabriella drehte sich auf dem Absatz um und ging.

Fausto war aber stutzig geworden. Er war mittlerweile doch überzeugt, dass Valeria und auch die Verkäuferin von Bulgari gelogen hatten, und glaubte fest, dass der Ring echt sei. Dann aber blieb nur eine Erklärung übrig: Der Ring musste seiner Frau schon vorher gehört haben.

Er dachte an die ihm damals schon unwahrscheinlich vorkommende Szene zurück, mit der es dieser Valeria gelungen war, Gabriella den angeblich verlorenen Ring zu schenken. Valeria musste also in die ganze Geschichte eingeweiht gewesen sein! Er fand ihre Adresse und verabredete sich mit ihr. Valeria verstand den Anruf falsch und fühlte sich geschmeichelt. Sie lud Fausto in ihre kleine Wohnung ein.

Mit einem bescheidenen Blumenstrauß stellte Fausto sich bei Valeria ein. Um ein Haar hätte sie vergessen, Gabriellas Ring, den sie zufällig gerade trug, abzuziehen. Fausto entschloss sich zu bluffen und äußerte geradeheraus seinen Verdacht, dass der falsche Ring, den sie Gabriella vor kurzem geschenkt habe, echt sei. Valeria war überrumpelt und gestand ihm, dass sie Gabriella bei ihrer gemeinsamen Afrikareise kennen gelernt habe und dass sie der Freundin die Bitte, den Ring im »Bolognese« abzuholen, nicht habe abschlagen können. Danach war es für Fausto ein Leichtes, Valeria auch noch zu entlocken, dass Gabriella ihr den Flirt mit Ricky Ricci gestanden und ihr den Ring zum Abschied geschenkt hätte und dass ein Teil der kleinen Intrige, Gabriella den Ring wieder zuzuspielen, ihre, Valerias Idee war. Fausto fand die gut gespielte Zerknirschung ob ihres Verrats an der Freundin genauso aufregend wie ihre langen, schönen Beine. Doch widerstand er noch der Versuchung, einen möglichen Flirt mit Valeria anzubahnen, und er verabschiedete sich von ihr in der Hoffnung, dass man sich bald wiedersehen würde.

Auch Ricky hatte von Gabriella erfahren, wer die Freundin war, mit der zusammen sie die ganze Geschichte in Gang gebracht hatte. Er hatte sie sogar flüchtig gekannt. Auf einer Party begegneten sich die beiden einige Zeit später, und da Ricky ja auch für Valeria kein Unbekannter war, vor allem nach Gabriellas Geständnis von ihrem Verhältnis mit dem gut aussehenden Playboy, führten die verstehenden Blicke und versteckten Andeutungen, die beide sich nicht verkneifen konnten, schnell dazu, miteinander vertraut zu werden.

So vertraut, dass Valeria Ricky gestand, dass Gabriellas Mann Fausto von ihrem Verhältnis wisse. Sie sagte nicht, dass sie es war, die Fausto aufgeklärt hatte. Aber als Ricky ihr den Ring zeigte, den ihm Gabriella als falschen Ring vor die Füße geworfen hatte und in dem Valeria keinen anderen als den von ihr bei »Burma« gekauften vermuten konnte, gestand sie ihm schließlich auch diesen Teil der Geschichte, den Tausch der Ringe, und gab Ricky reumütig den ursprünglichen Ring, sein Geschenk an Gabriella, zurück. Ricky bekam einen Lachanfall, und ihm blieb nur noch übrig, ihr den ihm von Gabriella verächtlich zurückgegebenen falschen Ring, der ja ihr Eigentum war, auszuhändigen.

Hier hätte die Geschichte zu Ende sein können, wäre da nicht Faustos fatale Neigung gewesen, alle Dinge in ihre totale Ordnung zu bringen.

Er plante eine Szene, wie er sie sich als Anwalt vorstellte, der diesmal die Position der anderen Seite kannte und genüsslich auskosten wollte: Den Liebhaber seiner Frau zu überführen und lächerlich zu machen, der eigenen Frau eine Lehre zu erteilen, auf eine sehr schöne Freundin seiner Frau einen bestechenden Eindruck zu machen und zu zeigen, wie hoch er selbst als betrogener Ehemann über den Dingen stand.

Zu diesem Zweck schien ihm ein kleines Abendessen in einem verschwiegenen Gartenrestaurant in Trastevere die richtige Gelegenheit. Schließlich sollte ja die ganze Geschichte nicht an die große Glocke gehängt werden. Gabriella teilte er mit, dass er zwei wichtige Klienten zu einem kleinen Abendessen eingeladen hätte.

Heimlich lud er Valeria ein und bat auch Ricky, sein Gast zu sein. Ricky zierte sich etwas, er wollte sich der peinlichen Situation nicht aussetzen, aber Fausto verstand es, den Widerstrebenden mit dem ausdrücklichen Wunsch Gabriellas und der großmütigen Bemerkung zu überzeugen, dass sie beide, Ricky und er, doch erwachsene Männer seien.

Valeria hatte sogleich Gabriella angerufen und ihr gesagt, dass Fausto sie zum Abendessen nach Trastevere eingeladen habe. Gabriella war zwar verwundert, aber da Valeria inzwischen ihre Komplizin geworden war, hatte sie nichts dagegen einzuwenden, wenn sie auch ungern ins verrufene Trastevere fuhr. Valeria hatte ihr allerdings verheimlicht, dass Fausto niemand anderen als Ricky als ihren Begleiter ausersehen hatte.

Am Abend saßen Gabriella und Fausto in einer laubenartig abgeteilten Ecke des von einer hohen Mauer umgebenen schönen Innengartens von »Da Romolo«. Als Gabriella zu ihrem großem Erstaunen Valeria in Begleitung ihres verflossenen Liebhabers Ricky auf ihren Tisch zukommen sah, wandte sie sich entrüstet an Fausto, der sich lächelnd für seine List mit den wichtigen Klienten entschuldigte – er habe Gabriella eben überraschen wollen.

Die Atmosphäre während des Essens war eisig. Vor dem Nachtisch schlug Fausto vor, ein kleines Spiel, »Il Gioco della Verità«, das Wahrheitsspiel, das in der frivolen »Dolce-Vita-Zeit« im Schwange war, zu spielen. Als Gabriella empört aufstehen wollte, drückte Fausto sie energisch auf ihren Stuhl zurück.

»Aber meine Liebe, du willst uns doch nicht den Spaß verderben? Ich möchte ja nur das allgemeine Versteckspiel beenden, schließlich sind wir doch keine Kinder, sondern erwachsene Menschen. Wie ich die Lage sehe, haben wir uns doch alle nichts vorzuwerfen. Am ehesten könnte ich noch den Beleidigten spielen. Du musst mich schon für sehr dumm halten, wenn du dachtest, ich hätte dein Spiel mit dem auf der Toilette verlorenen Ring nicht durchschaut.«

Dann wurde sein Ton liebenswürdiger:

»Ich weiß, dass ihr beide, du, Gabriella, und Sie, lieber Ricky, eure Affäre beendet habt, und eigentlich bleibt dir nur noch die kleine Formalität, Ricky seinen Ring, das Abschiedsgeschenk, zurückzugeben.«

Gabriella atmete tief durch, um ihre Empörung über Faustos gemeines Spiel zu unterdrücken, und zauberte ein Lächeln auf ihre Lippen:

»Das ist schon geschehen, mein Lieber.«

Damit wandte sie sich an Ricky, der gerade mit seiner Serviette einen imaginären Flecken auf dem hellen Revers seiner Jacke bearbeitete:

»Nicht wahr, Ricky?«

Der schaute wie überrascht auf und sagte verlegen: »Ja, sicher, das war aber nicht nötig.« Fausto fuhr in seiner Verhandlung fort: »Wenn wir schon alle die ganze Wahrheit sagen, dann kann Valeria auch uns ihr kleines Geheimnis verraten, oder?« Valeria gelang es, ganz unschuldig zu erröten: »Nun ja, für mich war das Ganze eher ein Scherz. Entschuldige, Gabriella, dass ich deinen Ring behalten habe und dir dafür einen Ring, den ich zufällig bei ›Burma‹ im Fenster sah, gegeben habe. Ich wollte eigentlich nur sehen, ob du den Unterschied bemerkst. Natürlich hätte ich dir deinen Ring zurückgegeben. Das glaubst du mir doch? Ich habe ihn dann aber Ricky gegeben, der mein Spiel durchschaute und dem er ja ursprünglich gehörte. Er gab mir dafür diesen Ring«, den sie damit aus ihrer kleinen Handtasche kramte und hochhielt: »Den Ring, den du, Gabriella, mit Recht als falsch Ricky vor die Füße geworfen hast, und der mir gehört.«

Fausto war verblüfft. Dieser Teil der Geschichte war ihm verborgen geblieben, und auch Gabriella hatte Valeria ungläubig zugehört. Valeria eine Diebin! Aber ihre Wut machte einer heimlichen Belustigung darüber Platz, dass Faustos brutales Wahrheitsspiel sich in eine Farce mit lauter betrogenen Betrügern verwandelte. Fausto allerdings verlor seine anfangs so stolz dargestellte Überlegenheit, war dafür aber von Valeria, dieser reizenden kleinen Diebin, noch mehr als bisher angetan. Gabriella hatte ihn plump belogen, aber Valeria besaß Witz und Einfallsreichtum. Er schaute sie hingerissen an und bedauerte seine Zurückhaltung neulich in ihrer Wohnung. Er würde sich bald einmal mit ihr verabreden.

Gabriela betrachtete den Ring, den Fausto ihr bei Bulgari gekauft hatte. Sie schämte sich vor ihrem Mann, der sie großzügig beschenkt hatte, obwohl er von ihrem Betrug und ihrer Lüge wusste. Als sie sich Versöhnung suchend Fausto zuwenden wollte, sah sie verblüfft, wie der ungeniert Valeria den Hof machte.

Was wiederum beide, Fausto und Gabriella, nicht sahen: Unter dem Tisch suchte Rickys erfahrener Fuß den zärtlichen Weg von den schmalen Knöcheln Valerias die schönen Waden hinauf. –

Er kam nicht weit, denn in diesem Augenblick hörte man vom Eingang her laute Stimmen, spitze Schreie, das Geräusch zu Boden fallenden Geschirrs, herrische Befehle. Vier, fünf, Männer, die Gesichter mit der »Passamontagna«, einer Strickmütze mit ausgeschnittenen Schlitzen für Augen und Mund, vermummt, besetzten den Garten und hielten Gäste und Kellner mit Pistolen in Schach. Einer von ihnen hielt einen schwarzen Plastiksack in der Hand und forderte mit aufgeregtem Fuchteln seiner Waffe die Gäste auf, sich ihrer Schmucksachen, Geldbörsen und Brieftaschen zu entledigen. Er sah genau darauf, dass die Damen alle ihre Ringe und Armbänder abstreiften. Wenn es ihm zu lange dauerte, kippte er zusätzlich den kompletten Inhalt der Damentaschen in seinen Beutel.

Als der einsammelnde Dieb zum Tisch Faustos kam, war die Erste Valeria, die kokett ihren Ring vom Finger zog und in den Plastiksack fallen ließ, auch Ricky nahm seine Armbanduhr ab, fügte seine goldene Halskette, die er unter dem weit geöffneten Hemd nicht verheimlichen konnte, sowie eine Geldklammer mit großen Scheinen hinzu und ließ mit einem großzügigen Lächeln alles wie in den Opferbeutel des Kirchenschweizers fallen. Gabriella bemühte sich eine Weile vergebens, ihren Bulgariring abzuziehen, steckte schließlich zum Befeuchten den Finger in den Mund, dann erst glitt das kaum in ihren Besitz gekommene Schmuckstück vom Finger, und Gabriella konnte nicht anders, als es mit einer wütenden Geste in den Beutebehälter des Diebs zu schleudern. Der schob mit dem Lauf seiner Pistole die Haare Gabriellas von den Ohren, und so mussten auch die Ohrclips daran glauben. Als Gabriella abwehrend aufschrie, legte Fausto beschwichtigend die Hand auf ihren Arm. Dann nahm er bedächtig seine Armbanduhr ab und warf sie mit seinem Geldbeutel in den Plastiksack des Diebes. Als alle Gäste abkassiert waren, ließen die Gangster alle Gäste aufstehen, und zwei von ihnen krochen unter die Tische, um dort einzusammeln, was einige schlaue Leute in der Absicht, es auf diese Weise zu retten, hatten fallen lassen. Die Diebe von Trastevere kennen alle Tricks.

Danach war die Bande so schnell verschwunden, wie sie aufgetaucht war. Im Garten des Restaurants wurden wieder Stimmen laut. Einige Gäste wollten fluchtartig den Ort verlassen. Romolo, der Wirt, rief ihnen zu, Ruhe zu bewahren und die Ankunft der Polizei, die inzwischen benachrichtigt worden sei, abzuwarten.

An Faustos Tisch schwieg man lange. Dann wandte Ricky sich an einen Kellner und verlangte eine Flasche Champagner, auf den Schreck, wie er sagte. Valeria fand ihre gute Laune wieder und fragte Ricky, wie er denn bezahlen wolle.

Romolo ging hastig von Tisch zu Tisch, entschuldigte sich für das Vorgefallene und erklärte allen, dass sie natürlich seine Gäste seien. Nur wäre er dankbar, wenn seine Kunden von dem Überfall nicht allzu viel in der Öffentlichkeit erzählten, sonst könnte er sein Lokal zusperren.

Fausto wollte von ihm wissen, inwieweit seine Versicherung den entstandenen Schaden ersetzen würde. Dagegen, antwortete Romolo achselzuckend, sei er wohl gar nicht versichert. Man sei schließlich in Trastevere.

Der Kellner kam tatsächlich mit dem Champagner. Und nachdem alle schweigend einander zugetrunken hatten, gewann Ricky seine übliche Nonchalance zurück, griff in seine Tasche und brachte den Ring, den er einmal Gabriella geschenkt hatte, zum Vorschein. Er räusperte sich amüsiert.

»Ich glaube, ich bin der Einzige, der sein Schmuckstück gerettet hat. Aber Sie brauchen mich nicht zu beneiden. Denn wenn wir schon bei Ihrem Wahrheitsspiel, lieber Fausto, bleiben wollen, so muss auch ich eine kleine Lüge eingestehen. Liebe Gabriella, entschuldige, diesen Ring, den ich dir schenkte, habe ich nicht bei Christie's ersteigert, sondern, genau wie Sie, liebe Valeria den Ihren – bei ›Burma‹ gekauft.«

Valeria lachte ihr helles, ansteckendes Lachen, in das Ricky gedämpft einstimmte, und selbst Fausto brachte ein säuerliches Lächeln zustande. Nur Gabriella blieb nachdenklich. Sie verfluchte innerlich jenen Augenblick im »Bolognese«, als sie auf der Toilette den Ring aus ihrer Handtasche genommen hatte.

Mario Adorf
Der Fenstersturz

Merkwürdige Geschichten
Gebunden

Merkwürdige Geschichten des beliebten Schauspielers und Erzählers Mario Adorf über berühmte und weniger berühmte Zeitgenossen: Roger Moore, Romy Schneider, Alain Delon, Fritz Kortner, Billy Wilder, Bertolt Brecht, Klaus Kinski, Gian Maria Volonté u.v.a.

www.kiwi-koeln.de VERLAG KIEPENHEUER & WITSCH

Mario Adorf
Der Dieb von Trastevere

Italienische Geschichten
Gebunden

Lieben Sie Italien? Lieben Sie spannende, verblüffende Geschichten? Dann macht Mario Adorf Ihnen mit diesem Buch ein wirkliches Geschenk. Denn niemand kann so hinreißend über dieses verrückte Land erzählen, über römische Gauner und Carabinieri, über mafiöse Filmregisseure oder schlitzohrige Photographen, über das Leben in kleinen italienischen Badeorten oder in der eleganten Toskana-Metropole Florenz.

KiWi
Paperbacks bei Kiepenheuer & Witsch

Mario Adorf
Der römische Schneeball
Wahre und erfundene Geschichten

KiWi 636

Ein Buch voller hinreißender Geschichten, in denen Mario Adorf seine Leser in den tiefen Süden Italiens und nach Rom, Paris, Aix en Provence, Hongkong und Südamerika entführt – manchmal wahr, manchmal erfunden, aber immer spannend und amüsant.